Le Club des Tricoteuses

D'une vie à l'autre

Le Club des Tricoteuses

D'une vie à l'autre

KATE JACOBS

Traduit de l'anglais par
Jocelyne Barsse

City
Poche

Du même auteur:

- *Le Club des Tricoteuses du vendredi soir* (City Editions, 2010)

Publié aux États-Unis par Putnam, une division de Penguin
Books Ltd, sous le titre *Knit the Season (Friday Night Knitting Club Novels)*..
Couverture : Studio City
Photo de couverture : © Paul Viant/Photodisc/GettyImages

ISBN : 978-2-8246-0340-7
Code Hachette : 51 9960 9

Rayon : Roman / Poche
Collection dirigée par Christian English & Frédéric Thibaud

Catalogue et manuscrits : www.city-editions.com

Dépôt légal : deuxième trimestre 2013
Imprimé en France par France erc erc

Thanksgiving

Il est important de s'arrêter, de réfléchir, d'être reconnaissante. Pour la nourriture. Pour la famille. Pour les joies subtiles telles que sentir le fil doux sur le bout de ses doigts, pour l'aisance qui vient progressivement, maille après maille, lorsqu'on suit le rythme du modèle. On peut très bien honorer l'esprit des fêtes de fin d'année en célébrant l'art du travail manuel.

1

New York était la ville des fêtes de fin d'année par excellence, et Dakota Walker adorait cette période. Elle aimait voir les New-Yorkais attendre épaule contre épaule en retenant leur souffle l'illumination de l'immense sapin de Noël du Rockefeller Center.

Elle aimait les vitrines des grands magasins où des pères Noël postmodernes trônaient dans un décor hivernal. Mais le moment qu'elle préférait entre tous, c'était la célèbre et bruyante parade de Thanksgiving, le coup d'envoi des festivités, qui annonçait un mois de joie et de plaisirs.

Anita, l'amie de Dakota et aussi parfois sa grand-mère de substitution – qui, à près de quatre-vingts ans, maîtrisait presque aussi bien le langage SMS que certaines des camarades de classe de la jeune femme –, avait souvent emmené Dakota à la parade lorsqu'elle était petite.

L'année précédente, dans un élan de nostalgie, elles y avaient assisté le matin de Thanksgiving.

Emmitouflées dans plusieurs couches de pulls, de gros chandails à torsades tricotés main sur des cols roulés en coton, elles avaient dégoté un endroit près de Macy's[1] juste après le lever du soleil et avaient regardé le flot de ballons géants à l'effigie de personnages de dessins animés, le défilé de pop stars chantant en play-back et de fanfares de lycéens frigorifiés mais enthousiastes descendre Broadway. Exactement comme le voulait la tradition.

Pourtant, ce que Dakota préférait par-dessus tout dans le début de l'hiver, c'était la fraîcheur de l'air (qui exigeait pratiquement que l'on porte des pulls tricotés) et le fait que les New-Yorkais d'ordinaire si sérieux – dans la rue, dans les ascenseurs, dans les métros – étaient soudain prêts à risquer un sourire.

À communiquer avec un étranger.

À poser enfin les yeux sur les autres après avoir évité de croiser leur regard pendant toute l'année.

Ce qui contribuait aussi largement à son bonheur, c'était le prétexte idéal – l'occasion tant attendue – que fournissaient les fêtes pour faire des gâteaux.

Des gâteaux sablés, fondants et friables, des scones fourrés à la glace au chocolat et à l'orange, des gâteaux à la crème fouettée parfumée à la vanille, des tartelettes au beurre : de novembre à décembre, il n'était question que de mélanger les ingrédients, que de fouetter les crèmes, que de pétrir des pâtes et que de goûter.

---

1. Tous les ans depuis 1924, le grand magasin Macy's organise une grande parade en musique le matin de Thanksgiving, en général le long de Broadway et de la 34ᵉ Rue. (NDT)

Même si elle n'avait passé qu'un semestre à l'école de pâtisserie, Dakota était impatiente de tester les nouvelles techniques qu'elle avait apprises.

Pourtant, elle n'avait pas pris la peine de réfléchir à ce qu'elle ressentirait en abaissant au rouleau une pâte, en épluchant des fruits, en préparant un repas dans la maison de son enfance.

Elle ajusta sur ses épaules son sac à dos bien rempli, un sac de provisions dans chaque main, et monta l'escalier assez raide jusqu'au deuxième étage où se trouvait désormais le petit appartement de Peri, juste au-dessus de la boutique de fils à tricoter que sa mère avait ouverte des années auparavant.

La minuscule boutique, dont les étagères étaient bourrées à craquer de fils à tricoter duveteux, rugueux ou au contraire satinés et doux, et dont les murs représentaient un kaléidoscope de pastels apaisants et de teintes somptueuses évoquant l'éclat de pierres précieuses, cette boutique même que Georgia Walker avait léguée à sa fille unique et que Dakota avait fini par apprécier à sa juste valeur.

Les portes du placard blanc grincèrent bruyamment lorsqu'elle les ouvrit. Elle fut surprise non par leur bruit désagréable, mais parce qu'elle réalisa en cet instant qu'elle avait oublié les caprices de cette cuisine si particulière.

Au même instant, des pelotes de laine en surnombre s'échappèrent des étagères dans une cascade de bordeaux et de bleu cobalt, de laine et d'acrylique, de laine fine ou de laine sport. Elles tombèrent d'abord sur les sacs de provisions que Dakota venait de poser sur le bar avant d'aller rebondir sur le sol vinyle imitation carrelage.

Après coup, une petite pile de cachemire prune dégringola sans bruit, frôla la tête de Dakota, puis alla atterrir directement dans le minuscule évier en inox.

« Ce n'est pas une cuisine ! cria la jeune fille en écartant les bras autant que le lui permettait son lourd manteau blanc pour tenter de contenir les pelotes et la nourriture et d'empêcher le tout de passer par-dessus bord. C'est un entrepôt ! »

Elle hésita. Elle voulait en fait juste trouver un saladier pour y empiler les pommes qu'elle avait achetées et elle était entrée dans la coquerie de Peri comme si elle était en mode automatique.

Tout en passant en revue les tâches qu'elle avait à accomplir, Dakota avait distraitement repris ses anciens réflexes et s'était rendue directement là où sa mère rangeait la vaisselle à l'époque où les deux Walker vivaient dans cet appartement.

Et que trouva-t-elle à la place ? Des aiguilles à tricoter de toutes tailles et de tous bois empilées dans le tiroir contenant autrefois les assiettes, et des pelotes de laine dans les placards où elle s'attendait à trouver les plats.

Elle n'osait même plus risquer un coup d'œil dans le four maintenant que Peri vivait ici.

Cela faisait bien longtemps qu'elle n'avait plus cuisiné dans cet endroit, qu'elle n'avait plus préparé de muffins à l'orange et aux myrtilles pour les amies de sa mère, les membres fondateurs du Club des tricoteuses du vendredi soir.

« Sept ans », s'étonna Dakota à voix basse bien que personne ne pût l'entendre. Sept ans qu'elle ne s'était pas affairée dans cette cuisine après avoir terminé ses devoirs, sept ans qu'elle n'avait pas travaillé le beurre ramolli et le sucre tout en réfléchissant aux ingrédients qu'elle allait choisir pour parfumer les gâteaux de la semaine.

« Attention, murmura Georgia, le livre de comptes posé devant elle sur la petite table de la cuisine. Tu n'es pas obligée de mettre tout ce qu'il y a sur l'étagère. Nous avons utilisé deux sachets de noix de coco la semaine dernière.

— Euh, je n'avais jamais fait d'aussi bons muffins, maman, dit Dakota en mimant une danse de la victoire sur le lino usé. Exactement le moelleux que je recherchais. Tu ne peux pas faire obstacle à un chef pâtissier de ma trempe.

— Tant que ce chef se souvient que nous disposons d'un budget modeste, dit doucement Georgia en enlevant les bouts de gomme de la page de son cahier. Je crois que j'ai créé un monstre l'après-midi où je t'ai montré comment mesurer la farine.

— D'accord, maman, dit Dakota en s'asseyant sur une chaise. Tu trouves que je fais trop de gâteaux ? »

Georgia plissa les yeux en regardant sa fille pleine d'entrain dont les cheveux coiffés en queue de cheval s'échappaient du chouchou rose fluorescent qu'elle s'était tricoté.

« Ne t'arrête jamais, dit-elle en tirant doucement les cheveux de sa fille. Ne renonce pas à quelque chose que tu aimes uniquement parce que tu rencontres un obstacle. Trouve un moyen de contourner cet obstacle. Sois ouverte à l'inattendu, aux changements.

— Comment ça ?

— Eh bien, par exemple, si tu t'aperçois que tu n'as plus de sucre, utilise du miel à la place.

— C'est ce que j'ai fait la semaine dernière !

— Je sais, dit Georgia. J'étais fière de toi. Nous, les filles Walker, nous sommes créatives. Nous tricotons. Nous faisons de la pâtisserie. Mais, par-dessus tout, nous n'abandonnons jamais au grand jamais. »

Dakota inspecta la pièce. La cuisine était presque un vestige du temps passé, l'un des rares endroits de l'appartement qui n'avait pas été endommagé par l'inondation de l'année précédente.

C'est de la salle de bains au fond du couloir que provenait l'eau qui avait causé des dégâts à la boutique de fils à tricoter et qui lui avait fait perdre à tout jamais son aspect originel…, rappelant paradoxalement à tous, et en particulier à Dakota, l'importance du legs d'une mère.

La boutique avait rouvert ses portes peu de temps après, dans un style simple et propre, avec des étagères basiques pour ranger les pelotes de fils à tricoter. Peri et Dakota avaient néanmoins prévu une rénovation de grande ampleur dans un avenir proche. Ce projet était au cœur de leurs préoccupations depuis plusieurs mois.

L'idée était de transformer l'espace du magasin en une boutique pour les sacs à main tricotés ou en feutre de la marque Peri Pocketbook et de transformer le *deli* au premier étage en café-tricot.

Le père de Dakota, James Foster, était chargé du nouvel aménagement, mais en raison de changements fréquents dans son emploi du temps, pour ne pas dire des exigences de certains clients particulièrement difficiles, il n'avait toujours pas terminé les plans.

C'était un projet ambitieux qui ne se réaliserait que lorsque Dakota aurait obtenu son diplôme à l'école de cuisine.

Elle savait qu'elle devait se dépêcher, car si Peri avait jusqu'à présent réussi à tout gérer de front, la fatigue commençait à se faire sentir.

« Je ne veux pas manquer mon heure, Dakota », lui avait rappelé Peri, même si elle reconnaissait qu'elle ne savait pas exactement à quoi ressemblerait cette heure… En fait, alors que le temps passait et qu'elle se débattait pour respecter le programme qu'elle s'était imposé, Dakota avait réalisé progressivement qu'Anita et Peri, mais aussi son père, James, avaient travaillé sans relâche pour réaliser le rêve de sa mère et transmettre la boutique à Dakota. Et même si Peri détenait une petite part de la boutique, même si Anita avait fourni une aide financière lorsque

Georgia avait monté son projet toute seule, même si James était son père, le temps et l'énergie consacrés par chacun à cette entreprise montraient à quel point leur motivation était éloignée de la défense de leurs intérêts personnels. C'était vraiment surprenant de connaître une femme – sa mère, qui semblait pourtant si banale et terre à terre, quand elle rappelait à Dakota qu'elle devait boutonner sa veste ou quand elle lui souhaitait bonne nuit – capable par la grâce de son esprit de susciter un tel dévouement.

Cependant, les changements venaient de toutes parts. Depuis qu'il avait quitté la chaîne d'hôtels V, James s'était concentré sur le développement de son propre cabinet d'architecture. Malheureusement, les affaires n'étaient pas vraiment florissantes.

Les recettes de la boutique de fils à tricoter avaient également baissé au cours du dernier semestre. Dakota ne trouvait aucun avantage particulier, aucune saveur aventurière à l'incertitude.

Elle savait pertinemment que trop de changements à la fois pouvaient aboutir à un échec.

Elle regarda la pendule et évalua les rangements qu'il lui restait à faire dans l'appartement. Elle savait que Peri était au-dessous, à la boutique, et qu'elle finissait les ventes du jour en attendant l'arrivée des autres membres du club pour leur réunion hebdomadaire.

Ces femmes qui étaient à présent les amies et les guides de Dakota. Les grandes sœurs et, certains jours, les mères de substitution, qui étaient toujours présentes quand elle avait besoin de parler.

Le groupe se retrouverait à la boutique dans quelques heures pour tricoter un peu et discuter beaucoup, pour se mettre au courant des dernières nouvelles concernant chacune et se préparer en vue des fêtes de fin d'année.

À vrai dire, Peri l'avait avertie, quand elles s'étaient retrouvées pour calculer les recettes de la semaine et qu'elles avaient passé leur marché ; oui, elle l'avait avertie qu'elle n'avait rien dans sa cuisine. Absolument rien.

Dakota était habituée à ce mode de vie new-yorkais et avait d'autres amies dont le réfrigérateur ne contenait rien d'autre que du lait et de l'eau en bouteille, ainsi qu'une sélection de céréales pour n'importe quel repas ou goûter.

Elle avait acheté les denrées de base aujourd'hui, même le sel et le poivre, ne sachant que trop bien qu'elle ne devait pas s'attendre à trouver grand-chose chez Peri. La dinde et les légumes ne viendraient que mercredi, jour où elle avait prévu de cuisiner tous les plats que Peri n'aurait plus qu'à réchauffer le lendemain. Son but, ce soir, était uniquement d'organiser l'espace et de remplir les placards.

Même si ces placards débordaient déjà non pas de victuailles mais de l'excédent de stock de la boutique. Ça ne faisait aucun doute.

Dakota enjamba avec précaution les pelotes de laine et s'éloigna des fourre-tout en toile verte recouvrant le minuscule plan de travail entre le frigo et la cuisinière. Leurs longues anses étaient étalées dans tous les sens, et les oignons, les épices, le céleri qu'ils contenaient menaçaient de s'échapper au moindre effleurement.

Dakota lança un regard furieux en direction des victuailles, espérant que la simple force de son regard suffirait à les empêcher de tomber en attendant qu'elle trouve un autre endroit pour ranger la laine.

Elle tendit l'oreille pour détecter le moindre mouvement, au cas où les sacs basculeraient, lorsqu'elle ouvrit la porte du frigo juste assez pour que la lumière pénètre à l'intérieur.

Par bonheur, il était vide – pas une pelote en vue – et ne contenait qu'une douzaine de bouteilles de jus fait maison tandis que les étagères de la porte étaient remplies de vernis à ongles.

Dakota s'empressa de ranger la plupart des provisions dans le réfrigérateur, même le sac de deux kilos de sucre biologique.

Pourtant, son soulagement fut de courte durée : elle avait certes réussi à accomplir une des tâches qui figuraient sur sa liste mentale de choses à faire, mais elle n'en avait pas moins la sensation que sa tête n'allait pas tarder à exploser. Elle avait l'impression que tout tourbillonnait autour d'elle. L'année qui venait de s'écouler avait été particulièrement intense, l'une des plus intenses de son existence.

Tandis qu'elle tentait de convaincre son entourage qu'elle était adulte à présent, elle réalisa après de nombreux combats qu'elle devait se comporter comme une grande personne. Elle devait assumer de nouvelles responsabilités. Et c'était beaucoup.

La vie, dans ses aspects les plus quotidiens, exigeait beaucoup. Elle s'inquiétait. Souvent.

Sa mère était également une anxieuse. C'est ce que tout le monde disait. Mais elle était en même temps souriante, pleine d'esprit et généreuse, capable aussi apparemment de conjuguer harmonieusement les différents aspects de sa vie.

Dakota était précisément en train de passer en revue mentalement ses soucis, petits et grands. Elle se demandait par exemple comment elle allait trouver le temps de préparer deux dîners autour de la star de Thanksgiving, la dinde, la semaine suivante, de préparer un gâteau aux truffes parfait pour le cours de lundi, de lire les derniers épisodes du roman *Mea culpa* de Catherine sur deux anciennes amies qui reprennent contact et de finir le rangement de sa chambre pour que ses grands-parents, Joe et Lillian Foster, se sentent à l'aise lorsqu'ils viendraient passer Thanksgiving dans l'appartement de son père la semaine suivante.

C'était une tâche qu'elle avait repoussée trop longtemps, et Dakota avait passé plusieurs week-ends de novembre à sortir des cartons de son placard ou de sous son lit pour en trier le contenu : elle avait gloussé en parcourant ses fiches de lecture du CM2 et ses vieux bulletins scolaires, mais aussi en regardant les photos de son été en Italie qui attendaient d'être classées dans des albums ou encadrées.

Elle avait consacré une journée solitaire et calme à ranger les bricoles qui avaient appartenu à Georgia, admirant les dessins au crayon qui accompagnaient les modèles originaux d'ensembles, de tuniques et de robes tricotés que sa mère avait réunis dans un classeur, les pulls plus simples pour le catalogue de modèles qu'Anita et elle étaient en train de confectionner, un catalogue destiné à la vente dont les recettes seraient reversées à une association de lutte contre le cancer.

Elle relut également les notes sur le tricot que sa mère avait rassemblées dans un petit journal rouge transmis à Dakota après sa mort.

C'était apaisant de revoir l'écriture de Georgia, d'imaginer sa mère pelotonnée au fond d'un fauteuil occupée à écrire quelque chose.

Demander à Dakota de faire sa liste pour Noël, voilà ce que sa mère avait griffonné dans la marge de l'une des pages. Ça la consolait quelque part. D'avoir la preuve sous les yeux que sa mère pensait toujours à elle. De confirmer ce qu'elle savait déjà.

Dakota avait pris l'habitude d'emporter ce journal rouge avec elle, au fond de son sac à tricots – un modèle créé par Peri – avec un immense pull à rayures fauves et turquoise qu'elle avait trouvé. Elle avait gardé tous les UFOS[1] de sa mère, tous les projets amusants que Georgia n'avait jamais eu le temps de mener à bien, parce qu'elle était trop occupée à tricoter les articles qu'on lui avait commandés, et qu'elle avait rangés pour les terminer plus tard. Tous les automnes, Georgia avait pour habitude de choisir l'une de ses créations en cours et de la termi-

1. UFO signifie littéralement *Unidentified Flying Object* ; il s'agit donc d'un ovni. Dans le jargon des tricoteuses, UFO signifie *Unfinished Object*, « ouvrage non terminé ». (NDT)

ner avant la fin de l'année. Une petite satisfaction personnelle. Ce pull était l'UFO que Georgia avait choisi l'automne de sa mort, Dakota s'en souvenait vaguement.

Anita avait rassemblé tous les ouvrages non terminés et les avait rangés en lieu sûr. Trop douloureux à regarder, trop précieux pour être jetés, les objets non finis étaient tout simplement restés en attente jusqu'à ce que Dakota soit prête. Elle en était persuadée.

Tout en rangeant et triant les affaires de sa mère, elle réalisa qu'elle approchait à grands pas de l'âge que Georgia avait lorsqu'elle était arrivée à New York.

Durant ce grand nettoyage, elle avait découvert une vieille photo polaroid isolée au fond d'une boîte. Les couleurs avaient passé, mais Georgia était parfaitement reconnaissable.

Elle se tenait en haut de l'Empire State Building, un bonnet tricoté enfoncé sur la tête pour dompter ses bouclettes indisciplinées. Ses mains protégées du froid par des mitaines étaient posées sur ses joues toutes roses.

Elle affichait une expression de surprise feinte. Dakota se demanda si son père était l'auteur de la photo, s'ils avaient profité tous les deux de la vue imprenable sur les gratte-ciel alentour.

Dakota aimait la façon dont le cliché rendait le côté un peu foufou de Georgia. Elle était heureuse d'avoir la preuve devant elle qu'elle avait les mêmes grands yeux que sa mère, qu'elles se ressemblaient toutes deux comme deux gouttes d'eau sauf qu'elles n'avaient pas tout à fait la même couleur de peau.

Elle avait rangé la photo dans le journal rouge après l'avoir scannée dans son ordinateur portable, dans le fichier qui contenait son histoire, avec des photos de son arrière-grand-mère et de la boutique ainsi qu'une photo de Ginger et de Dakota devant le forum romain.

Elle se sentit soudain coupable parce qu'elle n'avait pas consacré beaucoup de temps à Ginger, la fille de Lucie, depuis qu'elle avait commencé l'école de cuisine, et parce qu'elle avait annulé quatre déjeuners avec KC en quatre semaines…

Elle avait prévu de terminer deux pulls marins assortis pour les jumeaux de Darwin, Cady et Stanton, avant leur un an. Bien sûr, ils avaient déjà plus de dix-huit mois, et les pulls étaient trop petits à présent. Elle devrait les garder pendant au moins dix ans, jusqu'à ce que quelqu'un d'autre de sa connaissance ait un bébé.

Elle se tracassait aussi à propos d'Anita et de Marty, se demandant quand ils finiraient enfin par dire oui. Le mariage avait été différé au jour de l'an. Quand cesseraient-ils de se laisser freiner par les contretemps inventés de toutes pièces par Nathan, le fils d'Anita ? (Elle se demanda combien d'infarctus un homme de cinquante ans en parfaite santé pouvait simuler. Et quand Anita allait-elle arrêter de se faire embobiner ?)

Pourtant, même si elle souhaitait de tout son cœur que le mariage ait enfin lieu, elle se sentait étonnamment nerveuse à l'idée de revoir son ami Roberto…, qu'elle avait rencontré plus d'un an auparavant lorsqu'elle avait passé l'été en Italie. La grand-mère de Roberto, Sarah, était la sœur d'Anita, et il allait venir au mariage avec toute sa famille : il lui avait déjà envoyé un mail pour savoir s'ils pourraient passer un peu de temps ensemble. Elle ressentait une certaine gêne à l'idée de le revoir, en raison du flou qui régnait autour de « nous l'avons presque fait, mais pas vraiment et est-ce que tu l'as déjà fait avec quelqu'un d'autre ».

De plus, elle soupçonnait son père d'avoir une relation sérieuse avec une amie secrète qu'il ne lui avait pas encore présentée. Une perspective qu'elle espérait tout autant qu'elle la redoutait.

Non pas qu'elle ait consacré beaucoup d'énergie à réfléchir à cet aspect particulier de la vie de son père, et d'ailleurs l'idée d'avoir à partager son affection avec quelqu'un d'autre ne lui souriait guère, mais elle était capable de reconnaître que, tout comme Anita, son père méritait de vivre une nouvelle histoire d'amour.

Les fêtes, semblait-il, étaient entièrement tournées vers la célébration de l'amour.

Dakota n'était pas certaine de savoir ce que ce sentiment éveillait chez elle en ce moment. Et tous ses soucis se concentrèrent de nouveau sur l'instant présent dans cette cuisine où elle devait préparer un dîner autour d'une dinde rôtie pour que Peri puisse impressionner les parents de son petit ami. C'était sa part du contrat.

En échange, Peri s'occuperait de la boutique pendant la semaine de Noël pour que Dakota puisse faire ce qu'elle attendait avec impatience : un stage à plein temps dans la cuisine de l'hôtel V pendant les vacances de Noël.

Certes, elle passerait à côté d'un dîner de fête ou deux, mais elle était certaine que son père serait en fait soulagé de ne pas avoir à faire le trajet jusqu'en Pennsylvanie, comme ils le faisaient chaque année, et à manger en silence le jour de Noël.

Si le frère cadet de sa mère, Donny, était vraiment sympathique, les parents de Georgia n'étaient pas de grands bavards. Ils étaient gentils mais taciturnes.

Et l'absence de sa mère était palpable. Les fêtes de Noël étaient un peu difficiles pour tout le monde depuis la mort de Georgia.

Dakota était donc plutôt contente de sa décision : elle avait pris elle-même l'initiative de ce stage, même s'il n'était pas requis par l'école qu'elle fréquentait. Elle voulait saisir la moindre opportunité qui se présentait à elle pour atteindre le succès. Elle était impatiente de parler à son père du stage. C'était le cadeau qu'elle lui réservait : un Noël sans trop d'efforts à fournir pour lui.

Elle allait même cuisiner un peu plus pour Thanksgiving et mettre au congélateur une assiette parfaite pour un repas de fête avec une portion généreuse d'airelles et de purée de pommes de terre. Il aurait ainsi de quoi manger s'il décidait de n'aller ni en Pennsylvanie ni chez ses parents le 25 décembre.

Dakota serait quant à elle ravie d'être à la disposition du chef dans la cuisine du V. Elle se dit, non sans une pointe de fierté, qu'elle avait vraiment pensé à tout.

Elle s'étira, fatiguée d'avoir porté les provisions dans l'escalier, puis elle réutilisa les fourre-tout pour ranger les pelotes de laine en prenant bien soin de les trier par marque de fabricant.

Elle récura le plan de travail et les placards avec un mélange d'eau chaude et de vinaigre blanc, et dressa une liste de ce qu'il lui fallait encore pour le « repas de Thanksgiving préparé maison » de Peri. De la vaisselle, pensa-t-elle en regardant dans les placards désormais vides.

Elle entendit le même vieux grincement que celui qu'elle entendait à l'époque, quand sa mère fouillait dans les placards pour préparer le dîner.

Dakota ouvrit et referma les portes plusieurs fois, fascinée par le son, avant de prendre son sac à dos et son sac à main et de se préparer à descendre une volée de marches jusqu'à la boutique.

Elle sortit un petit poudrier pour jeter un rapide coup d'œil à son visage et elle vit la même image que celle que lui renvoyait le miroir de sa salle de bains tous les matins, les mêmes yeux marron, la même peau café au lait, les mêmes cheveux aux longues boucles.

S'était-elle attendue à voir autre chose ? Le visage qu'elle avait quand elle était adolescente ? Sa mère quelque part derrière elle ? Son corps avait été parcouru de frissons lorsqu'elle était entrée dans le vieil appartement qui avait été sa maison autrefois. Elle avait senti le passé et le présent se frotter l'un à l'autre.

Et pourtant, ses pensées n'étaient pas aussi douloureuses qu'il n'y avait pas si longtemps encore.

Elle parvenait à voir autre chose que sa mère allongée sur le canapé, fatiguée par la maladie, autre chose que les déménageurs emportant son lit et des cartons dans l'appartement de son père après la mort de Georgia.

Elle perçut même, dans le grincement du vieux placard, le son de sa mère, ses aiguilles qui claquaient et cliquetaient tandis qu'elle tricotait dans la salle de séjour, feignant de ne pas entendre Dakota qui piquait des gâteaux.

Elle se revit avec sa mère, épuisées toutes les deux après une séance de chatouilles et de rires, prendre de quoi manger pour s'installer devant la télé et regarder de vieux films. Elles s'allongeaient alors toutes deux sous une vieille couverture que l'arrière-grand-mère de Dakota avait envoyée d'Écosse par la poste.

Elle repensa à la fois où sa mère l'avait étonnée en prenant un bol de popcorn qu'elle comptait transformer en guirlande tandis qu'elles avaient entrepris de décorer un tout petit sapin de Noël avec des fils multicolores provenant de pelotes de laine en surplus. Les grincements et les gémissements du vieux placard avaient éveillé tous ces souvenirs en elle. Le bruit était fort, insistant. Mais c'était le son même de la mémoire.

« Tourne-toi, ordonna Catherine en mimant le geste avec ses mains. Voyons le dos à présent. »

Anita s'exécuta obligeamment et tourna lentement sur elle-même, les bras écartés. Elle portait la dernière version de son manteau de mariée tricoté, un manteau ivoire qui descendait jusqu'aux chevilles avec un col châle aussi fin que de la dentelle.

« Qu'est-ce que c'est ? demanda KC. La troisième version ? Je veux que tu saches que j'ai acheté une fichue robe pour ton mariage et que j'ai bien l'intention de la porter le mois prochain, tu m'entends ? »

Anita ébaucha un sourire. Son fiancé, Marty Popper, et elle avaient repoussé leurs noces à plusieurs reprises, et chaque fois elle avait eu le sentiment que ça lui porterait malheur si elle rangeait tout simplement sa tenue de mariage dans le placard.

Elle préférait donc emmener Catherine faire les boutiques pour acheter une nouvelle robe et défaisait soigneusement les mailles du manteau pour refaire un modèle actualisé.

Sa sœur, Sarah, qui avait pris en charge une partie de la confection du manteau, avait accepté les changements la première fois, mais ce nouveau manteau était plus simple et c'était l'œuvre d'Anita uniquement.

Catherine l'avait après tout poussée à acheter une robe beaucoup plus scintillante, et elle avait souhaité que son manteau soit simple et modeste, une façon d'exprimer son style personnel. Il y avait une certaine élégance dans le drapé des pans qui se refermaient sur l'avant. Pas de chichis. Juste des mailles fines et ravissantes.

« J'adore l'effet satiné, commenta Lucie en palpant la manche.

— Ce manteau est le plus beau que tu aies fait, ajouta Darwin qui fit un grand sourire en voyant Dakota entrer dans la boutique par la porte qui conduisait à l'étage supérieur.

— Il est magnifique », dit Dakota qui soupçonnait que l'enthousiasme de Darwin était lié à son espoir de goûter quelques gâteaux qu'elle aurait pu avoir emportés. Elle ferma la porte de la boutique derrière elle, attirant discrètement l'attention de Peri et lui faisant savoir par un haussement de sourcils ce qu'elle pensait de la cuisine à l'étage. Peri fit un geste pour montrer la boutique qu'elle avait joliment décorée pour les fêtes, avec des paniers et des cornes d'abondance remplis de fils à tricoter disposés sur la table et près de la caisse. Des écheveaux, dont les teintes ambre, chocolat et rouille rappelaient les couleurs de la récolte, étaient enroulés autour d'une corde résistante et formaient des guirlandes qui dégringolaient du haut des vitrines donnant sur Broadway. Peri ne tarderait pas à remplacer ces écheveaux par d'autres bleu foncé, blancs, rouge profond et vert sombre. Le décor était aussi vif, aussi éclatant et aussi interreligieux que les membres du club.

Ce groupe de sept femmes se réunissait le vendredi aussi souvent que leur emploi du temps le leur permettait. Elles prenaient alors un siège autour de la lourde table en chêne, gracieusement prêtée par Catherine qui avait une boutique d'antiquités dans le nord de l'État de New York.

La boutique de fils à tricoter dans sa version postinondation et prérénovation était toute simple : des étagères en métal faciles à monter et à déplacer, un petit bureau (aussi prêté par Catherine) pour la caisse et des murs peints couleur taupe pour conférer une ambiance chaleureuse à l'endroit.

Le magasin avait la chance de disposer d'une clientèle fidèle, et les membres du club avaient réagi en proposant plus de cours durant la semaine.

Anita en donnait certains jours, et même Lucie avait offert d'enseigner les techniques du tricot au printemps.

Mais le vendredi soir restait sacré et n'était ouvert que sur invitation aux femmes qui avaient formé un groupe autour de la défunte Georgia Walker, la propriétaire initiale de la boutique.

C'était l'endroit où chacune de ces femmes savait qu'elle pouvait en toute tranquillité faire part de ses combats et de ses rêves. Il y avait toujours des questions, mais elles évitaient de juger.

Après tout, elles avaient toutes fait des erreurs. Et bien sûr, c'était toujours l'occasion de tricoter. Avec les fêtes qui approchaient, il était nécessaire de prendre un peu de temps pour se détendre et laisser libre cours à sa créativité.

Dakota sortit sa nouvelle – vieille – trouvaille de son sac à tricots et la posa sur la table. Ce n'était pas le genre de choses qu'elle tricotait d'habitude, et elle s'arrêta pour voir si quelqu'un allait faire attention ou se demander comment elle avait fait pour tricoter la moitié d'un pull en une semaine.

KC se faufila jusqu'à la table, laissant les autres femmes admirer le manteau de mariée d'Anita.

« Et ma fille, dit-elle en prenant le pull et en l'examinant avec soin. Elle approcha la laine de son visage.

— Qu'est-ce que tu en penses ? » demanda Dakota dans un large sourire. Elle jubilait à l'idée de terminer l'ouvrage de sa mère. Elle avait le sentiment d'accomplir quelque chose d'important, une mission personnelle qu'elle était suffisamment mûre pour mener à bien.

« Ça faisait longtemps que je ne l'avais pas vu, dit KC. Je ne l'aurais peut-être même pas reconnu s'il n'y avait pas eu ce turquoise terrible ! Un vestige des années quatre-vingt sans aucun doute. Une fin de série visiblement.

— Tu connais ce pull ? demanda Dakota, tout excitée. Ma mère l'avait repris. Je viens de le retrouver et j'ai tricoté plusieurs rangs. Le problème, c'est qu'il ne reste plus assez de laine. Il faut que je retrouve un modèle équivalent ou le fabricant. »

Anita s'approcha d'elles, toujours en quête de projets nouveaux et intéressants en matière de tricot.

« Mon Dieu ! » s'exclama-t-elle en regardant Dakota à la manière d'une fée marraine, ce qu'elle avait toujours semblé être. Elle rayonnait dans sa robe crème et son manteau de mariée ivoire. Ses cheveux argentés encadraient son visage, et sa frange s'arrêtait juste au-dessus de ses yeux plissés par l'inquiétude. « Ta mère avait repris ce pull… cet automne-là.

— Je sais, dit Dakota d'un air triomphant en brandissant une aiguille en bois de rose. Et je vais le finir pour elle. Je vais y arriver. »

Anita hocha la tête, soulagée. « Très bien, dit-elle. Je trouve que c'est une très bonne idée.

— Même moi, je connais ce pull, dit KC. Il date de l'époque avant ta naissance. J'ai vu ta mère le tricoter au bureau. »

Dakota savait que KC travaillait dans la maison d'édition où Georgia avait commencé sa carrière, que Georgia avait au départ considéré KC comme son mentor, et que les deux étaient restées amies après que Georgia avait quitté son travail, était devenue mère et s'était lancée dans une carrière de « mompreneur » dans le tricot. Dakota se souvenait parfaitement de tout cela et pourtant elle était surprise que KC connaisse ce pull.

« Tu l'as vue en train de le tricoter ?

— Oh ! ma chérie, elle adorait faire quelques rangs pendant la pause déjeuner et elle n'arrêtait pas de parler de son petit ami. Bla, bla, bla. » KC se pencha et posa ses deux coudes sur la table, puis elle ajouta avec un sourire malicieux : « Tu sais, ton père ? »

Dakota lâcha instinctivement le pull comme si elle venait de se brûler. Même si elle aimait son père. Même si elle vivait avec lui une partie du temps.

Même. Ce pull datait… d'avant. D'avant qu'il ne quitte sa mère, qu'il ne la laisse seule et enceinte. D'avant qu'il ne revienne et ne soit pardonné. D'avant qu'il ne retrouve sa famille.

Elle n'était plus certaine de vouloir terminer l'ouvrage. Ces mailles avaient une histoire beaucoup plus riche qu'elle ne l'avait cru.

« Déclarons officiellement ouverte cette réunion ! cria Lucie, interrompant la rêverie de Dakota. Nous allons appeler mademoiselle Ginger. »

Elle appuya sur la touche amplificateur de son téléphone portable et fit un clin d'œil à Dakota. Autrefois, à l'époque pas si lointaine où Dakota était une préadolescente, c'était elle qui endossait ce rôle. À présent, la fille de Georgia était une superbe jeune femme de vingt ans. Ginger, la fille pleine d'entrain de Lucie (elle avait sept ans désormais), se couchait un peu plus tard pour faire les présentations par téléphone.

« Maman, brailla Ginger avant de se lancer dans une description de sa soirée. Tonton Dan a fait des glaces dans des cônes, et Stanton a renversé la sienne sur mamie, et ensuite le chat a essayé de lécher sa manche, et Cady a pété dans sa couche.

— Alors, tu passes une bonne soirée, Ging ?

— Oh oui ! » s'exclama Ginger. On entendit un bruit de Velcro. « Bon, vous êtes prêtes ? J'ai sorti mes crayons.

— Vas-y, dit Dakota.

— D'accord », dit Ginger en faisant glisser une

feuille. Elle s'éclaircit la voix de façon théâtrale. « Votre attention, s'il vous plaît. Dakota Walker ?

— Présente », dit Dakota, suffisamment jeune encore pour se souvenir de la joie que lui procurait ce privilège si particulier de pouvoir passer du temps avec ces dames.

Dès son plus jeune âge, elle s'était sentie chez elle dans la boutique Walker & Fille. Elle se souvenait des longues soirées passées à traîner, à apprendre à tricoter ou à faire ses devoirs, tandis que sa mère faisait le total des ventes du jour.

Georgia était une mère célibataire qui se consacrait entièrement à sa fille et à son commerce jusqu'à ce qu'elle se lie d'amitié avec les femmes qui étaient assises ce soir à cette table.

Depuis sa mort, elles formaient un clan uni autour de Dakota, veillant sur elle tandis qu'elle se disputait avec son père James, pendant l'été où elle avait gardé Ginger alors que Lucie travaillait en Italie, au cours des deux années qu'elle avait passées à l'Université de New York avant de commencer une école de pâtisserie pour réaliser son rêve.

« Anita Lowenstein, dit Ginger d'une voix carillonnante. Êtes-vous présente ?

— Je suis là, dit Anita, et ravie de l'être. » Préoccupée par ses projets de mariage, Anita – qui approchait les quatre-vingts ans même si elle semblait n'avoir que soixante et quelques années – était habituée à ce que les membres du club viennent la consulter pour lui demander conseil. Même si elle avait encore des problèmes avec ses propres fils (elle en avait trois), qui ne pouvaient pas supporter l'idée que leur veuve de mère puisse se remarier, elle ne faisait aucun mystère des sentiments maternels qu'elle avait pour Georgia et par conséquent pour Dakota. Ses retrouvailles récentes avec sa plus jeune sœur, Sarah, avec qui elle s'était brouillée autrefois, lui avaient donné un regain d'énergie.

Grâce aussi à son idylle revigorante avec Marty, qui était propriétaire du bâtiment et qui tenait le *deli* sous la boutique, Anita n'avait jamais été aussi heureuse depuis la mort de sa fille de substitution Georgia.

« Charmante Catherine Anderson ! cria Ginger, la bouche si près du combiné que l'on pouvait entendre chacune de ses respirations, je suis en train de vous dessiner dans votre robe dorée en ce moment même. Dites bonjour.

— Bonjour », dit Catherine. Elle aimait la fille de Lucie et avait proposé de la garder de temps à autre en vue de la visite prochaine de son ami Marco, qui emmenait son grand fils Roberto et sa fille de douze ans, Allegra. Âgée de quarante-quatre ans, Catherine apprenait encore à mener une vie de femme célibataire heureuse après un divorce tumultueux. Elle avait eu tendance à se lancer dans des relations pas vraiment épanouissantes d'un point de vue émotionnel en tout cas, dont une aventure secrète et grisante l'année précédente avec Nathan, le fils d'Anita, presque séparé de sa femme mais pas tout à fait (il s'était empressé de retourner auprès de son épouse après, naturellement, avoir consommé). Ces derniers temps, elle se concentrait surtout sur sa boutique d'antiquités et son commerce de vins à Cold Spring tout en endossant le rôle d'organisatrice de mariage pour les noces d'Anita. Tard le soir, elle pianotait sur son ordinateur et ajoutait des pages au roman qu'elle avait commencé et qui s'inspirait vaguement de ses années d'adolescence dans la Pennsylvanie rurale, lorsqu'elle et sa meilleure amie Georgia Walker travaillaient au Dairy Queen du coin.

« Peri Gayle est la suivante sur ma liste. Je fais comme la semaine dernière, expliqua Ginger. Aujourd'hui, je te dessine en vert avec un papillon.

— Excellent choix, dit Peri. Mes nouveaux sacs sont l'incarnation même de la *green attitude.* » Ce qui ne devait être au départ qu'un job temporaire à la boutique avant d'entrer à la fac de droit s'était transformé avec le temps en propriété conjointe avec Georgia (et maintenant avec Dakota). Elle se consacrait également à la création d'une collection de sacs à main, de sacs à dos et de sacs de coursier tricotés, qui, grâce à une séance photo du *Vogue* italien, avaient acquis une certaine notoriété, et sa micro-entreprise s'était transformée en l'espace d'un an en véritable phénomène. Peri Pocketbook, la marque, était très populaire, même si Peri avait du mal à répondre à la demande.

Et Peri avait enfin compris qu'elle devait prendre un peu de temps pour elle, encore qu'elle avançât encore à tout petits pas dans cette direction. Depuis un an qu'elle s'était inscrite à un site de rencontres sur Internet, elle avait eu de nombreux rendez-vous et fini par sortir avec un avocat plein d'esprit. Il avait vraiment du charme. Qui sait comment les choses évolueraient si elle parvenait à réaliser son dîner de Thanksgiving ?

C'est pour cette raison qu'elle avait laissé Dakota pénétrer dans sa cuisine. Et même si sa meilleure amie KC ne lui serait d'aucune aide en matière de cuisine, elle était soulagée de ne pas se retrouver seule face aux parents de son petit ami.

« KC Sliverman, dit Ginger en tapotant avec son crayon sur le téléphone. Présentez-vous.

— Silverman, Sil-ver-man ! cria KC avec un étonnement feint. Je ne cesse de te le répéter, ma fille, c'est Silverman. »

Ginger gloussa. Elle aimait KC. Elle la trouvait dingue.

KC, une petite femme d'une cinquantaine d'années, avait transformé un licenciement inattendu en nouveau départ. Peri avait aidé KC à se lancer dans une carrière de juriste, une carrière à laquelle elle avait elle-même renoncé.

Les deux femmes s'étaient liées d'amitié et, lorsque KC avait terminé la fac de droit, alors qu'elle approchait de la cinquantaine, elle était retournée travailler dans la maison d'édition qui l'avait licenciée quelques années auparavant.

Elle avait essayé le mariage, deux fois, mais criait haut et fort qu'elle n'était pas faite pour la vie de couple. Elle le répétait régulièrement.

Impertinente, sans enfant, débordante d'énergie, KC disait toujours ce qu'elle pensait même si elle avait promis à Peri d'y aller doucement avec la famille de son petit ami le jour de Thanksgiving.

« Tatie Darwin Chiu, dont le nom est différent de celui de tonton Dan Leung », dit Ginger d'une voix chantante.

Darwin était la mère des jumeaux Cady et Stanton qui vivaient dans la même maison que Ginger (avec sa mère Lucie), et ils étaient tous sous la garde de son médecin de mari ce soir. (« Ce n'est pas du baby-sitting, disait souvent Dan. C'est de l'éducation. »)

Étudiante en deuxième cycle à l'époque, elle était entrée chez Walker & Fille dans le but d'approfondir son projet de recherche sur les dangers que représentait le tricot pour le féminisme...

Darwin était à présent une championne du travail manuel et professeur à plein temps de « Women's studies », même si à sa grande consternation elle n'était toujours pas titulaire.

Elle jonglait entre ses activités de recherche, d'écriture, de mère. Elle travaillait aussi au projet qu'elle et Lucie avaient en commun : créer une télévision intelligente, appropriée pour les filles.

Même si les changements dans le monde autour d'elles s'étaient traduits par une certaine difficulté à trouver des financements. Tout ne s'était pas passé aussi facilement qu'elles l'avaient espéré, bien que Lucie ait un peu réduit ses horaires de travail dans l'espoir d'avancer.

« Et toi, maman, tu es là ? demanda Ginger en bâillant, épuisée à l'évidence par la rude tâche qu'elle s'était imposée : faire l'appel tout en réalisant des dessins avec des crayons de couleur.

— Oui, et Lucie Brennan dit qu'il est temps que tu ailles au lit, jeune demoiselle », dit Lucie. Elle n'aurait jamais pensé approcher de la cinquantaine et être la mère d'une petite fille de sept ans tout en s'occupant de sa vieille mère gagnée peu à peu par la démence. Mais telle était la vie quotidienne de Lucie, réalisatrice. Elle tournait aussi bien des documentaires que des clips musicaux ou publicitaires. Tricoteuse passionnée, elle avait poussé la porte de la boutique il y a bien longtemps pour chercher une pelote de mérinos beige (pendant sa phase pull marin) et avait fini par s'asseoir autour d'une table, qui ressemblait beaucoup à celle qui trônait à présent au milieu de la pièce, pour travailler ses mailles. Et comme toutes les autres femmes, elle avait continué à venir. Vendredi après vendredi.

Ce qu'elle avait trouvé ici, dans cette petite boutique, un étage au-dessus de Broadway et de la 77e Rue, c'était la véritable amitié, exactement ce dont elle avait besoin pour donner un sens à sa vie.

Il lui manquait quelque chose autrefois, mais elle n'avait pas compris de quoi il s'agissait tant qu'elle ne l'avait pas trouvé : la compagnie de femmes intelligentes et fortes qui la soutenaient quand elle avait besoin d'aide et qui faisaient appel à elle quand elles avaient à leur tour besoin d'être réconfortées.

Lucie souhaita bonne nuit à sa fille par téléphone pendant que les membres du Club des tricoteuses du vendredi soir – Anita, Catherine, Dakota, Lucie, Peri, Darwin et KC – se réunissaient autour de la table et commençaient, comme elles le faisaient si souvent, à parler toutes à la fois.

Elles reprendraient tout du début, chacune à son tour, dans quelques minutes.

Mais pour l'heure, elles voulaient juste savourer le plaisir qu'elles avaient à se retrouver.

2

Le silence s'installa autour de la table lorsque les fourchettes cessèrent une à une de racler et que les bouches s'arrêtèrent de mâcher. Des plats à moitié vides de dinde et de farce aux airelles et à la saucisse retrouvèrent leur place au centre de la table après être passés de main en main dans un sens et dans l'autre. Les vingt-quatre membres de la famille Foster, grands-parents, tantes et cousins, étaient repus. Ils étaient tous entassés dans la salle de séjour de l'appartement de James.

La grande télévision à écran plat était restée sur le mur, mais la plupart des meubles avaient été enlevés ou utilisés à d'autres fins telles que les fauteuils bleus et un petit banc en bois qui faisaient désormais office de chaises autour de la table.

James avait abordé son projet de grand repas de famille avec son œil avisé d'architecte. Il avait utilisé du papier millimétré et pris des mesures le dimanche précédent pour trouver un moyen de faire entrer toute sa famille dans sa demeure.

Spacieux pour un appartement new-yorkais, l'endroit était à peine assez grand pour organiser une telle fête.

La technique de James s'inspirait de l'approche de Thanksgiving par ses parents qui recevaient à cette occasion tous les cousins et les grands-parents possibles, quitte à les entasser un peu. Il adorait ces grandes réunions lorsqu'il était jeune.

Elles lui procuraient un sentiment de toute-puissance, fier qu'il était d'appartenir à une famille aussi merveilleuse, turbulente et unie.

Il voulait recréer cette atmosphère dans sa propre maison… pour Dakota. C'est pourquoi, après avoir bien réfléchi, il avait réaménagé la pièce en ajoutant plusieurs tables pliantes aux deux extrémités de sa table en verre et en métal.

Il utilisa des rondelles de calage et des livres fins pour que toutes les tables soient au même niveau, puis il recouvrit l'ensemble avec une nappe en lin jaune d'une longueur incroyable qu'il avait commandée exprès pour l'occasion sur Internet.

Sa fille, Dakota, tricotait depuis des semaines pour créer un chemin de table aux couleurs de la récolte d'automne, et ils avaient emprunté des plats, des assiettes et des verres à vin à Catherine et à Anita. (Inutile d'en acheter autant si c'était pour ne jamais plus les réutiliser une fois que les convives seraient rentrés chez eux, avait-il pensé.)

James recevait rarement dans son appartement. Il souhaitait que sa maison reste aussi calme et intimiste que possible, une habitude qu'il avait prise lorsque Dakota avait emménagé avec lui après la mort de Georgia. Il était certes loin de mener une vie monacale, mais s'était toujours débrouillé pour que sa vie privée (sentimentale) n'empiète pas sur sa vie de famille, et il n'avait jamais imposé l'une de ses conquêtes féminines à Dakota.

Il avait décidé très vite que ce n'était pas bon pour elle de le voir avec une autre femme que sa mère.

James ne s'était pas suffisamment projeté dans l'avenir pour penser à la manière dont il allait s'y prendre quand il rencontrerait quelqu'un qui compterait vraiment pour lui.

C'était presque comme s'il avançait furtivement, nerveux à l'idée que Dakota puisse découvrir qu'il avait des sentiments pour une autre femme. Franchement, il était lui-même un peu troublé.

De plus, maintenant que les fêtes approchaient, ce n'était vraiment pas le moment d'aborder le sujet. Mieux valait que les choses se passent comme à l'accoutumée.

Ce soir, pourtant, l'ambiance qui régnait dans l'appartement n'avait rien à voir avec le calme et le silence habituels. Et il s'était vraiment bien amusé.

James soupira, même si, pour être honnête, il avait envie de roter. Pour faire un peu plus de place dans son estomac. Le repas de Thanksgiving préparé par Dakota était délicieux. Un peu trop copieux, bien sûr… mais telle était la tradition.

« Coma postdînatoire », annonça Dakota avec satisfaction tout en observant son père, qui se calait contre le dossier de sa chaise, et son grand-père, qui dodelinait de la tête tandis que ses paupières devenaient de plus en plus lourdes… Il était néanmoins toujours assis à table. « Je ne pouvais pas imaginer un meilleur compliment. »

Elle avait préparé le dîner toute seule, se contentant de quelques heures de sommeil, après avoir effectué tous les préparatifs pour la grande soirée de Peri avec les parents de son petit ami.

Elle avait scotché des instructions très détaillées concernant le réchauffage des plats à l'intérieur des placards et du réfrigérateur dans l'appartement de son amie.

Ses notes contenaient de multiples mises en garde et rappels : ne jamais utiliser de papier d'aluminium dans le micro-ondes et vérifier qu'il n'y ait aucune pelote de laine dans le four avant de le mettre en route.

Elle avait même laissé deux tartes à la citrouille fraîches sur la table basse dans la salle de séjour avant d'appeler un taxi pour rentrer chez son père… Elle était épuisée. Durant la semaine, Dakota logeait dans une chambre d'étudiant à l'école, mais elle continuait à dormir en ville les week-ends. Elle revenait à New York pour les réunions du club et pour travailler plusieurs heures à la boutique.

C'était un rythme effréné, qui la fatiguait beaucoup, mais c'était le prix à payer si elle voulait un jour tenir son propre café. Elle savait que son stage à venir allait donner un véritable coup de pouce à sa carrière.

Bien sûr, elle venait de concocter un repas pour les membres de sa famille affamés.

Catherine était arrivée beaucoup trop tôt jeudi matin. Elle avait mis la table avec James et dérangé la cuisinière qui essayait de faire un petit somme sur le canapé après avoir épluché toutes les pommes de terre et commencé à rôtir la dinde.

Catherine était la seule invitée à ne pas faire partie de la famille pour le Thanksgiving des Foster et de l'unique représentante des Walker.

Elle ne l'avait pas réalisé lorsqu'elle avait accepté avec reconnaissance l'invitation. Tous les autres membres du club avaient des projets : Marty avait décidé qu'Anita et lui passeraient ce jour de fête avec sa nièce dans l'immeuble familial, Lucie et Darwin étaient dans leur duplex dans le New Jersey et recevaient les frères aînés de Lucie et leur famille. Heureusement pour ces deux-là, Rosie avait certes un peu perdu la tête, mais elle se souvenait encore parfaitement de ses vieilles recettes.

Elles avaient prévu de cuisiner une dinde, bien sûr, avec une portion de lasagnes de Rosie et la sauce marinara faite maison.

Catherine avait entendu que Ginger avait pour habitude de traîner dans la cuisine un siège confortable pour que Rosie puisse guider les cuisinières en leur ordonnant de mettre plus de sel et moins de poivre.

Inspirée par les récits de Lucie décrivant les préparatifs culinaires dans sa maison, Catherine prit une chaise dans la cuisine de Dakota et s'assit pour faire part de ses commentaires. Toutes deux savaient néanmoins qu'elle n'avait guère de conseils à prodiguer. L'expérience culinaire de Catherine se limitait à commander des plats et à les déguster.

« Tu as mis des tomates dans la salade ? J'adore les tomates d'Italie », dit Catherine, perdue un moment dans ses pensées tandis qu'elle se rappelait un pique-nique mémorable avec Marco au cours duquel ils avaient profité d'une vue magnifique sur les champs. Elle avait ensuite retrouvé du jus de tomate dans des endroits qu'il est préférable de ne pas mentionner. « Tu sais ce que j'aime par-dessus tout ? Manger dehors.

— Ah ! et ce n'est pas possible de manger dehors à New York ? » demanda Dakota. Son ton moqueur fut un peu assourdi lorsqu'elle se pencha pour sentir l'arôme de la sauce aux airelles et à l'orange qui mijotait dans la casserole. Elle était plutôt habituée aux monologues de Catherine sur l'Italie où tout était plus merveilleux que dans n'importe quel endroit du monde. L'amour l'avait adoucie, mais elle avait parfois tendance à s'épancher un peu trop. « Allons, la réprimanda Dakota. Je suis pratiquement sûre que c'est possible, même si je n'ai jamais le temps pour de tels luxes.

— Tu es juste grognon parce que tu travailles sans répit », dit Catherine tout en ouvrant le réfrigérateur à la recherche de quelques bouchées savoureuses. Elle souleva un tupperware et le plaça devant la lumière pour voir ce qu'il y avait à l'intérieur. « Tu as simplement besoin de vacances.

— En Italie, sans doute, dit Dakota qui remuait la sauce les sourcils froncés par la concentration. Ce dont j'ai vraiment besoin, c'est faire encore plus de pâtisseries. » Elle se retourna pour faire goûter la sauce à Catherine, guettant la moindre de ses réactions.

Catherine fit la grimace.

« Qu'est-ce qui ne va pas ?

— Rien, c'est délicieux, dit Catherine en pinçant la joue de Dakota, car elle savait que ça l'embêtait. Je ne faisais que te taquiner, tu es tellement sérieuse. »

Dakota prit une nouvelle cuillère et remua la sauce. « J'ai beaucoup de choses à accomplir dans ma vie », dit-elle sans formuler la suite, mais elle savait que Catherine comprenait.

Sa mère était morte avant d'atteindre l'âge de quarante ans, laissant Dakota avec le sentiment – la crainte même – que rien ne pouvait attendre. Elle vivait dans l'urgence. Ses amies partaient en vacances de ski pendant qu'elle restait à la maison pour étudier et travailler.

Sa mère lui avait aussi transmis autre chose : apprécier la valeur de l'effort. Du dévouement. Savoir que parfois les sacrifices étaient nécessaires et appropriés.

« Devine quoi ? dit-elle en essayant de retrouver un peu de légèreté. J'ai eu de la veine. Le chef du V de Rome m'a dégoté un stage dans la cuisine de l'hôtel de la chaîne à New York pendant les fêtes.

— Pas pour Noël, quand même ? demanda Catherine.

— Si, pour Noël, se moqua Dakota. C'est une opportunité incroyable de trouver une place là-bas. Je ne vais pas me pointer avec mon emploi du temps et voir si je peux trouver un moment pour eux. Ça marche dans l'autre sens.

— Et ton père, qu'est-ce qu'il en a dit ? demanda Catherine en sortant un couteau pour couper une tranche de tarte qui refroidissait sur une grille.

— C'est pour le dessert ! » cria Dakota. Puis elle ajouta en baissant la voix : « Je ne lui en ai pas parlé. Pas encore. Mais nous faisons un gros repas pour Thanksgiving aujourd'hui, alors ce n'est pas la peine d'en faire un autre le mois prochain, n'est-ce pas ?

— Sans doute..., dit Catherine qui ne paraissait pas convaincue. C'est pourquoi la majeure partie du pays fait deux grands repas d'affilée pratiquement. Dakota, tout le monde sait que les fêtes de fin d'année sont l'occasion pour toutes les familles de se retrouver. C'est le but. »

Elle barrait les jours qui passaient sur son calendrier, car elle savait que Marco viendrait avec toute sa famille pour Hanoukka (la fête des lumières) et le mariage.

« Il faut bien que quelqu'un fasse la cuisine », dit froidement Dakota tout en ouvrant le frigo et en rangeant une étagère pour dégager une tarte à la citrouille qui avait déjà été coupée. Elle montra la moitié d'une tarte (son père en avait déjà mangé pour le petit-déjeuner) à Catherine et ajouta une bonne cuillérée de crème fouettée à la vanille.

« Sinon, comment feraient les maigrelettes comme toi pour avoir leur dose annuelle de calories ? »

Dakota apprécia la façon dont Catherine ferma les yeux, émerveillée par la saveur de la tranche de tarte à la citrouille croustillante, elle aima la façon dont la croûte s'effrita au contact de sa fourchette. Dakota adorait tricoter. Elle adorait voyager.

Mais ce qu'elle aimait par-dessus tout, c'était regarder les gens goûter sa nourriture. Elle aimait les entendre soupirer d'aise et les voir se détendre dès la première bouchée. Elle avait un don qui n'appartenait qu'à elle.

Bien sûr, il aurait été plus agréable de buller un peu pendant les fêtes de Noël, de traîner avec son père et son oncle Donny. Il faisait toujours de leurs voyages en Pennsylvanie des moments mémorables, allant chercher sa sœur et sa fille à la boutique pour les conduire jusqu'à la ferme.

Plus tard, après la mort de Georgia, il avait formé une immense boule de neige compacte dans les champs et avait donné à Dakota une batte de base-ball, lui offrant ainsi un peu d'intimité pour évacuer sa frustration.

Pour crier, pleurer et exprimer sa rage… contre tout. Tonton Donny, le frère cadet de sa mère, était tout simplement comme ça.

Il remarquait beaucoup de choses sans faire toute une histoire. Il restait à l'arrière-plan et pourtant il avait son rôle à jouer lui aussi.

Mais Dakota savait que, si elle passait Noël en Pennsylvanie, elle ne se rapprocherait en aucun cas des objectifs qu'elle s'était fixés. Certains pouvaient se payer le luxe de prendre leur temps. Pas elle. Elle ne pouvait pas attendre. Elle ne voulait rien laisser au hasard, ne pouvait pas se contenter d'hypothèses et de suppositions.

« J'ai vraiment besoin de faire une sieste, disait Catherine à présent en tapotant sa bouche avec une serviette qu'elle reposa ensuite à côté de son assiette sur la table de Thanksgiving.

— Et moi, je suis vraiment impressionnée, dit la mère de James, Lillian. Tu as très bien travaillé, Dakota. Et toi aussi, James, tu as très bien travaillé. Je suis agréablement surprise.

— Merci, j'ai changé les meubles de place au moins sept fois pour obtenir l'agencement parfait, pour trouver suffisamment de sièges et installer les tables en plus, dit-il en hochant la tête. Ça m'a demandé beaucoup d'efforts. Mais j'ai fini par obtenir un résultat satisfaisant, ajouta-t-il en faisant un clin d'œil.

— Ce n'est pas ce que je voulais dire, dit Lillian en inclinant presque imperceptiblement la tête en direction de sa petite-fille.

— J'y ai travaillé aussi », dit James, ravi de l'approbation de sa mère. Dakota était trop préoccupée par des idées de crème fouettée pour faire attention.

« Je suppose que nous devons faire toute la vaisselle », fit remarquer Joe, le père de James. Son visage était couvert de rides, et ses cheveux semblaient plus gris, mais il continuait à prendre bien soin de lui et restait actif. Lillian et lui étaient tous deux à la retraite après une carrière de professeurs au lycée, mais ils faisaient encore profiter certains étudiants de leurs compétences pendant l'année scolaire. Ils disaient à leurs enfants que le travail maintenait leur esprit en forme.

« Je lave si quelqu'un essuie.

— Pourquoi ne nous installerions-nous pas sur des fauteuils plus confortables pour faire un somme ? supplia Catherine.

— J'ai rangé la plupart des sièges confortables dans le cagibi au sous-sol, expliqua James. Vous ne pouvez disposer que de ce que vous voyez autour de vous. Nous pouvons nous disputer le canapé, regarder le foot debout, nous blottir sur le sol…

— Ou aller nous promener, intervint Lillian. La vaisselle attendra. Elle ne risque pas de s'en aller. »

Catherine comprit aussitôt que c'était Lillian la véritable chef de famille, car tous les Foster se levèrent et allèrent immédiatement chercher leurs manteaux et leurs écharpes.

« Pas de sieste, donc ? murmura-t-elle lorsque Dakota lui tendit sa veste en secouant la tête.

— Grand-mère a parlé, dit Dakota gentiment. Quand tu viens à un repas des Foster, tu dois te conformer aux règles. Allez, viens, je te tiendrai par la main. Comme ça tu pourras marcher tout en dormant. »

Catherine n'était pas vraiment contrariée, car elle regrettait de ne pas passer plus de temps avec Dakota en raison de leurs emplois du temps divergents. Dakota ne s'arrêtait jamais entre les cours à l'école de Hyde Park, les heures qu'elle travaillait à la boutique et le temps qu'elle consacrait à plusieurs projets de tricots à partir des modèles créés par sa mère.

« Où en êtes-vous avec le catalogue de modèles ?

— On avance lentement, dit Dakota en cachant ses cheveux sous une casquette gavroche rouge qu'elle avait tricotée il y a si longtemps qu'elle était un peu pelucheuse par endroits. J'ai pensé que nous devrions réaliser tous les projets, alors j'ai réparti les tâches entre tout le monde, les tricoteuses expertes, je veux dire…

— Je sais, je sais », dit Catherine, qui n'avait jamais vraiment progressé en matière de tricot. Elle n'était nullement vexée de ne pas avoir été invitée à participer.

« Alors, ça prendra le temps qu'il faudra, expliqua Dakota avant de soupirer. Je suis débordée. Complètement morte.

— Tu viens de te mettre en quatre pour une armée de cousins.

— Oui, mais c'est autre chose, dit-elle. Le stage. Le café-tricot. Je ne sais pas. » Les parents de Catherine étaient morts des années auparavant ; pourtant, son amie ne semblait pas perturbée par les fêtes. Par l'absence des siens. Dakota enviait sa tranquillité d'esprit.

« Oh ! je vois, les "Je ne sais pas" redoutés, dit Catherine. Les garçons, les fêtes, trop de pression, pas assez de sommeil.

— Oui, il y a beaucoup de tout ça, admit Dakota. C'est une drôle de période. Un grand compte à rebours, tu vois ce que je veux dire. Et jusqu'où va-t-il nous mener ?

— Jusqu'au mariage !

— Oui, d'accord, reconnut Dakota. Mais tu n'as pas l'impression qu'on en fait des tonnes ou que tout le monde se met la pression pour accomplir quelque chose de grand avant le Nouvel An ? Pour faire que cette année soit meilleure que l'année précédente ? Parfaite même. Et il ne nous reste plus qu'un mois. Tic tac.

— Pas moi », dit Catherine en secouant la tête un peu trop vigoureusement. Elle racontait des bobards, et Dakota le savait pertinemment.

« Alors, comme ça, la visite de la famille Toscano ne te perturbe pas le moins du monde ?

— Euh, dit Catherine en inclinant la tête d'un côté. Si, un peu, un tout petit peu. »

Au cours de l'année écoulée, la jolie blonde de quarante-quatre ans s'était rendue en Italie tous les deux mois. Elle y restait alors une semaine et se laissait bercer par la vie dans le vignoble de Cara Mia. Il y avait bien des semaines où Catherine et son ami Marco Toscano partaient au bord de la côte ou allaient passer un jour ou deux à Rome, mais la plupart du temps, ils restaient à Cara Mia.

À l'occasion, Marco, son petit ami – si une telle expression pouvait s'appliquer à un homme adulte aussi séduisant –, faisait le voyage de retour avec elle et restait quelque temps à New York.

Parfois, il emmenait sa belle-mère pour qu'elle puisse rendre visite à sa sœur Anita ; les deux réapprenaient à se connaître après des décennies de séparation. Marco adorait traîner dans la boutique d'antiquités et de beaux objets de Catherine à Cold Spring.

Ils cuisinaient chacun à leur tour sur la cuisinière rarement utilisée de Catherine et il lisait ses derniers chapitres.

« Tu sais ce qui serait intéressant ? dit-il une fois. Ça serait que ces deux amies deviennent des agents de renseignements pour deux pays ennemis.

— Eh bien, dit Catherine. C'est un peu ce que nous avons fait. »

En somme, Marco lui avait fait la cour d'une façon quelque peu atypique. Il y avait eu beaucoup de longues discussions. Cette relation n'avait rien à voir avec ses idylles habituelles où elle se retrouvait rapidement au lit avec sa nouvelle conquête qui prenait tout aussi rapidement la porte.

Cette relation différait aussi énormément de son mariage malheureux avec Adam Phillips, un riche banquier d'affaires, et des multiples aventures ratées qui avaient suivi son divorce bienvenu.

Et pourtant, elle avait bizarrement repoussé les avances de Marco durant l'été qu'elle avait passé en Italie l'année précédente, tout occupée qu'elle était à redécouvrir enfin son indépendance et qui elle était vraiment. C'est au cours du même été qu'Anita avait tenté désespérément de retrouver la trace de sa sœur Sarah avec qui elle avait coupé les ponts des années auparavant, que Lucie avait tourné une série de clips avant-gardistes mettant en scène une diva de la pop italienne et que Dakota avait gardé Ginger tout en flirtant avec le fils de Marco, Roberto.

Lorsque Catherine était rentrée à New York, elle avait insisté au départ pour que Marco et elle ne communiquent que par mails. C'était une sorte de test, un moyen de découvrir, selon elle, s'il s'intéressait à son cœur ou juste à son corps. Et Catherine, qui ne rechignait pas à faire bon usage de ses hanches toniques, voulait quelque chose qu'elle n'avait jamais eu auparavant.

Elle voulait une *vraie* relation. Bien sûr, elle cédait parfois à la tentation d'entendre la voix de Marco, mais la plupart du temps elle tenait bon ; elle souhaitait d'abord construire une amitié.

Grâce aux messages que Marco lui envoyait, elle en apprit un peu plus sur sa défunte femme, Cecilia, comment ils s'étaient rencontrés alors qu'il n'avait que vingt ans et qu'il roulait en trombe pour aller livrer du vin.

Il lui était rentré dedans par accident avec sa vespa qui n'avançait pas assez vite à son goût. Il lui fit part de son inquiétude pour sa belle-mère Sarah qui prenait de l'âge comme son mari Enzo et parla aussi des difficultés qu'il éprouvait à élever ses enfants tout seul.

« Chaque heure qui passe, je les vois grandir, lui écrivit-il, *et je me remets constamment en question. En ai-je dit assez ? En ai-je fait assez ? »*

En distillant les détails au compte-gouttes, elle avait raconté, doucement, comment elle avait blessé sa meilleure amie et pris sa place dans l'université où elle avait toujours rêvé d'étudier, comment elle avait fait un mariage malheureux et s'était obstinée à rester plutôt que d'essayer de voler de ses propres ailes.

Sans entrer là encore dans les détails, elle lui parla de ses aventures les plus importantes, même si elle s'était gardée de révéler sa liaison avec Nathan, le fils d'Anita.

Elle n'était pas encore prête. (De plus, il était vraiment étrange de se dire que Nathan était en fait le cousin germain de la défunte femme de Marco.

Certes, elle ignorait ce fait lorsqu'elle avait fait l'amour avec lui.) Cette expérience malheureuse l'avait conduite à se méfier de Marco aussi.

Comme il était étrange de vivre une idylle en l'absence de ses deux vieux amis de toujours, le sexe et l'alcool. Cependant, c'était une approche beaucoup plus efficace. Il s'agissait avant tout de poser les fondations de leur relation.

Toutefois, une femme qui porte des dessous imprimés léopard ne change pas de numéro aussi facilement.

Lors de son premier voyage en Italie depuis l'été précédent, Catherine n'avait qu'une envie : rattraper le temps perdu.

Elle avait rangé dans sa valise ses nuisettes les plus minuscules et les plus satinées.

Mais elle avait trouvé Marco en train de se débattre avec une troupe d'insectes qui menaçaient de détruire ses vignes et elle avait passé des dîners aux chandelles à pratiquer son italien avec la petite Allegra, qui répétait patiemment les mots, puis gloussait lorsque Catherine les prononçait mal.

Ils avaient certes échangé des caresses et des baisers furtifs, mais Marco était complètement épuisé et elle avait quitté l'Italie pas plus avancée qu'à son arrivée. Et elle s'en fichait.

Bon, d'accord, elle ne s'en fichait pas complètement. Elle avait même encore plus envie de retourner le voir. De lui rendre une visite qui lui ferait comprendre qu'il valait bien cette attente.

Catherine n'avait même pas mis de nuisettes moulantes dans ses bagages, cette fois-là. Elle s'attendait à ce que cette visite ressemble aux précédentes… comme lorsqu'Allegra, qui avait quitté le pensionnat pour passer quelques jours à la maison, s'était réveillée au milieu de la nuit à cause d'une poussée de fièvre… ou comme lorsque Marco avait été contraint de gérer une nouvelle urgence sur son exploitation. Catherine était frustrée, mais elle n'en appliquait pas moins des gants de toilette humides sur le front d'Allegra ou empruntait une paire de bottes pour parcourir les vignes. Elle hochait alors sagement la tête pendant que Marco lui faisait part de ses problèmes.

Elle réalisa que ses précédentes aventures n'avaient jamais eu pour toile de fond un lieu de travail, des enfants ou des chiens.

Elle avait l'habitude qu'on l'emmène dans des bed and breakfast douillets ou dans des hôtels luxueux avec des draps impeccables, ou même juste dans la chambre de son charmant pavillon.

« Qu'est-ce qu'il y a entre nous au fait ? demanda-t-elle en maugréant à Marco, un après-midi.

— C'est un mariage d'amour, dit-il. Un amour ancré dans le monde réel. » Il l'embrassa avec fougue sur la bouche, puis prononça les mots qu'elle avait envie d'entendre.

« Il y a une escapade à Rome de prévue, dit-il.

— Quand ?

— Dès que la grand-mère d'Allegra arrive, dit Marco un demi-sourire sur les lèvres. Ils partent, nous restons. Tout le week-end. »

Ils ne prirent même pas la peine de dîner. Ils firent signe à Allegra depuis la porte, puis se précipitèrent vers la chambre d'amis de Catherine située au troisième étage.

Ils se mirent à rire et à s'embrasser, et firent l'amour dans l'escalier. Puis pendant un pique-nique. Puis dans la cave à vins. Puis par terre dans la cuisine.

Quelle émotion ensuite lorsque Marco lui dit qu'il l'aimait ! Comme il lui semblait naturel désormais d'enfiler ces bottes et d'arpenter les vignes.

Elle s'était attendue à ce qu'une certaine déception accompagne le retour d'Allegra.

Pourtant, une joie grisante l'envahit lorsqu'elle entendit la voiture s'arrêter devant la maison, et elle fut vraiment attendrie, un drôle de sentiment au creux de l’estomac, lorsque la jolie fille de Marco l’embrassa la première. Et c’est alors qu’elle réalisa vraiment. Elle était amoureuse. Non seulement de Marco mais de toute sa famille.

Catherine croisa les bras sur sa poitrine et suivit doucement le groupe dans la rue, tandis que Dakota s’avançait pour discuter avec un cousin.

Lillian ralentit le pas pour attendre Catherine qui traînait distraitement à l’arrière du groupe.

« Vous êtes amoureuse, dit la mère de James sans détour. Ça se voit sur votre visage. Ce sourire un peu niais que vous affichez.

— Oui, reconnut Catherine qui leva instinctivement la main pour toucher son visage.

— Je ne sais pas pourquoi je suis toujours la dernière au courant, dit la mère de James en croisant les bras. Je n’ai pas vraiment envie de revivre ça une seconde fois. La petite amie surprise. Alors, dites-moi simplement : êtes-vous avec mon fils ? »

Catherine lui lança un regard de côté avant de se mettre à rire.

Elle ouvrit la bouche pour parler, mais il n’en sortit que des gloussements.

« Eh bien, quoi, il n’est pas si mal, dit Lillian. Il est même plutôt bel homme.

— Oh ! je sais, dit Catherine en riant. Et ils ont été plus d’un à suggérer que nous ferions un beau couple.

— Alors, vous êtes ensemble ?

— Oh non », dit Catherine. Le feu passa au

rouge pour les piétons, et elles restèrent coincées au coin de la rue tandis que le reste de l'équipe les attendait de l'autre côté. Elle se retourna pour regarder la mère de James droit dans les yeux.

« James et moi ne sommes pas et n'avons jamais été amants, dit Catherine.

— Je vois, dit Lillian qui ne semblait pas franchement convaincue.

— Parfois, on est tenté de combler le vide avec quelqu'un qu'on connaît. Mais en ce qui concerne James et moi, nous sommes plutôt comme les membres d'une même famille, dit Catherine. Nous sommes de bons amis et nous avons toujours su qu'il y avait une limite à ne pas franchir. »

Lillian hocha la tête. « Vous voulez dire Georgia, n'est-ce pas ?

— Pour lui, oui, reconnut Catherine. Et je pense que j'ai trouvé chaussure à mon pied. Enfin. Peut-être. Je ne sais pas. Mais probablement. Même si ça dépend.

— Bien sûr.

— Parce que je ne suis pas prête à m'engager pour toujours, dit-elle. Nous n'avons pas vraiment abordé le sujet, mais sa vie est sans doute là-bas et je suis là.

— En effet.

— Alors, quand il demandera, et il va le faire, je lui dirai "Pas encore", dit Catherine d'un ton catégorique. J'ai beaucoup réfléchi. Ne vous inquiétez pas.

— Oh ! je ne m'inquiète pas, dit Lillian sans aménité.

— Il a une petite fille, Allegra. Elle est à l'école le plus souvent, mais j'aime passer du temps avec elle.

— Et je suis sûre qu'elle vous aime, dit Lillian, se contentant d'une série de commentaires neutres.

— Moi, je n'en suis pas si sûre, confessa Catherine. C'est difficile à dire. C'est un peu délicat de demander. Je ne veux pas paraître en manque d'affection ou bizarre. Marco pense que je suis bizarre. Sa première femme était pratiquement une sainte, et moi je suis plutôt du genre pécheresse, si vous voyez ce que je veux dire. »

Lillian n'avait pas souvent eu l'occasion de rencontrer Catherine et n'était pas certaine de vouloir entendre tous les détails de sa vie sentimentale si son fils n'était pas concerné.

Pourtant, elle hocha poliment la tête tandis que Catherine parlait sans s'arrêter de raisins, de décalage horaire, de prosecco que l'on sirote en regardant les champs. Puis elle revint au sujet qui la préoccupait.

« Je m'inquiète pour mon fils. Il porte son chagrin comme un bouclier. Oh ! je me souviens parfaitement du jour où j'ai rencontré Georgia, dit Lillian. Lorsque ces deux étrangères ont franchi le seuil de ma maison, soudain, j'avais une nouvelle petite-fille. J'étais à la fois en colère contre mon fils et aux anges de voir Dakota. Mais Georgia m'a surprise ; elle semblait tellement forte. J'ai dit à

James qu'elle avait du cran, mais ça relevait peut-être plus de la grâce.

— C'est marrant, dit Catherine, comme Dakota a hérité de la silhouette et des traits de sa mère. Mais ce que Georgia lui a transmis de plus précieux, c'est sans doute ce mystérieux quelque chose en plus. Cette assurance si souveraine.

— Dakota est adorable et se débrouille très bien, acquiesça Lillian. Mais maintenant qu'elle a grandi, c'est pour James que je m'inquiète. Il ne peut pas continuer comme ça éternellement et toujours comparer les autres femmes à la mère de Dakota.

— Il est possible qu'il soit prêt à s'engager un peu plus sérieusement. Dakota pense qu'il a quelqu'un en ce moment et que c'est sérieux.

— Elle ne m'en a pas parlé. » Lillian n'aimait pas être tenue à l'écart.

« Elle ne l'a pas encore rencontrée, dit Catherine. Mais elle essaie de faire comprendre à James qu'elle a des soupçons.

— Alors, ce n'est peut-être pas aussi sérieux que ça, dit Lillian. Et les fêtes ne vont pas faciliter les choses. On marque le pas, on s'interroge… Où étais-tu l'année dernière et ça fait combien de temps que Georgia nous a quittés ? Et tous ces "tu te souviens", c'est dur.

— Bien sûr, il y a aussi des moments joyeux, comme aujourd'hui », dit Catherine en souriant. Elle montra le groupe en train de remonter la rue. Mais elle pensait vraiment à Marco. À un Thanksgiving, dans un avenir rêvé, où elle ne serait plus l'invitée en plus, certes bienvenue, mais un membre à part entière d'une famille.

La troupe longea lentement la partie de la 5e Avenue bordée par le parc et passa devant le Plaza et le magasin de jouets FAO Schwarz, pour s'arrêter devant l'un des repaires favoris de Catherine.

Le reste du groupe n'était pas aussi enthousiaste.

« Tu nous as emmenés visiter le grand magasin Bergdorf Goodman ? demanda Joe à sa petite-fille.

— Non, dit Dakota. Je vous fais une visite guidée de New York et de son architecture. Ma visite guidée. Imaginez à quoi ressemblait ce bâtiment il y a plus de cent ans, lorsque c'était le manoir de Vanderbilt. En fait, toute la ville était différente. Ce n'était pas le cœur du quartier commerçant, il n'y avait que des résidences ici.

— Tu es comme ton père, dit une des tantes de Dakota. Toujours en train de nous traîner dans les rues pour nous montrer des bâtiments et raconter des histoires.

— Non », murmura James, ravi de voir Dakota prendre le groupe en charge (avec l'accord tacite de Lillian). Il lui avait fait faire une fois la même promenade. Il lui avait montré les halls Art déco des immeubles d'entreprises et lui avait raconté des anecdotes sur la construction du centre de Manhattan. Non, il avait le sentiment qu'elle ressemblait beaucoup plus à sa mère. Elle faisait les mêmes gestes gracieux lorsqu'elle montrait un détail, elle ouvrait elle aussi trop grand la bouche lorsqu'elle riait, découvrant ses dents et sa langue. Elle avait la silhouette de sa mère, fine et athlétique, et montrait le même zèle au travail. Il se dit qu'elle avait vraiment besoin de vacances.

La ville, de son côté, avait déjà fait la transition entre jour de travail et jour férié, et la saison de Noël était annoncée dans les vitrines des magasins par des guirlandes et des nœuds.

Dakota les emmenait certainement au Rockefeller Center où ils mangeraient du chocolat en regardant les patineurs glisser sur la glace de la patinoire.

Il jeta un rapide coup d'œil en arrière pour voir si sa mère commençait à faiblir, mais elle semblait ravie de la compagnie de Catherine.

Bien qu'il envisageât un instant de discuter un peu avec l'une de ses sœurs aînées, il préféra se laisser aller à la joie d'observer sa fille divertir la famille.

Elle avait glissé son bras sous celui de son grand-père et plaisantait avec lui. Elle était certes le plus jeune membre de la famille, mais c'était incontestablement une meneuse.

S'il ne l'avait pas connue petite, il n'en était pas moins étonné de constater à quelle vitesse elle était devenue une femme. L'année dernière encore, elle semblait parfois déraisonnable et immature.

À présent, elle se concentrait sur l'école, sur la boutique et avait décidé de reprendre le classeur de modèles de sa mère et de créer un catalogue qui ferait ressortir le talent de Georgia.

Il ressentait de la fierté, mais pas uniquement. Il avait aussi du respect pour sa fille et pour la façon dont elle abordait la vie.

Elle semblait de plus en plus à l'aise avec la personne qu'elle était devenue. Sûre de ses choix.

Dieu sait qu'il s'était opposé à sa décision de quitter la filière universitaire classique, mais il était forcé de constater qu'elle avait fait le bon choix.

« Papa ? » avait-elle dit la veille au soir, tandis qu'il était assis par terre, épuisé après avoir déplacé une grande partie des meubles de la salle de séjour, les tables en inox et les immenses fauteuils en cuir.

Elle lui avait tendu une part chaude de tarte aux pommes et à la cannelle.

« Ouais ?

— Merci. Merci d'être cool.

— Ne travaille pas trop, fit-il remarquer. Tu ressembles à ta mère, mais je ne veux pas que tu fasses les mêmes erreurs que ton père. Il faut que tu prennes le temps de vivre. Il faut que tu passes du temps avec ta famille. Avec ton vieux père !

— Qui est épuisé lui aussi, n'est-ce pas ? » Dakota se mordit les lèvres, puis se ressaisit et arrêta. James comprenait. Le plus difficile, c'étaient les grands événements, les anniversaires et les fêtes. Pendant des années, ils s'étaient évertués à recréer le Noël traditionnel en Pennsylvanie et, chaque fois, ils étaient submergés par l'émotion. « Noël, c'est toujours un peu difficile.

— C'est vrai, dit-il. Les fêtes réveillent toujours les souvenirs, c'est normal. Tout le monde passe par là. Et c'est bien ainsi.

— Nous ne sommes pas obligés de suivre toujours la même tradition, dit-elle. Nous pouvons faire autre chose, bouleverser un peu l'ordre établi.

— Tout à fait », dit-il.

C'est alors qu'il sut qu'il avait fait le bon choix en organisant un Noël différent. Même avec la conjoncture économique défavorable, même s'il avait quitté son poste confortable à l'hôtel pour lancer son propre cabinet d'architecture, il était heureux d'avoir dépensé une somme astronomique en billets d'avion pour Dakota et ses grands-parents maternels, et même pour son oncle Donny qui s'occupait de la ferme familiale en Pennsylvanie. En la regardant, ce soir-là, se concentrer entièrement sur son rôle d'hôtesse, il sentit à quel point elle avait besoin d'une pause. Mais aussi à quel point elle semblait à l'aise avec sa famille. Il savait que, dans un avenir pas très lointain, la vie serait différente.

Elle ne serait plus seulement sa petite fille, elle voudrait mener sa vie, se marier, peut-être même s'installer ailleurs. Le moment était donc idéal pour faire quelque chose de particulier, pour rassembler toute la famille de Georgia pour Noël comme il avait rassemblé la sienne pour Thanksgiving. Pour elle.

« Je crois que j'ai faim de nouveau ! cria Joe, le père de James, à l'arrière du groupe.

— Alors, mon plan a parfaitement fonctionné », annonça Dakota en enfilant une paire de mitaines violettes qu'elle avait tricotées pendant les trajets dans le train Metro North de Hyde Park où se trouvait l'école de cuisine au centre de New York. « Parce que j'ai fait cinq tartes au parfum différent hier et je veux que vous goûtiez un morceau de chacune ! »

Tout le monde se mit à rire et rebroussa chemin pour retourner à l'appartement.

« Dakota, dit James en réglant son pas sur celui de sa fille et de Catherine. J'ai quelque chose à te dire. »

Dakota jeta un regard à Catherine, un regard qui voulait dire : ça y est, il va me parler de sa petite amie.

« Une surprise pour Thanksgiving ! s'exclama Catherine. C'est quoi ? Une sorbetière ?

— Non, non, dit James qui souriait jusqu'aux oreilles.

— Moi aussi, j'ai d'excellentes nouvelles concernant ma carrière. Mais à toi l'honneur. Comment elle s'appelle ?

— Hum, dit James qui se mit à réfléchir. Ah oui, Glenda, bien sûr. J'oublie toujours parce que tout le monde l'appelle Mémé, expliqua-t-il à Catherine.

— Euh..., je ne comprends vraiment rien, papa. Ça fait trop d'informations d'un coup. »

James haussa les épaules. « Je voulais garder la surprise, mais je savais que tu voudrais le raconter à tout le monde au club. »

Catherine afficha une expression qui signifiait qu'elle venait de comprendre. « Je déteste les surprises, dit-elle. Elles interfèrent toujours avec les projets. Les gens feraient mieux de se parler ouvertement. Vous auriez peut-être dû aborder tous les deux vos idées concernant la saison des fêtes, n'est-ce pas ?

— Oh non, dit James. Ça enlève tout le plaisir que j'ai à t'annoncer que nous partons passer Noël en Écosse. Je sais à quel point tu voulais rendre visite à Mémé, mais nous n'avons jamais eu le temps jusque-là. Alors, j'ai réservé !

— Ce Noël ?

— Bien sûr, dit James, l'air surpris. Quand sinon ? Nous emmenons tous les Walker chez Mémé.

— Papa ! Pourquoi maintenant ? » gémit Dakota qui pensait à la fois à son stage, à la perspective de revoir Roberto, mais aussi à son arrière-grand-mère de quatre-vingt-dix-sept ans qui lui manquait tellement.

Elle avait près de cent ans, mais elle était toujours aussi alerte et vive. Sa mère disait toujours à quel point elle avait envie d'aller en Écosse, comme elle faisait quand elle était petite, mais Georgia n'avait pu y emmener Dakota que l'été avant sa mort.

Elle avait toujours dû faire passer le travail avant les loisirs. À présent, Dakota comprenait à quel point il avait dû être difficile pour sa mère de prendre certaines décisions, car elle se trouvait elle-même face à un dilemme.

James prit ses exclamations et son air confus pour de l'excitation et la serra très fort dans ses bras. « C'est un peu fou, bien sûr, mais je savais que ça te plairait, dit-il en continuant à marcher le bras autour de sa fille. Je veillerai à ce que rien ne nous empêche d'entreprendre ce voyage si particulier. Et nous serons de retour pour le mariage d'Anita et de Marty, bien sûr. »

Dakota avala sa salive et regarda Catherine l'air paniqué. Qu'en était-il du stage ? Qu'en était-il de Mémé ?

Si seulement elle savait que faire.

3

Peri avait toujours eu une relation complexe – un mélange subtil d'amour et de haine – avec les soldes à la boutique. Le soir de Thanksgiving fut sans doute le pire. Incapable de s'endormir, elle descendit furtivement dans le magasin en pantalon de survêtement et en t-shirt afin de tout préparer en vue d'accueillir les hordes de tricoteuses averties le lendemain, le fameux vendredi noir[1].

Certes, c'était l'occasion de se débarrasser du vieux stock et d'accueillir de nouvelles clientes dans la boutique, mais ça n'en restait pas moins épuisant. Elle savait d'ores et déjà qu'elle serait éreintée à la fin de la journée. Pour l'heure, elle essayait juste d'anticiper les choses.

« Auriez-vous un peu plus de ce coton léger ? » (Quelque part dans ma cuisine, pensa Peri.)

« Est-ce le seul fil que vous ayez dans cette couleur citrouille rôtie ? » (Oui et Dieu merci.)

---

1. Le vendredi qui suit Thanksgiving est appelé *Black Friday*. C'est le début des achats de la saison de Noël. On parle de « vendredi noir » pour signifier que les ventes explosent et font sortir les commerces du « rouge » pour passer au « noir » (couleur symbolisant le solde positif). (NDT)

« Est-ce possible d'échanger les produits soldés ? » (Dans quel magasin est-il possible de le faire ?)

Et ainsi de suite. Des questions auxquelles Peri répondait patiemment, mais qui lui tapaient sur les nerfs.

Aujourd'hui, elle ne voyait que les inconvénients que représentait un tel commerce – les horaires chargés, la difficulté de prendre des jours de congé, la crainte toujours présente d'avoir des problèmes de trésorerie.

Elle avait été prise au dépourvu par la femme qui était entrée dans le magasin deux soirs auparavant tandis que Dakota préparait les tartes dans la cuisine au-dessus. Peri était alors sur le point de fermer.

« C'est donc la fameuse boutique », dit la femme, qui était extrêmement mince. Elle avait des mèches de cheveux blond platine qui tombaient devant ses yeux. Elle était habillée de façon très élégante avec une veste en tweed rugueux qui mettait en valeur sa silhouette, un pantalon large et de grandes bottes en cuir. Peri avait suffisamment feuilleté de magazines *Vogue* pour évaluer le prix d'une telle tenue : plusieurs milliers de dollars.

« Bienvenue », dit Peri. Le bruit avait couru parmi les adeptes de tricot du quartier que Dakota avait redécouvert un classeur de modèles contenant les patrons originaux de sa mère, et des femmes étaient venues plus d'une fois demander si elles pouvaient y jeter un coup d'œil.

Surtout depuis la sortie du *Vogue* italien où la chanteuse Isabella (dont le clip avait été tourné par Lucie) avait posé sur la couverture dans la robe rose que Georgia avait tricotée pour Catherine des années auparavant.

Les tricoteuses qui passaient dans le magasin étaient impatientes de voir le patron de la robe « Floraison », une variation de la « Phénix », la préférée de Catherine conçue par Georgia.

Parfois, elles avaient simplement envie de regarder les modèles créés par une tricoteuse à l'imagination et à la créativité débordantes, de voir l'interaction entre la couleur et la texture. Peri savait que Dakota passait des heures à réfléchir au meilleur moyen de mettre en valeur les idées de sa mère.

Elle marqua un temps d'arrêt, regrettant l'espace de quelques secondes que cette femme ne fût pas son amie, une amie qui lui aurait permis d'essayer ces bottes terribles.

Puis elle demanda de nouveau si elle pouvait l'aider à choisir quelque chose dans le magasin.

« J'aimerais… cette pochette bleue Peri Pocketbook s'il vous plaît, dit la femme en promenant son regard autour de la pièce.

— Oh ! dit Peri, enchantée. Je ne l'ai encore même pas mise sur mon site web.

— Je sais, dit la femme en lui tendant sa carte de crédit. Je connais tous vos sacs et je les veux. »

Peri se mit à rire. « Tous à la fois ?

— Absolument. Et je voudrais que vous en fassiez plus, juste pour moi. »

Le sourire de Peri s'évanouit. Cette femme était-elle un peu dérangée ? Elle allait payer une somme astronomique si elle achetait la totalité de sa collection.

« Officiellement, je suis venue à New York pour Thanksgiving avec ma vieille tante, expliqua la femme, tandis que Peri passait sa carte dans le lecteur. Mais ce n'était pas là ma seule motivation : je voulais aussi venir dans cette boutique. Et vous voir peut-être. » La femme tendit à Peri une carte de visite immense, mais la garda dans sa main lorsque Peri fit mine de la prendre.

« Peri, dit la femme, sa carte de visite entre elles, je peux faire de Peri Pocketbook une marque incontournable de la mode. Il vous suffit de venir travailler pour ma maison à Paris. Laissez-moi vous expliquer qui je suis : je m'appelle Lydia Jackson.

— Oh mon Dieu ! » dit Peri qui reconnut immédiatement le nom de la femme. Elle était styliste en chef pour une maison de couture française particulièrement renommée. « Mais vous ne faites pas de laine. »

Lydia Jackson lâcha sa carte. « J'aimerais bien en faire justement, dit-elle en tapotant légèrement sur la pochette qu'elle venait d'acheter. Et c'est là le point le plus important. Je peux faire de votre marque un grand nom de la mode. Je peux vous ouvrir les portes du succès encore plus que lorsque vos sacs ont figuré dans le *Vogue* italien.

— Vous avez vu ? Ces photos ont été un véritable tremplin pour moi, reconnut Peri, dont les doigts fourmillaient au contact de la carte de visite.

— Travailler avec moi, c'est un peu comme monter à bord d'une fusée. » Lydia Jackson parlait avec assurance. « La robe qui figurait sur la couverture de *Vogue* a fait parler les fashion victims. Mais nous allons joindre le geste à la parole et nous commencerons dès que vous m'aurez appelée à ce numéro. »

Et voilà. Une proposition vraiment tentante. Deux ans auparavant, elle aurait pris la carte et aurait tout de suite quitté la boutique. Non, peut-être pas finalement.

Mais elle aurait voulu le faire.

Aujourd'hui, elle sentait un lien plus fort. Elle aurait sa propre boutique dans un avenir proche, une fois que le café-tricot aurait ouvert ses portes lorsque Dakota aurait son diplôme en poche.

Dans quelques années, certes, mais elle n'avait jamais été aussi proche de réaliser son rêve.

Sans parler du fait que c'était Dakota qui avait été à l'initiative de cette séance photo pour *Vogue*.

Un petit détail qu'elle ne pouvait pas oublier si facilement.

« Peri, disait justement Dakota qui essayait elle aussi de répondre à la demande des nombreuses clientes en ce vendredi de soldes, tu pourrais appeler madame Jones ?

— Bien sûr, répondit Peri en s'efforçant de sourire. Tu as tout trouvé aujourd'hui ? »

L'affluence dans la boutique était telle que Peri avait ouvert les fenêtres, même en ce jour de novembre particulièrement frais, pour faire entrer un peu d'air et faire tomber la température.

Il y avait plus de clientes que d'habitude : les affaires étaient plutôt calmes ces derniers mois, les tricoteuses avaient à l'évidence attendu les soldes pour faire le plein.

Cette fréquentation supérieure à la normale était sans doute due en partie à l'idée de Dakota de proposer des cours informels. Elle avait placé un écriteau dans la vitrine dans la semaine pour annoncer les cours qui auraient lieu tout l'après-midi de ce vendredi de soldes ; elle montrait comment monter les mailles au début de chaque heure et comment tricoter à la demie de chaque heure. Dakota, Olivia (sa meilleure amie de l'université) et Anita se relayaient pour enseigner les bases, si bien que Peri dut tenir la caisse toute la journée. Entrer les UGS, déduire le rabais et appuyer sur le bouton.

Elle savait qu'elle aurait dû se réjouir, car plusieurs clientes regardèrent avec intérêt les sacs de la marque Peri Pocketbook à prix soldés.

Mais le manque de sommeil, le sentiment de culpabilité qui la tenaillait parce qu'elle avait osé réfléchir à la proposition de Lydia Jackson et la frustration qu'elle ressentait si souvent la désorientaient. Elle ne voulait pas avoir à faire des choix difficiles. Pas maintenant.

Elle avait envie de se sentir follement amoureuse, de fredonner en travaillant comme une princesse de conte de fées. (A-t-on jamais vu une princesse approchant la trentaine, surmenée et coincée dans un minuscule appartement ? Que voulez-vous, ce n'est pas donné à tout le monde de naître dans un château.)

Pourtant, il fallait bien se l'avouer, elle avait plutôt l'impression que sa vie amoureuse ne prenait pas le tour qu'elle avait espéré. Elle avait fait sécher la dinde en la réchauffant la veille au soir.

Quelle erreur de débutante ! Dakota lui avait pourtant laissé des instructions fort détaillées, mais Peri s'était dit que, si elle montait un peu la température du four, elle pourrait accélérer le déroulement du repas. Pas de chance. La mère de Roger avait tartiné sa part de dinde d'airelles avec insistance.

Puis elle avait mâché, mâché et encore mâché.

Peri regrettait d'avoir fait l'effort de « préparer » un repas, de s'être laissée aller à croire que, si elle montrait ses talents de femme de maison, Roger déciderait plus facilement de s'engager.

Elle avait peur de s'être laissé tromper par son désespoir à l'idée d'avoir passé près de dix ans à New York, d'avoir dépassé la trentaine et de n'avoir toujours pas trouvé chaussure à son pied.

Devait-elle attendre l'âme sœur ou se contenter de quelqu'un qui pourrait faire l'affaire ? Elle aimait vraiment bien Roger. Il était séduisant et brillant. Amusant aussi.

Pourtant, il faisait à l'évidence les quatre volontés de sa mère : il avait à peine mangé et, lorsqu'il avait commencé à complimenter la tarte – la délicieuse tarte au sirop d'érable de Dakota que Peri prétendait avoir faite elle-même –, il s'était soudain arrêté en voyant sa mère plisser les yeux.

KC en avait mangé deux parts tout en fixant la mère de Roger bouchée après bouchée.

Lorsqu'elles firent la vaisselle, une fois les convives partis (Dakota avait veillé à ce que Peri n'ait pas que du fil à tricoter à proposer à ses invités en guise d'assiettes et de couverts), KC dit à Peri : « Dis-toi qu'il vaut mieux découvrir la vérité tout de suite que d'épouser la Bête et avoir à vivre avec son fils en attendant.

— Tu dis ça parce que tu n'as jamais eu envie de te fixer, dit Peri.

— Non, je suis juste contre le fait de se ranger. Ne fais pas cette erreur, chérie. Le divorce, c'est douloureux même si tu n'éprouves plus aucun sentiment pour le type. Il vaut mieux ne pas faire un mauvais choix. »

Peri eut comme un mouvement de recul en entendant le mot « choix ». Elle n'avait parlé à personne de sa rencontre avec Lydia Jackson.

« Je m'étais juste imaginé que cette année serait la bonne, reconnut Peri. Je m'étais juré de trouver l'amour et de me marier. C'était ma résolution pour l'année à venir…

— Oui, et tu te voyais déjà pousser un landau, intervint KC en empilant les assiettes sèches à côté de l'évier. Je connais la chanson. Ce n'est pas un peu artificiel comme calendrier ? Tu crois que, parce que tu en as décidé ainsi, les choses vont forcément se passer conformément à ta volonté. Depuis quand as-tu le pouvoir de forcer le destin ?

— Je ne pense pas que la meilleure solution soit de laisser la vie passer sans rien faire, tu le sais bien.

— Parfois, les choses arrivent à point nommé, dit KC. Et c'est à ce moment-là qu'il faut foncer.

— Tu crois que c'est le bon ?

— Oh ! tout ça, c'est dans les contes de fées. Il y a une centaine de types qui pourraient être parfaits pour toi. Tout dépend du timing, si vous êtes tous les deux au même endroit et – soyons honnêtes – si vos chemins se croisent un jour.

— Alors, ça pourrait être n'importe qui ?

— Pas n'importe qui, dit KC en mâchonnant quelques haricots verts au fond d'un plat. Quelqu'un qui soit bien pour toi dans ta vie telle qu'elle est et non comme tu veux qu'elle soit. Et qui soit bien pour toi telle que tu es. Parce que tu ne sais pas comment tu vas évoluer, et il faut espérer que ton type changera dans le même sens que toi.

— Vu ton expérience en la matière, je ne devrais même pas faire attention à ce que tu dis, la taquina Peri.

— Au contraire, dit KC. Je te donne ce conseil parce que j'ai justement fait l'erreur que tu t'apprêtes à commettre. J'ai mis presque cinquante ans à accepter que je ne suis pas faite pour le mariage.

— Bien sûr que si, dit Peri. Sauf que toi, tu n'as pas épousé un homme mais une entreprise. »

KC jeta un torchon humide sur Peri. « Bon, d'accord, j'ai passé presque toute ma carrière chez

Churchill Publishing, reconnut-elle. Cet engagement a survécu à deux mariages et je me suis même réconciliée avec eux après la vague de licenciements au cours de laquelle ils n'ont pas hésité à me virer. »

Peri leva les yeux au ciel. « Ils t'aiment là-bas.

— Amour. Roger. Tu fais le rapprochement ? demanda KC.

— Roger est un type bien, dit Peri d'un ton hésitant.

— C'est un argument convaincant, dit KC. Et au lit, comment ça se passe ? C'est un bon coup ?

— KC ! S'il te plaît, dit Peri. Je n'ai pas du tout l'intention d'entrer dans les détails.

— Je suis sérieuse. Si tu épouses un type couci-couça, il ferait mieux de t'en mettre plein la vue. C'est tout ce que j'ai à dire.

— Maintenant, je comprends pourquoi tu es célibataire.

— Tu as tout à fait raison, dit KC. Et peu importe si je mets jusqu'à quatre-vingt-dix ans ; je vais trouver mon point G. »

Même si Peri adorait la compagnie amusante de KC, elle savait que toutes deux étaient fondamentalement différentes. Elles pouvaient faire du shopping, échanger des livres, parler de travail, tester de nouveaux restaurants. Mais si KC ne semblait pas avoir d'horloge biologique, Peri entendait sans cesse le tic-tac de la sienne, il l'empêchait de s'endormir le soir lorsque les distractions de la journée ne lui permettaient plus de penser à autre chose et qu'elle était étendue dans son lit dans l'espoir de s'endormir. Et si elle ne trouvait pas chaussure à son pied ? Que ferait-elle alors ? Pourrait-elle imiter Lucie et faire un bébé toute seule ? Et dans le cas contraire, parviendrait-elle à réorganiser sa vie, à la redéfinir après avoir espéré entrer dans le moule traditionnel, après avoir rêvé d'une maison et d'une famille ?

Parfois, elle avait l'impression d'étouffer sous le poids de sa déception. Lorsqu'elle essayait d'en parler à KC, elle entendait en général toujours la même réponse : elle était jeune et n'avait pas à s'inquiéter.

Pourtant, elle savait qu'une personne pouvait très bien avoir un vrai potentiel sans pour autant parvenir à l'exploiter. Peri avait peur de ne pas trouver ce qu'elle recherchait sur le plan personnel ou professionnel.

Et ça l'angoissait. C'est pour cette raison qu'elle n'avait pas pu s'empêcher de glisser des regards furtifs sur la carte de visite de Lydia Jackson.

Elle savait parfaitement que toutes les femmes ne ressentaient pas la même chose. Mais elle ne pouvait pas s'en empêcher, et c'est pourquoi elle avait parfois du mal à sourire aux clientes tout en rangeant les pelotes de laine dans un sac ou à se contenter tout simplement de ce qu'elle avait. Parce qu'elle voulait toujours plus.

« Pas d'école aujourd'hui ! » cria Lucie en posant une main sur l'énorme sac à dos de Ginger pour lui faire passer la porte et la guider dans la boutique Walker & Fille. Heureusement, l'affluence n'était plus la même que dans la matinée : les tricoteuses assidues savaient que les meilleures affaires se faisaient à l'ouverture du magasin et elles étaient sans doute rentrées chez elles pour jubiler devant leurs dernières acquisitions. Lucie avait évité la frénésie, car elle savait qu'elle allait se retrouver au pire de la cohue et se battre avec les autres pour les plus belles pelotes de cachemire.

« Je ne m'attendais pas à vous voir, les filles, dit Dakota tandis que Ginger enroulait ses bras autour de sa taille.

— Eh bien, nous avons joué à des jeux vidéo et fait des dessins, nous avons poursuivi mamie dans toute la maison en jouant au chat, puis Cady et Stanton ont dû aller faire la sieste. Alors, nous avons décidé d'aller en ville.

— C'est tatie Darwin qui nous a donné l'idée. Elle est en retard dans ses devoirs. Alors, elle est grognon.

— Et elle est complètement stressée depuis qu'elle s'est rendu compte que le deuxième Thanksgiving des jumeaux était déjà passé et qu'il ne reviendrait plus jamais, murmura Lucie.

— C'est dingue, annonça Ginger. Elle a pris des photos pendant tout le repas.

— Oh ! j'étais comme elle, dit Anita. Les bébés grandissent si vite. On a l'impression de ne pas pouvoir capturer l'instant, ni même de pouvoir se détendre pour savourer ses émotions.

— Tu as fait des gâteaux ? demanda Ginger.

— Non, nous enseignons les bases du tricot, aujourd'hui, expliqua Dakota à Ginger. Mais toutes les clientes sont rentrées à la maison maintenant. D'autres vont peut-être arriver bientôt.

— Alors, ça sera moi la maîtresse, dit Ginger en grimpant sur une chaise.

— Et qu'est-ce que tu vas nous apprendre aujourd'hui ? dit Dakota qui jouait le jeu.

— Ça me rappelle toi », articula Anita en silence. Elle se tenait derrière Ginger, mais regardait Dakota. Elle connaissait Dakota depuis sa naissance et il lui arrivait d'être surprise de voir une jeune femme de vingt ans lorsque ses sens lui disaient qu'il devrait y avoir une toute petite fille. Elle comprenait tout à fait Darwin.

« Je vais te montrer comment tricoter un marque-page, annonça Ginger d'un ton neutre. Ma mère m'a donné un modèle et je le connais par cœur. Presque. » Elle eut quelque mal à soulever son sac à dos pour le poser sur la table. Elle ouvrit ensuite la fermeture éclair du compartiment principal et se mit à fouiller dedans. En l'espace de quelques secondes, elle sortit un sandwich à la dinde, un sachet de minicarottes, une brosse à cheveux, deux chaussettes non assorties, son doudou dans un poncho de poupée rayé de toutes les couleurs avec un chapeau tricoté par Lucie, et enfin un livre avec un marque-page qui dépassait.

« Ici, dit-elle en ouvrant un sachet de carottes et en en fourrant une dans sa bouche.

— Une carotte ?

— Non, le livre, dit Ginger en croquant. Dedans. » Elle tourna les pages jusqu'au milieu du livre, puis brandit un rectangle rose à côtes avec une frange. Il y avait plusieurs trous à l'endroit où auraient dû se trouver les mailles.

« Mignon, n'est-ce pas ?

— Magnifique, répondit Dakota.

— C'est quelque chose pour la tenir occupée, dit Lucie. Et tu es vraiment douée, ma chérie.

— Je sais, dit Ginger en fouillant de nouveau dans les poches de son sac à dos pour en sortir une paire d'aiguilles carrées et du fil bon marché. Tu veux voir comment je fais ?

— Bien sûr, dit Dakota. Je me souviens quand j'ai tricoté mon premier marque-page. Je crois que j'avais cinq ans.

— Quatre, en fait, dit Anita. Si je me souviens bien, tu trouvais ça vraiment frustrant. »

Dakota inclina la tête, le regard perdu. Elle semblait réfléchir. « Je crois me souvenir que je les vendais ou quelque chose dans le genre ? Dans la boutique, je suppose. Ça vous arrive d'avoir ce genre de pensées ? Vous croyez vous souvenir de quelque chose, mais c'est un peu flou. C'est comme si ces souvenirs me titillaient l'esprit, mais je n'arrive pas à rassembler tous les détails.

— Eh bien, dit Anita qui s'assit sur une chaise pour regarder Ginger compter ses mailles. Tu étais loin d'avoir quatre ans quand tu accompagnais ta mère au marché aux puces où elle vendait ses tricots.

— Sérieusement ?

— Avant que la boutique Walker & Fille n'ouvre ses portes, il y avait une jeune mère sérieuse qui tentait de gagner de l'argent pour élever sa fille en tricotant sur commande et en vendant son travail sur les marchés, lui rappela Anita.

— Et elle vendait les marque-pages trois dollars, dit Lucie. Je le sais parce que, lorsque j'étais enceinte de cet as du tricot, j'ai demandé conseil à Georgia. J'avais peur de ne pas arriver à joindre les deux bouts. Elle m'a raconté ce qu'elle faisait pour gagner de l'argent et m'a assuré qu'une mère est capable de tout faire pour subvenir aux besoins de ses enfants. Tout. »

Parfois, Georgia ne prenait même pas la peine d'aller chercher le courrier. Après tout, il lui fallait emmitoufler le bébé, descendre l'escalier et qui sait ce qu'elle découvrirait dans la boîte aux lettres après toute cette peine ?

« Des factures, des factures et encore des factures », marmonna-t-elle en détournant intentionnellement les yeux de la pile d'enveloppes blanches qui semblaient se multiplier sur la table basse lorsqu'elle quittait la pièce. Elle avait caché les factures qu'elle aurait déjà dû payer sous le lavabo de la salle de bains. Elle pouvait ainsi se faire croire qu'elles s'étaient perdues.

Certains soirs, après avoir enfin réussi à coucher la petite Dakota tout juste âgée de dix-huit semaines, elle lavait le sol de la salle de bains et jetait des regards furtifs à la porte du placard sous le lavabo en espérant que les factures s'étaient bel et bien perdues.

Après tout, l'hiver commençait. Le mauvais temps entraînait certainement des retards dans le courrier. Même pour des lettres envoyées en octobre.

Georgia n'avait tout simplement pas réalisé que les factures de l'hôpital allaient être aussi élevées. Elle avait souscrit un contrat d'assurance maladie particulièrement peu onéreux, mais il présentait toute une série de failles et elle avait dû donner de sa poche beaucoup plus que ce qu'elle avait épargné. Elle s'était certes attendue à une ou deux grosses factures, mais elle avait pensé que ses revenus seraient un peu plus élevés au moment où le bébé arriverait. Mais non. Même si Mme Lowenstein – elle n'arriverait jamais à l'appeler Anita, bien que la vieille dame l'ait invitée plusieurs fois à le faire – avait acheté plusieurs pulls après que Georgia avait tricoté le premier, il était évident qu'elle ne pourrait pas vivre uniquement de commandes. Pourtant, elle veillait à ne rien gaspiller, utilisant des restes de laine pour tricoter des marque-pages qu'elle pouvait vendre sur le marché aux puces le samedi, où elle emmenait son bébé bien emmitouflé. Elle pouvait fabriquer tous les marque-pages possibles, manger toutes les nouilles japonaises du monde, elle n'aurait toujours pas assez pour vivre. À ce train, le bébé – la petite Dakota si mignonne avec son nez plissé et sa peau douce – allait devoir se contenter du lait maternel toute sa vie. C'était la seule chose encore gratuite.

Il y avait de quoi être en colère, pensait-elle tout en enlevant l'emballage autour de son sandwich à la dinde qu'elle avait acheté dans le deli *de Marty la veille au soir : le poste qu'elle avait quitté, l'appartement qu'elle avait à peine les moyens de chauffer, le Thanksgiving qu'elle n'avait pas pu fêter. Elle devait faire chaque seconde un choix entre des options difficiles. Et elle ne saurait pas avant plusieurs années si elle avait pris les bonnes décisions. Pour l'instant, tout était risqué.*

« Je me demande ce que James a mangé à Paris ce soir », grogna-t-elle tout en prenant une énorme bouchée de son sandwich, puis une autre. Elle était fatiguée, elle avait peur et se réveillait fréquemment dans un sursaut de panique à trois heures du matin et, pourtant, elle savait qu'elle avait de la chance, de la chance d'avoir Dakota qui sentait toujours bon même quand elle sentait vraiment, vraiment mauvais.

Il était évident qu'elle devait revoir sa stratégie pour subvenir à ses besoins et à ceux de son bébé, pour offrir une meilleure vie à Georgia Walker et à sa fille. C'est ce que nous sommes, pensa-t-elle, Walker & Fille.

Elle jeta un coup d'œil plein d'espoir dans le sac en papier qui contenait le sandwich. Comme elle s'y attendait, il y avait un énorme gâteau noir et blanc caché sous un fouillis de serviettes.

Il était vraiment gentil, ce type du deli, *un peu comme un vieil oncle attentionné qu'on ne verrait qu'une fois de temps en temps. Il donnait souvent des gâteaux ou d'autres produits à Georgia et, lorsqu'elle protestait, il trouvait toujours un moyen de glisser une surprise dans le sachet en papier.*

Un peu plus tôt, elle avait tenté de surmonter le trac qui lui nouait l'estomac et lui avait dit sans préambule qu'elle tricotait sur commande. Sans hésiter, il avait commandé deux pulls et un autre pour son frère Sam ; il avait même proposé de verser un acompte.

« Il fait froid déjà, avait-il dit. J'aurais peut-être besoin d'encore un pull ou deux. Vous croyez que vous pourriez ajouter le logo des Yankees dessus ou est-ce trop difficile ? »

Bien sûr, avait-elle répondu. Le prix serait peut-être un peu plus élevé. Naturellement, avait-il répondu, et c'est alors qu'elle lui avait fait part d'une autre idée.

« Je vois que vous avez fort à faire le matin et je suis tout près... » Elle hésita et se tut.

« C'est vrai que j'aurais bien besoin d'un coup de main, le matin, dit Marty avec décontraction. Les acheteurs de bagels peuvent devenir chahuteurs quand l'attente est trop longue. Et si vous commenciez lundi ? Nous trouverons certainement un tiroir où mettre le bébé. » Il sourit pour lui faire comprendre qu'il plaisantait, puis lui tendit le sac contenant le sandwich à la dinde.

Georgia sourit tout en dégustant son sandwich. Elle était encore tendue – cette tension partirait-elle un jour ? –, mais finalement, c'était un bon Thanksgiving. Si elle pouvait donner une chance à son bébé en étalant un peu de fromage frais sur des bagels, elle était tout à fait prête à prendre un couteau. Le tricot ? Elle devrait le glisser ailleurs dans son emploi du temps.

« Je crois que je n'étais même pas au courant de tout ça, dit Dakota, l'air pensif. C'est bizarre de réaliser que ma mère avait des facettes qui m'étaient inconnues alors que je la connaissais pourtant si bien. Comme cette histoire de factures qu'elle cachait comme le font les gens qui n'ont plus toute leur tête.

— Ce n'est pas bizarre, c'est bien, répondit Anita. C'est même nécessaire. Tu n'es plus une petite fille. C'est ce que tu n'as cessé de nous répéter ces derniers temps, et il me semble que tu es prête à présent à découvrir les différentes facettes de Georgia Walker. Au-delà de la mère et de la propriétaire d'une boutique.

— Nous la connaissions toutes de différentes manières, ajouta Lucie. Elle m'a beaucoup appris sur le courage.

— Et sur les rêves impossibles auxquels il ne faut jamais renoncer, dit Peri depuis la caisse.

— Oui, nous avons toutes beaucoup appris d'elle, dit Anita. Mais nous étions peut-être tellement occupées à te protéger pendant ton adolescence que nous ne t'avons pas aidée à voir les nombreuses facettes de Georgia.

— Comme quoi ? Dites-moi tout », insista Dakota.

Ginger posa son marque-page et regarda les femmes. « Oui, tout ! répéta-t-elle.

— Non, je crois que nous ne devrions pas nous censurer autant, murmura Anita en regardant Ginger.

— Il ne faut pas croire que toutes les histoires concernant Georgia sont croustillantes, dit Peri.

— C'est une allusion à mon père ? Si c'est le cas, je ne sais pas si je peux digérer toutes ces informations. »

Lucie gloussa. « Peri voulait peut-être dire que Georgia était bien réelle. Elle avait de mauvais jours. Parfois, de très mauvais jours.

— Il y avait même des jours où elle était furieuse contre toi, dit Peri.

— Allons, dit Anita, je ne pensais pas à ce genre d'histoires.

— Comme quand ? demanda Dakota.

— L'histoire du vélo, dit Peri avec enthousiasme. Quand ton père a acheté ces vélos et que tu étais si excitée.

— Tu vois, ce n'était pas moi, dit Dakota en regardant autour d'elle. D'accord, j'y étais peut-être un peu pour quelque chose. J'ai manœuvré pour avoir ce vélo. Mais il faut dire que c'était vraiment un bon vélo. »

Elle rit et regarda instinctivement vers le palier où les bicyclettes étaient rangées autrefois.

« C'est ce que nous ne faisons pas assez, dit Anita. Raconter des histoires amusantes ou évoquer des souvenirs qui nous font sourire.

— Car Georgia n'était pas une sainte, intervint Lucie. Elle était si franche. C'est ce qui nous attirait toutes chez elle. Nous l'avions et elle nous avait. Elle faisait des erreurs. Personne n'est parfait dans le Club des tricoteuses du vendredi soir. Nous revendiquons notre droit à l'erreur, c'est une des conditions pour devenir membre.

— J'aimerais entendre les secrets, dit Dakota, ou juste des histoires que je ne connaissais pas.

— Parfois, nous voulons faire de nos disparus des êtres parfaits dans nos souvenirs. C'est un jeu dangereux, dit Anita. Mais à partir de maintenant, je ferai en sorte d'évoquer des histoires à propos de Georgia. Et toi, Dakota, tu peux demander aux femmes du club, à ton père. N'est-ce pas magique de pouvoir continuer à apprendre à connaître quelqu'un même après sa disparition ? »

C'est alors que Peri quitta la caisse pour aller s'asseoir avec les autres femmes autour de la table.

« Eh ! Dakota, dit-elle d'un ton faussement décontracté. Je pourrais te parler tout à l'heure ? J'ai quelque chose à te dire. »

Hanoukka

Huit soirs pour commémorer un triomphe grisant sur l'adversité, une obstination sans faille où la foi a pris le pas sur la logique. Quelle philosophie de la vie ! Pourquoi ne pas avoir la même approche avec le tricot ? Prendre des risques, se lancer des défis, espérer en retenant son souffle que ça va marcher. Pourquoi ne pas s'attaquer à un point particulièrement difficile et se laisser gagner par l'enthousiasme si le risque a été payant : l'ouvrage avance et se tient. La victoire de l'œuvre accomplie !

4

Tout devrait déjà être prêt, pensa Anita, pour ce mariage qui avait été annoncé, puis repoussé, puis de nouveau annoncé. Ce manège durait depuis plus d'un an à présent.

Anita oscillait ainsi entre la joie et la frustration, et toutes ces émotions l'épuisaient. N'était-elle pas ridicule de vouloir se marier de nouveau à près de quatre-vingts ans ? Marty l'avait prévenue : la célébration du Nouvel An serait leur dernière tentative avant qu'il ne jette l'éponge sur cette idée de grand mariage et ne prenne la fuite avec elle.

Peu importe si leur union était célébrée à Las Vegas, Mexico ou à l'hôtel de ville de New York : Anita deviendrait Mme Marty Popper au début de la nouvelle année, un point c'est tout ! Il expliqua qu'il avait attendu patiemment pendant soixante-quinze ans et que c'était nettement suffisant.

Anita soupira. Elle était en train de boire un café assise sur son canapé crème, les pieds repliés sous elle, et attendait son organisatrice de mariage, alias Catherine. Elle devait lui apporter une paire de chaussures qui, selon son dire, iraient parfaitement avec la dernière robe de mariée d'Anita.

Elle avait acheté deux nouvelles tenues, une robe fourreau en soie brillante avec Catherine ainsi qu'un tailleur-pantalon en cachette, avec un haut à col boule et un pantalon si large qu'il ressemblait plus à une jupe fendue. L'une et l'autre allaient avec la dernière version du manteau de mariée, même si Anita s'était bien gardée de dire à Marty qu'elle avait acheté une tenue en plus, de crainte que son aveu ne provoque un malentendu, ne sous-entende qu'elle pensait déjà au prochain ajournement.

À vrai dire, Anita préférait douter que le mariage ait enfin lieu que de risquer une nouvelle déception. Et était-ce donc si important de se marier, l'essentiel n'était-il pas qu'ils soient ensemble ?

« Pour moi, c'est important », avait dit Marty lorsqu'elle avait tenté de lui présenter cet argument.

Étrange tout de même... Elle se serait certainement fâchée tout rouge si ses fils avaient vécu avec leur petite amie avant de se marier, mais elle avait sans doute atteint un âge où elle pouvait vivre selon ses propres règles. Elle se dit qu'elle devrait noter cet argument et le resservir à Nathan.

Anita posa sa tasse et commença à dresser une liste en tentant de se concentrer sur la fête d'Hanoukka à venir. L'idée lui était venue le matin même : inviter les membres du club pour l'éclairage des bougies, peut-être leur donner des cadeaux, comme de nouveaux sacs à aiguilles ou des colliers fantaisie. Le moment était idéal, car sa sœur Sarah arriverait deux semaines avant le mariage pour avoir le temps de se remettre du décalage horaire. Anita savait qu'elle recherchait des distractions pour essayer de ne pas penser à Nathan. Ce garçon lui servait toujours la même rengaine ; il n'avait qu'un objectif : éloigner sa mère de Marty.

« J'ai simplement l'impression que le cœur n'y est pas vraiment de ton côté, maman, lui avait-il dit la veille au soir au téléphone, de sa voix la plus douce. Sinon, tu serais déjà mariée à l'heure qu'il est.

— Ah. » Anita s'interrompit. Elle voulait éviter un énième échange un peu trop vif avec son fils aîné. Ces disputes l'empêchaient de s'endormir le soir, et elle harcelait Marty avec d'incessants « autre chose… » tandis qu'elle rejouait sa querelle avec Nathan en testant ses nouveaux arguments sur son futur époux. Elle savait qu'elle était plus mordante autrefois. Mais elle était lasse ces derniers temps, et ses meilleures répliques lui venaient des heures après la fin de la conversation. Elle tentait de les garder en mémoire en vue de les réutiliser le moment venu… mais voilà que celui-ci ne semblait jamais se présenter.

« Si j'ai repoussé, c'était par égard pour toi », avait-elle fait remarquer à Nathan la veille. Elle était peut-être épuisée, mais elle n'était pas encore complètement hors jeu.

« Mais, maman, insista-t-il, je ne t'ai jamais demandé de faire ça. La vie continue, comme on dit.

Tu aurais pu me laisser dans ma chambre d'hôpital. J'aurais compris. »

Elle l'aimait, oui, mais il arrivait qu'elle ne l'apprécie pas vraiment. Même enfant, il n'hésitait pas, parfois, à manipuler les autres.

Stan restait toujours inflexible. Elle avait voulu compenser en cédant. Son ego lui faisait croire à présent qu'il était facile de duper sa mère.

Le dernier mariage, celui qui aurait dû avoir lieu deux mois auparavant en octobre, aurait dû être magnifique avec un milieu de table composé de gouets bordeaux, de gerberas jaunes et d'un gâteau original avec un glaçage au chocolat parsemé de petits points de crème au beurre.

Les noces furent annulées quelques heures seulement avant qu'Anita n'avance vers la houppa. Vêtue de l'ancienne version de sa robe de mariée et de son manteau, elle emmena en urgence son fils Nathan, hors d'haleine, grimaçant, la main crispée sur la poitrine, à l'hôpital Beth Israël. Elle était accompagnée de ses deux autres fils. Après de multiples examens et de longues heures d'inquiétude, elle apprit qu'il avait eu une grosse crise d'angoisse, feinte ou authentique, c'était difficile à dire.

La ressemblance des symptômes avec l'infarctus qui avait été fatal à son mari, associée à la peur de perdre son fils aîné, qu'elle aimait en dépit de ses pitreries, avait mis Anita dans tous ses états.

Marty avait dû la soutenir pendant des jours tandis qu'elle revivait la mort de Stan, purgeant son organisme du choc terrible, évoquant ses regrets et ses inquiétudes pendant qu'elle tricotait une veste du même genre que celle qu'elle avait faite pour Stan des années auparavant. Elle mit presque une semaine à se remettre.

Lors de la réunion du club qui avait suivi le non-mariage, Catherine avait fait remarquer à Anita – entre deux bouchées de gâteau de mariage que toutes les femmes étaient occupées à finir – que son fils avait besoin d'une dose de Valium, de quelques années de psychanalyse et d'un bon coup de pied au derrière. « Et je suis prête à proposer mon pied, si nécessaire, avait-elle ajouté en fourrant une énorme part de gâteau dans sa bouche. Ou les deux. Celui qui fera le plus mal. »

On sonnait justement à la porte, et Anita recula de quelques pas pour laisser entrer Catherine, les joues rosies par l'air froid de décembre.

Elle tenait un immense sac dans une main et une petite boîte de pâtisseries dans l'autre.

« Voilà, dit-elle en tendant la boîte à Anita. Avant que nous nous occupions des chaussures, je t'ai apporté des échantillons à goûter puisque le dernier pâtissier a piqué une crise en apprenant que son gâteau n'avait pas pu être admiré. »

Anita fit la grimace. Comme c'était embarrassant de se retrouver avec un énorme gâteau particulièrement onéreux sur les bras, de payer des cautions pour des salles, d'envoyer des invitations à des amis (les vieux comme les nouveaux), puis de les recontacter pour repousser. Encore et toujours. Elle se sentait mal par rapport aux autres futures mariées, probablement jeunes, qui auraient pu utiliser les dates et les lieux qu'elle avait réservés. Quant aux convives qui venaient de loin, des frères de Marty aux autres fils d'Anita, David et Benjamin, en passant par les invités d'Italie, combien de fois avaient-ils dû organiser leur voyage pour y renoncer finalement. Des frais supplémentaires pour tout le monde, des acomptes versés et non remboursés. Seul Nathan payait en souriant…

« Je pensais renoncer au gâteau cette fois, dit Anita d'un air sombre. Dire que j'en suis à mon cinquième mariage et que, depuis mon premier dans les années cinquante, je ne suis toujours pas arrivée jusqu'au moment de l'échange des consentements.

— Nous ne renoncerons à rien du tout, répondit Catherine, qui entra dans la cuisine, puis en revint avec un couteau et une tasse de café. Laisse-moi te couper une petite part de noisette et de citron. »

Anita but une gorgée de café, puis regarda par-dessus l'épaule de Catherine pour voir ce qu'il y avait dans la boîte. Les gâteaux, de la taille de mignardises, étaient recouverts de délicates rayures jaunes (le glaçage) et de crème. « Nathan a rappelé, et Marty n'était pas très content, reconnut-elle. Voilà qui a donné le ton à la journée.

— Nathan. » Catherine se tut quelques secondes. « On dirait qu'il ne sait pas toujours ce qu'il veut. Alors, ce n'est pas la peine de faire attention à lui.

— C'est difficile pour une mère d'ignorer son enfant quand il est bouleversé, expliqua Anita. Peu importe qu'il ait deux ans ou qu'il en ait cinquante.

— J'en sais rien, dit Catherine d'un ton brusque.

— Oh ! il n'est pas trop tard pour toi, la rassura Anita qui savait très bien que Catherine regrettait de temps à autre de ne pas avoir de famille. Les stars d'Hollywood ont des bébés jusqu'à soixante-dix ans, semble-t-il. Tu en as à peine quarante.

— J'approche des quarante-cinq et tu le sais très bien, dit Catherine en se concentrant intentionnellement sur les petits gâteaux qu'elle découpa en tranches.

— Les nombres, toujours les nombres, dit Anita en fouillant dans un tiroir pour en sortir des serviettes. Si ce n'est pas avec Marco, alors ça sera avec quelqu'un d'autre.

— Pas avec Marco ?

— Alors si, avec Marco, dit Anita en hochant la tête. Je me demandais pourquoi tu étais si calme ces derniers temps. Je me suis dit que c'était soit parce que tu avais rompu, soit parce que tu étais vraiment sûre.

— Je ne dirais pas que je suis sûre, Anita. Je l'aime bien, mais je ne sais pas, dit Catherine. Je lui ai fait comprendre que je ne voulais pas m'engager pour toujours. Aujourd'hui, je veux être la locomotive et plus celle qui se contente de suivre.

— Si tu le dis, ma chère. Mais dans les bonnes relations, nous devons jouer les deux rôles. Tantôt nous menons, tantôt nous suivons.

— Alors, pourquoi est-ce que tu ne t'enfuis pas avec Marty comme il l'a proposé ? dit Catherine en pointant le doigt en l'air. C'est parce que tu aimes mieux décider que suivre.

— Ça m'arrive », dit Anita doucement. Les deux femmes se tenaient debout, une tasse de café dans la main, et dégustaient les minuscules gâteaux.

« Ils sont délicieux, dit Anita. Mais le mariage est trop proche. Et puis il va y avoir les fêtes. Aucun pâtissier ne prendra une telle commande.

— Ce n'est pas un problème, dit Catherine, j'ai déjà arrangé un rendez-vous.

— Quand ?

— Maintenant !

— Toi ? dit Anita en essayant de cacher sa surprise.

— Quel vote de confiance ! dit Catherine. Mais non. » Catherine se dirigea vers la porte et l'ouvrit. Dakota fit irruption dans la pièce.

« Tu n'as pas le temps, dit Anita avant même que Dakota ne puisse ouvrir la bouche. Tu as l'école et tu travailles à la boutique pendant ton temps libre.

— Et ton père t'emmène en Écosse, intervint Catherine.

— Mais c'est fantastique ! dit Anita. C'est exactement ce dont tu as besoin. Tu seras de retour pour le mariage ?

— Oui ! Et non, je n'y vais pas, dit Dakota.

— Quoi ? » Anita prit un air sévère.

« Ce n'est pas ce que tu crois, dit Dakota. Évidemment que j'ai envie de voir Mémé. Mais j'ai une incroyable opportunité : je peux faire un stage dans la cuisine du V. Aucun autre étudiant n'a un tel stage de prévu. C'est un véritable projet de vie.

— Tu es sûre ? Tu fais passer le travail avant les fêtes… » Anita caressa la joue de Dakota. « Qu'en dit ton père ?

— Je ne lui en ai pas encore parlé. Ce n'est pas la peine de le stresser. »

Catherine se boucha les oreilles. « Je ne veux pas le savoir, dit-elle. Je vais boire un café demain avec James.

— Je suis une grande fille, dit Dakota.

— Eh bien, les grandes filles font de grosses erreurs, dit Anita. Fais-moi confiance. Parce que j'en ai jusque-là qu'on se mêle de mes affaires.

— Et les gâteaux alors ? demanda Dakota d'un air suppliant.

— C'est trop, dit Anita. Je dis non tout simplement parce que je veux t'épargner du travail.

— Mais je ne suis pas toute seule, dit Dakota. J'ai plusieurs copines de classe qui veulent s'y atteler. C'est un bon entraînement. »

Anita goûta un autre morceau de gâteau. « Oui, c'est vraiment bon. Tu t'améliores de jour en jour.

— Ouais, approuva Dakota. Et je n'ai jamais eu l'occasion de faire quelque chose de vraiment bien pour toi, Anita. C'est le moment ou jamais.

— Bon, puisque tu le vois ainsi, je ne peux pas refuser, dit Anita en se penchant pour serrer sa petite-fille de substitution dans ses bras. Mais je te paierai, j'insiste. »

Dakota leva les yeux au ciel. « C'est un cadeau, dit-elle.

— Ne dis pas de bêtises. Ton cadeau, c'est ton amour et le travail que tu vas fournir. Pour le reste, je ferai un chèque, un gros chèque.

— Tu sais qu'elle s'arrangera pour te donner de l'argent, dit Catherine. Alors, tu ferais mieux de partager avec tes amis et d'investir dans des poches à douillc. » Ellc déballa avec précaution les objets qui restaient dans son immense sac, dont plusieurs boîtes de chaussures. Elle en ouvrit une, et une paire d'escarpins apparut : les talons mesuraient au moins dix centimètres et étaient incrustés de cristaux.

« Oh ! je vais me casser la figure, protesta Anita. Qui veut d'une femme bancale ?

— Bon, d'accord, tu peux les garder pour ta nuit de noces », dit Catherine pour la taquiner. Anita rougit et fit mine de la taper. Elle n'avait jamais été très à l'aise pour évoquer certains sujets en présence de Dakota.

« J'ai apporté quelque chose de spécial pour toi, poursuivit Catherine. Encore plus spécial que des chaussures. »

Elle souleva une minuscule boîte à bijoux. Le revêtement cartonné avait jauni, les coins de la boîte s'étaient fendus il y a longtemps et avaient été grossièrement réparés avec du ruban de masquage qui avait jauni lui aussi avec le temps.

« Ah oui, on dirait vraiment de la qualité, dit Dakota en applaudissant. Je ne sais pas si ça va être assorti à ces chaussures hors de prix. »

Anita ne disait rien, elle attendait. Catherine souleva avec précaution le couvercle de la boîte pour montrer le bijou à l'intérieur : une broche papillon en argent fin.

« Tout ça pour ça ? demanda Dakota.

— Eh bien, elle vient d'être polie. J'ai pensé qu'Anita pourrait la mettre sur son sac à main, dit Catherine. J'ai porté ce papillon pour le bal d'hiver en 1981. Ta mère nous avait commandé des broches assorties dans un catalogue pour soixante dollars. Ça représentait un sacré nombre de glaces en cornet à servir au Dairy Queen, tu peux me croire.

— Vous n'auriez pas pu emprunter un collier de perles à ma grand-mère ?

— Non, justement, dit Catherine d'une voix perçante. Toutes les autres filles portaient des robes blanches et avaient emprunté des colliers. Georgia portait une robe bleu cobalt avec des bretelles spaghettis, et je portais une robe dos nu rouge.

— Avec une broche papillon en argent, dit Dakota. Pardonne-moi, mais vous deviez être tout sauf à la mode. »

Anita prit la broche. « Oh ! je ne sais pas, dit-elle. Vous étiez deux copines et vous vouliez affirmer votre singularité. Je parie que, si tu fouilles dans les bijoux fantaisie de ta mère, tu retrouveras sa broche.

— Ma mère n'avait que des bijoux fantaisie, dit Dakota. J'en porte quelques-uns qui correspondent à mon style, mais le reste ne sort jamais de la boîte. »

Catherine s'approcha doucement du canapé et s'assit.

« Anita, si tu essayais ta robe et tes chaussures

pendant que je raconte à Dakota l'une des rares fois où j'ai vu sa mère en robe ?

— Je suis sûre que c'était la seule, dit Dakota. Elle portait surtout des jeans, tu sais. C'est ce qui lui plaisait.

— Pas toujours », dit Catherine.

Georgia aimait secrètement le froufrou de sa robe lorsqu'elle avançait dans le couloir, la façon dont les garçons, qui n'avaient jamais vraiment fait attention à elle auparavant, la regardaient de la tête aux pieds. Même Simon Hall, qu'elle avait devancé d'un point à l'examen d'histoire. Même lui.

Elle se retourna pour regarder Catherine derrière elle, levant les yeux au ciel en entendant le vieux morceau disco qui passait, puis elle poussa la porte battante avec les fesses, et les deux entrèrent dans les toilettes des filles pour parfaire leur maquillage et discuter pendant que leurs cavaliers regardaient anxieusement autour d'eux dans le couloir, se demandant s'ils pouvaient inviter d'autres filles à danser en attendant.

Georgia se dit que c'était agréable de se sentir belle.

À vrai dire, c'était Catherine qui avait eu l'idée de tout ça, une idée plutôt onéreuse, comme il fallait s'y attendre avec elle. Personne à Harrisburg ne portait de robes achetées à New York pour le bal d'hiver.

« Ça sera une véritable aventure », avait insisté Catherine. Elles avaient dû trouver un moyen de se

rendre à New York, d'en revenir, et tout cela sans en parler à leurs parents.

« Nous sommes assez grandes pour savoir ce que nous voulons », avait-elle dit.

Georgia était d'accord.

Bess et Tom Walker n'auraient pas approuvé une telle dépense, et Georgia savait qu'elle devrait mentir et prétendre qu'elle avait trouvé la robe dans la boutique locale en espérant que sa mère serait trop occupée ou pas suffisamment intéressée pour poser des questions. Mais Catherine était catégorique : aucune autre fille ne porterait la même robe qu'elle. Le bal d'hiver était l'événement le plus marquant du semestre, avait-elle dit, et elle voulait que tout le monde la remarque, en particulier les garçons.

Ce n'est pas que Georgia ne voulait pas se faire remarquer, mais elle avait d'autres choses en tête : elle avait planifié sa vie dans tous les détails et elle avait le sentiment que rien ne pourrait la faire dévier de sa route. L'université, New York, une grande carrière. Le mariage peut-être et des enfants un jour, mais dans très longtemps. Son objectif dans un premier temps était de quitter cette ville et de la laisser loin derrière elle. Cathy, quoi qu'on puisse dire à son sujet, voulait exactement la même chose. Elle allait devenir écrivain.

Oh ! Georgia sortait avec des garçons, évidemment, mais il s'agissait surtout de copains qui s'occupaient du journal de l'école, dont elle était la rédactrice en chef. Ils passaient autant de temps à s'embrasser qu'à se disputer pour savoir si le jour-

nal télévisé du soir serait un jour présenté par une femme. Catherine était différente ; elle préférait toujours être la petite amie de quelqu'un. Oh ! elle était intelligente, surtout si l'on parvenait à l'éloigner suffisamment longtemps des garçons pour qu'elle puisse faire part des pensées qui lui traversaient l'esprit. Mais la plupart du temps, elle ne parlait que de garçons. Et quand elle venait chez Georgia, elle était ravie si le frère de son amie, Donny, trouvait un prétexte pour s'asseoir sur un sac de haricots dans la salle de jeux et discutait avec elles tout en la regardant avec des yeux de chiot. Il avait même enregistré une cassette à Cathy et passé des heures à sélectionner les meilleurs morceaux de ses disques et cassettes de Police et d'AC/DC, et une ballade ou deux de Journey, juste pour qu'elle ne se méprenne pas sur ses intentions.

« Tu ne devrais pas l'encourager, lui dit Georgia. Il a deux ans de moins que toi, c'est flagrant.

— Pas quand il aura vingt-huit ans, et moi, trente, répondit Cathy. Il sera sexy.

— Ça sera toujours flagrant. De toute façon, tu n'as aucun point commun avec Donny. Et c'est juste trop bizarre. »

Elle se gardait bien de dire qu'elle traînait parfois dans la chambre de son frère et écoutait sa collection de disques sur sa chaîne stéréo ou qu'il faisait parfois ses corvées pour qu'elle puisse passer plus de temps à monter le journal de l'école. Elle préférait se moquer de lui parce qu'il avait planté sa propre parcelle dans le jardin pour expérimenter de nouvelles graines et un engrais de ferme. Même si elle trouvait secrètement que c'était plutôt cool.

« Je n'ai pas besoin d'avoir des points communs avec les types, répondit Catherine tandis que Georgia levait les yeux au ciel. Je laisse mon beau sourire faire la conversation. » Elle montra à Georgia un article qu'elle avait arraché dans un magazine, un article qui lui conseillait de faire exactement cela.

Pourtant, Catherine écrivait bien et elle était drôle. De plus, elle savait vraiment mettre les gens en valeur ; elle avait réussi à trouver des bas bleus, des chaussures bleues et même du mascara bleu assortis à la robe de Georgia.

Georgia aimait son look différent ce soir. Elle avait dessiné le contour de ses yeux d'un trait d'eye-liner épais et glamour, sa frange pour une fois était bien en place et tenait exactement comme elle le souhaitait. Je devrais acheter la laque qu'utilise Cathy, pensa-t-elle.

Elle s'était laissé gagner par l'enthousiasme des préparatifs et avait dépensé une petite fortune pour commander deux broches, une pour elle et une pour Catherine. Elle avait eu le choix entre des tortues et des papillons ; elle penchait plutôt pour les amphibies, mais s'était dit qu'ils ne correspondraient certainement pas à l'idée que Cathy se faisait de l'élégance.

« Quelle bonne idée ! avait dit Cathy lorsque Georgia lui avait montré la broche. Nous serons les seules à les avoir. »

Georgia aimait cette idée : ne pas être comme les autres, avoir le sentiment d'être spéciale.

« J'ai entendu un jour que, si tu regardes quelque chose et que tu penses "Je m'en souviendrai toujours", eh bien, ça marche, dit Cathy. Nous sommes comme des princesses aujourd'hui.

— Nous nous souviendrons toujours des broches que j'ai commandées dans un catalogue, dit Georgia d'un air dubitatif. Et on ne peut pas vraiment dire que nous descendons de la famille royale.

— Nooon, dit Catherine. Nous nous souviendrons toujours de cette soirée où nous étions si belles et si élégantes. Tes cheveux sont vraiment terribles ce soir. Tu les as bien crêpés. Et qui sait où nous serons dans vingt ans ?

— Tu vivras dans les faubourgs et tu conduiras un break, et moi je serai la rédactrice en chef du New York Times *», dit Georgia. Elle pensait que la plupart de ses camarades ne partiraient pas très loin de la maison et, parfois, elle avait peur de finir ici elle aussi. Elle aimait Bess et Tom, bien sûr. Mais elle avait le sentiment que leurs valeurs appartenaient à un autre monde. Georgia voulait bouger, faire des choix, et elle n'allait certainement pas se laisser freiner par une sensiblerie déplacée. Elle fit une grimace. Ce n'était pas le moment de penser à des choses sérieuses, ce soir. « Nous ne nous connaîtrons peut-être même pas, dit-elle en tentant de mimer l'accent britannique. Nous serons trop célèbres.*

— C'est impossible, Georgia, nous nous connaîtrons toujours », dit Cathy dont le visage n'était qu'à quelques centimètres du miroir au-dessus du lavabo. Elle appliquait une nouvelle couche de rouge à lèvres perlé. « Je le sais, j'en suis persuadée, c'est tout.

— Eh bien, je peux te dire que je ne porterai pas de collant. » Elle souleva sa jupe pour montrer à Cathy ses bas bleus filés.

— Oh ! c'est simple comme bonjour, dit Cathy en ouvrant son sac à main dont elle sortit une bouteille de vernis à ongles. Mets ça dessus et laisse sécher.

— Merci, dit Georgia. Heureusement que tu sais ce que tu fais.

— N'est-ce pas toujours le cas ? dit Cathy en tapotant sa tête. Reste avec moi, G. Je sais comment ça va se passer. »

5

KC fit signe à Catherine tandis qu'elle traversait Broadway d'un bon pas, sa silhouette se détachant à contre-jour de la rue.

Elle n'était qu'à quelques centimètres des taxis jaunes qui descendaient la rue comme des flèches, mais ne semblait pas le remarquer ou s'en fichait.

« Salut », dit-elle. La vapeur d'eau contenue dans l'air qu'elle expira se condensa et forma une petite poche de brouillard devant sa bouche. Le mercure avait chuté ce matin et on prévoyait de la neige. KC s'était habillée en conséquence : elle s'était emmitouflée dans un grand manteau noir matelassé et était coiffée un bonnet à rayures vertes et roses avec des rabats sur ses oreilles et un pompon qui battait l'air en haut.

« Tu as vraiment l'air ridicule, dit Catherine. C'est toi qui as tricoté ce bonnet ? » Même si KC avait fait des progrès en matière de tricot, allant même jusqu'à confectionner des cadeaux pour les bébés de Darwin l'année précédente, elle n'était pas vraiment une adepte de cette activité manuelle.

« Tu es jalouse, c'est tout, dit KC.

— Pas vraiment, dit Catherine. On dirait une petite fille de dix ans prisonnière dans un corps de femme de cinquante-trois ans. C'est gênant. »

KC rit. « Ça me plaît et surtout j'ai les oreilles au chaud. Qu'est-ce que ça peut faire ? Je ne suis pas comme toi. Toi, tu préfères avoir froid, risquer d'avoir des engelures, plutôt que de renoncer à montrer ta nouvelle coiffure. »

Catherine toucha instinctivement ses cheveux. « C'est juste une couleur.

— Oui, tes cheveux se font plus blonds à l'approche de l'hiver, dit KC d'un ton pince-sans-rire. Je vois. » Elle se dirigea vers le cinéma où elles avaient toutes deux acheté des tickets pour un film en version originale. Ces deux célibataires aimaient se retrouver pour sortir le week-end, chacune appréciant la compagnie de l'autre pour aller voir une nouvelle exposition ou s'offrir une cure de remise en forme au spa. Cet après-midi, c'est Catherine qui avait choisi le film, et les femmes prirent un escalator pour rejoindre la salle au sous-sol.

« J'aurais dû m'en douter, gémit KC en regardant son ticket. Une histoire d'amour italienne. J'aurais préféré un bon vieux drame suédois.

— Mais, KC, le mois de décembre est un mois spécial, insista Catherine qui tenait en équilibre son manteau, ses gants et un petit sachet de popcorn sans beurre. C'est la période où nous ressentons le plus d'amour.

— Pas tout le monde, ma chérie, dit-elle. Tu as lu ça dans une carte de vœux ?

— Marco va arriver quelques jours plus tôt que prévu », reconnut Catherine qui avait veillé à se procurer les oreillers en duvet d'oie qu'il aimait pour la chambre de son bungalow. Même s'il logerait à l'hôtel avec sa famille, elle voulait qu'il se sente chez lui s'ils avaient l'occasion de s'échapper dans sa petite maison de la vallée de l'Hudson. Elle était impatiente d'avoir des relations physiques, bien sûr, mais elle avait aussi envie de pouvoir se blottir contre lui, les pieds sur ses genoux, et de lui faire part de toutes les pensées qui lui avaient traversé l'esprit – à propos des fêtes, de ses cheveux, de l'état des antiquités du monde – depuis qu'ils ne s'étaient pas parlé.

« Je comprends mieux maintenant, dit KC qui faillit se laisser tenter par des boules au lait malté avant de renoncer. Je ne dirais rien s'il s'agissait de Dakota : elle est jeune. Mais vous trois, vous êtes de véritables filles en furie, dans le genre "Je me languis d'amour". Peri se lamente parce qu'elle est persuadée que ses ovaires sont en train de se dessécher ou un truc ridicule de cet acabit, Anita reste scotchée devant la chaîne câblée Mariage, et tu passes ton temps à rêvasser comme un chiot. Et tu veux savoir pourquoi ?

— Non, vraiment pas, dit Catherine en passant

en revue dans sa tête tout ce qu'elle avait à faire avant le lendemain.

— C'est les cadeaux, dit KC en s'affalant sur son siège sans prendre la peine d'ouvrir la fermeture éclair de son manteau. Vous vous êtes laissé séduire par le consumérisme.

— Tu vas mourir de chaud avec le chauffage, fit observer Catherine. Comme ça tu auras une fin différente, toi. »

KC continua à parler comme si elle n'avait pas entendu un mot de ce que Catherine avait dit.

« Tout le monde se laisse aller à la fièvre acheteuse en décembre et essaie de trouver le cadeau parfait pour tout le monde : des gens qu'ils aiment, aux gens avec qui ils travaillent, en passant par les gens qu'ils détestent vraiment. C'est de la folie pure et simple. C'est le shopping comme punition. Une frivolité feinte, forcée. »

Catherine continuait à écouter tout en empilant son manteau, son chapeau et ses gants à côté d'elle.

« Mais toutes ces courses t'ont fait penser à des cadeaux de mariage et donc au mariage. Et voilà.

— L'amour comme entreprise commerciale.

— Pratiquement, dit KC tout en rabattant le siège de Catherine et en le tenant pour qu'elle puisse s'asseoir.

— J'aime cette période, dit Catherine. C'est tout. Pas besoin d'analyse psychologique. »

Catherine savait que, ce qu'elle aimait par-dessus tout, c'était de pouvoir rappeler à Marco pourquoi il aimait être seul avec elle.

Même si elle avait veillé à lui faire comprendre la veille qu'elle était satisfaite du statu quo.

Il ne fallait surtout pas qu'il interprète mal son enthousiasme et qu'il croie qu'elle voulait s'engager un peu plus.

Il ne lui avait même jamais demandé de l'épouser et elle avait déjà dit non à plusieurs reprises. Après tout, la communication était une bonne chose, avait-elle appris.

« Il fut un temps où tu n'aimais pas cette période, Cat, fit remarquer KC à voix basse. Tu étais aussi indifférente que moi.

— Tu appelles ça de l'indifférence ? Waouh ! dit Catherine. J'ai plutôt le sentiment que quelque chose se trame. Notre KC aurait-elle envie de se ranger à nouveau ?

— Non, vraiment pas », dit KC en soulevant ses rabats d'oreille et en enlevant son bonnet. Ses cheveux courts, teints en roux, se dressèrent sur sa tête en raison de l'électricité statique. « Tous les autres mois de l'année, je me sens bien. J'aime mon travail, mon appartement, j'aime même mes amis. À part ma compagne du jour, bien sûr.

— Cela va de soi, dit Catherine. Je *suis* insupportable.

— Et puis vlan, la saison des fêtes arrive, et tout autour de moi il n'est question que de famille par-ci et de famille par-là, dit KC. Personne ne célèbre la fête des singletons. Personne n'écrit de chanson sur les joies d'une célibataire savourant un repas chinois et rattrapant son retard dans la lecture de ses magazines préférés le soir de Noël.

— Euh, mais tu es juive, fit remarquer Catherine en levant la main pour lisser les cheveux de KC avant de se raviser.

— C'est bien là le problème ! » cria KC. Des « chut ! » fusèrent de tous côtés, même si les bandes-annonces n'avaient pas encore commencé. « Noël ne me concerne même pas. Et pourtant, cette fête éclipse tout le reste. C'est la bande-son du mois de décembre et parfois, franchement, c'est un peu trop. »

Catherine resta silencieuse quelques instants et regarda KC qui était assise les bras croisés à côté d'elle. Il n'y avait pas si longtemps de cela, elle n'aurait pas vraiment prêté attention à la détresse d'une autre personne. À présent, elle essayait d'écouter ce qui *n*'était *pas* dit.

« Tu crois que le club va changer une fois qu'Anita sera mariée ?

— Anita ? Non, dit KC. Elle a déjà son rythme avec Marty et a toujours su garder du temps pour nous. Pour le reste des filles, toi y compris, c'est autre chose. Regarde comme cela a été difficile pour Darwin l'année dernière.

— C'est vrai, reconnut Catherine. C'était un heureux hasard lorsqu'elle était présente aux réunions du club. Elle avait trop à faire avec les bébés.

— Et ce n'est que le début. Vous êtes toutes en plein dedans, alors vous ne vous rendez pas compte, insista KC. Mais il va y avoir des changements au sein du groupe. Ils ont déjà commencé. Je le sens.

— Ah ! je ne savais pas que tu étais médium maintenant, parce que, comme tu le sais, les changements sont souvent imprévisibles.

— Pas besoin d'une boule de cristal pour voir ce qui se trame, dit KC. Regarde Lucie et Darwin. Elles mènent leur petite vie de famille en banlieue. Peri est obsédée par cette vie aussi, persuadée qu'elle lui permettra de répondre à des questions profondes qui la taraudent.

— Le travail ne peut pas nous combler pleinement, hasarda Catherine qui pensait que KC l'écouterait encore moins que Dakota sur ce sujet.

— Je n'ai jamais prétendu que le travail répondait à tous mes besoins », dit KC avec impatience. Elle se dit que Catherine choisissait délibérément d'ignorer ce qu'elle ne savait que trop bien. « Mais la société a une idée bien précise de ce que doit être la vie d'une femme. Pourtant, toutes les femmes ne mèneront pas *cette* vie. On nous apprend à vouloir certaines choses et, quand nous ne les avons pas, ça peut être difficile. Même si c'est nous qui avons fait ce choix. »

Catherine regarda KC. Elle la regarda droit dans les yeux.

« C'est difficile pour toi ?

— J'ai répondu à cette question il y a bien longtemps, dit KC d'un ton bougon. Je ne veux être responsable que de moi-même. Mais c'est comme si nous avions réussi à vivre dans notre bulle, et maintenant la réalité nous rattrape. Dakota va bientôt terminer son école de cuisine et lancer son café-tricot. Je serai comme ce vieux canapé des années soixante que tes parents n'ont pas eu le cœur de jeter, le meuble qui ne va pas avec le décor. L'amie célibataire au milieu de tous ces couples.

— Walker & Fille ne va nulle part, dit Catherine. Nous non plus.

— Tu ne sais pas ce qui va arriver, dit KC à voix basse tandis que les lumières s'éteignaient. Les surprises arrivent souvent au moment où l'on s'y attend le moins. J'ai peur de perdre bientôt toutes mes amies qui se métamorphosent toutes en *Femmes de Stepford*.

— Personne ne se marie à part Anita, la rassura Catherine. Je ne sais même pas si j'ai envie de me remarier. De plus, je crois que le club ne peut gérer qu'un grand événement par an.

— Ne me dis pas que tu ne fantasmes jamais sur Marco, sur le mariage, sur le foulage des raisins avec Marco, insista KC qui se mit à croquer une généreuse poignée de popcorn. En plus, tu aurais deux enfants gratuits dans le lot. Avec un accent anglais délicieux.

— Oui, peut-être, mais je ne sais pas », dit Catherine qui sentait le sang affluer vers ses joues. Elle se demanda si elle était vraiment si sûre, car elle rêvait souvent de Marco et pas uniquement quand elle dormait. En fait, elle pensait à sa relation avec lui, mais elle se voyait presque aussi souvent en train d'organiser des goûters avec sa fille ou de jouer à des jeux vidéo avec son fils Roberto. Même si elle savait qu'ils étaient déjà trop vieux pour cela. Elle n'imaginait pas uniquement des dîners romantiques en tête à tête, mais des réunions de famille animées où tout le monde resterait assis autour de la table jusque tard dans la nuit, où l'on raconterait des histoires, où l'on plaisanterait ensemble... Allegra finirait par dodeliner de la tête au fur et à mesure que la nuit avancerait. Ils seraient tout simplement heureux d'être ensemble.

Catherine avait acheté toutes sortes de vêtements et de livres pour Allegra. Elle les avait enveloppés elle-même dans un papier doré avec des pères Noël rouges, puis avait déchiré les paquets et emporté les cadeaux dans une papeterie spécialisée pour les faire envelopper par des professionnels.

Elle avait acheté des billets pour *Casse-Noisette*, se demandant si elle devait proposer une sortie uniquement avec Allegra ou avec toute la famille. Elle avait fini par prendre dix billets, juste au cas où.

Elle avait mis au point un nouveau système avec Marco récemment.

Il l'appelait au téléphone et laissait sonner une fois, puis ils discutaient sur Internet et pouvaient ainsi se voir. Certains jours – pas souvent –, elle ne retouchait même pas son maquillage avant d'allumer son ordinateur et de parler.

Il y avait toutes ces choses qu'elle aimait chez Marco : il aimait la regarder manger, beaucoup, beaucoup de nourriture. Il ne trouvait pas ça ridicule qu'elle ait recommencé à écrire après tout ce temps et lui disait ce qu'elle pouvait à son avis améliorer (ce qui la mettait hors d'elle au début).

Il lui disait souvent qu'elle était superbe, puis complimentait ses mains ou son rire. Il lui avait même dit une fois que les femmes devenaient plus belles en vieillissant.

Il était intelligent. Il parlait tout naturellement de Cecilia, sa première femme, la mère de Roberto et d'Allegra, comme si elle faisait encore partie de la famille, dans une dimension différente. Il ne trouvait pas cela étrange qu'elle fasse la même chose avec Georgia.

« Il ne faut pas oublier cette période de notre vie, disait-il souvent. Nous devrions nous réjouir d'avoir eu la chance de connaître ces personnes merveilleuses qui nous ont aimés. »

Sans parler du fait qu'il adorait l'embrasser pendant des heures.

Bien sûr, Marco avait des défauts. Il pouvait avoir des accès de colère et se montrer boudeur quand les choses n'allaient pas comme il voulait. Mais sa mauvaise humeur passait rapidement, et il n'avait pas manqué de faire remarquer à Catherine qu'elle réagissait exactement de la même façon.

Ils étaient *simpatico*, dit-il. Et incroyablement beaux, ajouta-t-il en faisant un clin d'œil.

Mais il y avait aussi les problèmes évidents, dont un était particulièrement flagrant : il vivait avec sa famille de l'autre côté de l'océan, dans un autre pays.

Et Catherine s'accommodait finalement très bien de son indépendance ; elle avait flirté avec l'idée d'aller s'installer en Italie, mais y avait renoncé, réalisant qu'elle ferait une fois de plus des sacrifices, qu'elle ne serait pas sur un pied d'égalité.

« Oh ! disait-elle à présent à son amie, je ne pense pas que les choses se passent toujours aussi facilement.

— Non, reconnut KC. Pas dans la vraie vie. » Elle se pencha. « Ces fêtes peuvent me donner le sentiment d'être exclue. C'est le vilain petit secret du mois de décembre. Je ne veux pas être perdue à l'arrière-plan, sautiller pour qu'on me voie.

— Ne t'inquiète pas, KC, tu es trop bruyante pour qu'on t'ignore, dit Catherine en faisant un signe aux personnes excédées qui faisaient « chut ! » derrière elles.

— Pourquoi est-ce que tu crois que je fais autant de bruit ? » répondit KC.

Alors qu'elle corrigeait les dissertations de ses étudiants pendant que les enfants faisaient la sieste, Darwin réalisa qu'elle avait peut-être trop d'intimité.

Pas avec son mari Dan. Elle avait le sentiment qu'elle le voyait de moins en moins tandis qu'ils jonglaient avec leur vie professionnelle pour s'assurer qu'il y ait toujours quelqu'un pour garder les jumeaux, mais avec sa meilleure amie, Lucie, qu'elle adorait.

Le problème, c'est qu'elle ne pouvait pas passer une journée, voire pas même une heure, sans la croiser.

« Salut », disait-elle en embrassant Dan sur la joue avant de retrouver Lucie sur le porche de leur duplex. Bonjour, Ginger, bonjour, Luce. » Les deux femmes coordonnaient les activités pour les enfants pour limiter les trajets en voiture et elles veillaient même à tenir Rosie occupée en lui confiant quelques tâches ménagères – plier le linge, vider le lave-vaisselle – pour qu'elle ait le sentiment de se rendre utile.

Elles avaient tenté de la convaincre de se reposer lorsqu'elles avaient emménagé dans ce duplex, mais Rosie essayait toujours de grimper sur des escabeaux pour enlever la poussière sur le haut des armoires lorsque personne n'était là pour la surveiller.

Elles l'avaient convaincue à présent que c'était Darwin qui faisait la poussière (ce qui n'était pas vrai) et lui écrivaient une liste « allégée » de choses à faire. Il était beaucoup moins risqué de la maintenir occupée que de la laisser faire ce qu'elle voulait.

Leur mode de vie présentait d'autres aspects quelque peu étranges. Rosie était gênée de faire la sieste lorsque Lucie était à la maison, mais, pour une raison que Darwin ignorait, elle ne voyait aucun inconvénient à piquer un petit roupillon sur le canapé de la jeune professeur. L'important, c'était qu'elle parvienne à se reposer, disait toujours Darwin à Lucie.

Après tout, n'était-ce pas ce qu'elles avaient recherché lorsque les deux amies avaient acheté une maison mitoyenne, avec de la place pour chaque famille ?

Et Lucie ne demandait pas mieux que de s'occuper des enfants lorsque Darwin voulait travailler sur un article ou profiter de quelques heures de sommeil avant une présentation importante.

Cependant, elles entretenaient leurs manies respectives : Lucie se disait sans cesse que chaque dimanche, chaque fête, pouvait être la dernière de sa mère Rosie, même si sa santé physique était satisfaisante, et Darwin, si épuisée fût-elle, poursuivait Cady et Stanton dans toute la maison, filmant et photographiant chaque instant parce qu'elle se souvenait à peine de ce qui s'était passé la minute précédente.

La maison tout entière était imprégnée de cette angoisse du temps qui passe tandis qu'elles se cramponnaient vainement à ces instants qui filaient entre leurs doigts, et elles levaient les yeux au ciel tout autant que Dan secouait la tête lorsqu'il les surprenait en train de s'inquiéter et qu'il leur conseillait de profiter tout simplement de la vie. Il était difficile de se détendre quand tout allait si vite.

À force de vivre si près l'une de l'autre, de consacrer des soirées entières à réfléchir à leur projet de chaîne télévisée « Poulette » après leurs journées de travail, d'essayer de gérer les besoins de trois enfants et d'une personne âgée étourdie, elles avaient laissé les tensions entre elles s'accumuler.

Chacune rêvait de pouvoir passer quelques instants seule…, au moins un quart d'heure sans interruption.

C'est pour cette raison que Lucie avait prévu de passer Noël chez ses frères et que Darwin avait accepté de plier bagage avec Cady et Stanton et de prendre l'avion seule avec eux pour rendre visite à ses parents à Seattle.

Dan arriverait quelques jours plus tard, la veille de Noël, car il avait très peu de jours de congé : c'était le plus jeune médecin du cabinet.

Pour faire bonne mesure, et pour pouvoir passer le plus de temps possible avec ses petits-enfants, Betty Chui s'était donné beaucoup de mal pour inviter la mère de Dan, la redoutable Mme Leung, pour le repas de Noël.

La sœur de Darwin, Maya, serait également à la maison et dormirait sur le canapé-lit au sous-sol tandis que Dan, Darwin, Cady et Stanton se tasseraient dans deux lits à une place installés dans ce qui était autrefois la chambre de Darwin et de Maya.

Malgré toute la fatigue qu'un tel voyage impliquait, Darwin attendait Noël avec impatience. Elle avait déjà commencé à faire les bagages, empilant les couches, les culottes en plastique et les gilets de laine avec bonnets assortis tricotés par Lucie.

Elle avait fait des piles bien nettes sur le canapé et la table basse. Dès le lendemain de Thanksgiving, elle avait descendu du grenier deux immenses valises noires et abîmées. Elle les avait placées en travers du seuil pour interdire l'accès de cet espace aux jumeaux.

S'ils furent au départ déconcertés, ils ne tardèrent pas à concentrer leur énergie sur autre chose et se mirent à traîner des pots sur le sol de la cuisine.

Darwin se contenta de mettre un casque antibruit et continua ce qu'elle avait à faire.

Elle consacrait tellement d'énergie à se concentrer sur les événements marquants qui jalonnaient l'année que, lorsqu'ils arrivaient enfin, elle n'en profitait même pas et pensait déjà au prochain.

Elle était prisonnière du même schéma que lorsqu'elle avait tenté désespérément d'avoir un enfant avec Dan, puis qu'elle avait été horrifiée par le stress que représentait la maternité et les premières semaines d'un nouveau-né.

De la même façon, Darwin avait été convaincue qu'en partageant une maison avec Lucie, elle réglerait ses problèmes de garde d'enfant.

Et c'était le cas en effet. Mais elle n'avait pas prévu que cette cohabitation la confronterait à d'autres difficultés, dont le fait de vivre les uns sur les autres.

C'est comme ça, un point c'est tout : une expression qui résumait parfaitement l'attitude de Darwin des années auparavant.

Désormais, elle savait qu'il n'existait pas une seule façon d'élever ses enfants, de se marier, de vivre sa vie. Et pour la première fois depuis la naissance des enfants, elle voulait prendre le temps de savourer les fêtes.

Elle ne voulait plus se contenter de barrer le deuxième Noël des enfants sur sa liste de choses à faire dans la vie, elle voulait s'échapper du quotidien pour s'imprégner réellement de l'instant et pouvoir s'en souvenir.

Elle était prête à reconnaître que cette fête serait unique et qu'il fallait qu'elle compte vraiment pour ce qu'elle était.

6

L'année dernière, elle était différente. L'année prochaine, elle changerait encore. Il était impossible de rester sur place, impossible de laisser le temps aux choses d'imprégner son être.

Telle était la fille, telle serait la femme : Dakota avait le sentiment que, si elle parvenait à mettre un peu d'ordre dans ses émotions, elle arriverait à mieux distinguer les options qu'elle avait ; que, si elle comprenait le passé, elle parviendrait à mieux évaluer l'avenir.

Pourtant, la confusion la plus totale régnait dans son esprit lorsqu'elle tentait de réfléchir logiquement à la meilleure conduite à adopter. L'annonce de Peri – qui lui avait parlé de la proposition de Lydia Jackson – lui avait fait l'effet d'une douche froide. Puis elle avait ressenti de la colère.

Puis un sentiment de panique l'avait envahie. Quelle influence le départ de Peri aurait-il sur l'école ? Dakota travaillait déjà le plus possible à la boutique. Que devait-elle faire de la boutique ? *Si*

Peri acceptait le poste. Peut-être le refuserait-elle après tout.

Elle n'était sûre que d'une chose : elle voulait régler cette histoire seule. Sans se tourner vers son père, Anita ou Catherine.

Elle avait envoyé un SMS à Peri pour organiser une rencontre. Peri avait suggéré la gare de Grand Central pour arranger Dakota qui prenait le train Metro North à Hyde Park et pour éviter qu'elles ne se retrouvent dans la boutique de fils à tricoter.

Dakota était assise dans le train, entourée comme d'habitude d'une multitude de cabas : un sac à dos rempli de livres, son sac à main avec son téléphone portable à l'intérieur, le sac à tricots contenant ce fichu pull fauve et turquoise, qui attendait patiemment, comme à son habitude, qu'on daigne le finir.

Elle ferma les yeux et faillit s'endormir bercée par le mouvement du train. Elle tenta dans son demi-sommeil de mettre un peu d'ordre dans ses pensées.

Étrange comme, au début de l'année précédente, elle était prête à laisser la boutique avant de trouver un concept – le café-tricot – qui lui permettrait de poursuivre l'œuvre de sa mère sans renoncer à ses rêves ! Tout semblait s'arranger pour le mieux.

Il fallait juste que Peri garde ses parts dans la boutique et qu'elle continue à s'investir dans le magasin jusqu'à ce que Dakota termine ses études et que James trouve un moyen de réorganiser l'intérieur du bâtiment tout en essayant de maintenir son cabinet d'architecte à flot : le réagencement de

Walker & Fille n'était pas vraiment son projet le plus lucratif.

Elle pensa à la solution évidente qui consistait à chercher quelqu'un d'autre. Pourtant, ça n'était pas aussi simple de remplacer Peri par quelqu'un d'autre. Walker & Fille n'était pas uniquement un magasin. C'était une famille.

C'était comme si Peri abandonnait toute l'entreprise. Tout le groupe ! Attends un peu que les filles du club soient au courant, pensa-t-elle. Le départ de Peri allait provoquer un tollé général. C'est ce que Dakota croyait et pourtant elle aurait souhaité que le statu quo se poursuive. Juste un peu plus longtemps. Jusqu'à ce qu'elle soit prête.

Mais c'était bien ce qui posait problème depuis toujours avec le plan des membres du club. Il n'avait été question que de Dakota. Tout tournait autour d'elle.

Elle monta les marches de l'escalier qui menait au restaurant surplombant le hall de la gare.

Elle observa les étoiles peintes au plafond, les lustres dorés brillants, les hordes de banlieusards – venus faire des courses ou travailler – qui traversaient le grand hall ; certains arrivaient, d'autres repartaient.

« Eh ! mademoiselle, dit Peri qui attendait dans un box avec une tasse de thé. Ça fait plaisir de te voir en dehors de la boutique. C'était quand la dernière fois ?

— Oui, dit Dakota. C'était il y a trop longtemps. »

Elle se souvint que, lorsque Peri avait vingt-quatre ans, elle avait déçu sa famille en refusant d'étudier à la faculté de droit.

Elle avait pour projet de se faire une place dans l'industrie de la confection de sacs à main, mais avait passé sept ans à tenir une boutique, qui, même si elle lui appartenait théoriquement en partie, ne correspondait pas entièrement à ses aspirations.

Tout le monde considérait que la boutique était celle de Georgia et que Dakota était son successeur tout désigné. Quel rôle terrible pour Peri d'être confinée au rôle de régente sans avoir l'espoir d'être reine un jour ! réalisa Dakota en regardant la jeune femme noire, mince et sereine qu'elle avait tant admirée étant petite (et qui était à présent tout autant une amie qu'une collègue).

D'être toujours dans les coulisses. Même si sa société de sacs à main avait profité au départ de la vitrine que lui offrait la boutique, elle ne se développait désormais pas aussi vite qu'elle l'aurait pu, car Peri consacrait beaucoup de temps à Walker & Fille.

Peri était lésée quelque part.

« Nous nuisons à ta carrière, dit Dakota calmement. La boutique t'empêche d'évoluer. » Tandis qu'elle prononçait ces mots, elle sentit son estomac se nouer, car elle savait que, si Peri partait, il y aurait des changements radicaux. Et s'ils ne parvenaient pas à trouver la bonne gérante ? Et si l'activité continuait à ralentir ? Et si elle était obligée de racheter littéralement la part de Peri ? Qu'en serait-il alors ? Elle ne pouvait pas compter éternellement sur la générosité d'Anita, de son père et de Marty. Ils ne pourraient pas faire de Walker & Fille leur projet de prédilection et investir continuellement dans la boutique. Pourtant après deux rénovations en l'espace de seulement deux ans, le cash-flow était plutôt faible.

« Non, tout va très bien pour moi, dit Peri. Beaucoup de créateurs n'ont pas la chance que j'ai. La boutique signifie beaucoup pour moi. Et c'était vraiment une idée complètement folle.

— Quoi ? De travailler avec Lydia Jackson à Paris ? Tu ne pouvais pas rêver meilleur tremplin pour ta carrière. C'est encore mieux que de participer à l'émission *Project Runway*, dit Dakota après avoir commandé un burger au thon et des frites de patates douces.

— Mais il y a tellement d'inconnues, dit Peri en buvant une gorgée de thé. J'ai travaillé dans une boutique de fils à tricoter pendant près de dix ans, et soudain on vient me débaucher pour m'emmener à Paris. Et si ça se passe mal ? Et Roger dans tout ça ? Et toi ? »

Dakota savait qu'à l'âge de vingt-quatre ans, sa mère, Georgia Walker, était enceinte et qu'elle avait peur.

Elle venait d'abandonner une carrière potentielle dans l'édition pour retourner chez ses parents.

Sa rencontre fortuite avec Anita lui avait permis contre toute attente de se lancer dans le tricot et d'ouvrir plus tard sa propre boutique. Et c'était tout simplement cela : une opportunité qu'elle avait accepté de saisir même si elle avait peur. Dakota savait que c'était le legs le plus précieux de sa mère, bien plus que l'existence physique du magasin.

C'était le plus beau cadeau qu'elle avait fait à sa fille : elle lui avait donné la capacité d'oser.

« Tu dois décider de ce qu'il y a de mieux pour toi, disait-elle à présent. Pas pour moi. Pas pour le magasin. Juste pour Peri.

— Mais je ne sais pas », reconnut Peri dont les lèvres tremblaient légèrement. Comme tous les membres du club, elle avait passé de nombreuses années à tenter de consoler Dakota de la perte de sa mère, le seul parent qu'elle ait connu pendant la plus grande partie de sa vie. Ainsi, la plupart des décisions concernant la boutique avaient été prises en fonction de l'intérêt de Dakota et non de celui de Peri. C'était une exigence tacite de toutes les femmes du club et une attente qui provoquait tour à tour un certain ressentiment chez Peri et des élans de générosité. Et pourtant, au moment où on lui offrait la chance de sa vie, l'occasion de partir, elle hésitait. Elle avait pris récemment conscience que son lien avec la boutique et avec Dakota allait bien au-delà du simple commerce. Quelque chose qu'elle avait trop souvent oublié.

« J'étais tellement furieuse contre toi, dit Dakota en riant avant de goûter son plat.

— Lorsque je t'ai parlé de la proposition la semaine dernière ? » Peri semblait surprise.

« Non, quand tu as entrepris de rénover la boutique, dit Dakota. Je voulais que rien ne change.

— Oh oui, tu étais difficile », reconnut Peri. Elle avait dû poser un ultimatum pour pouvoir rénover la boutique.

« Oui, dit Dakota. Peri, j'étais dans le train et je pensais distraitement à une pâte qui ne montait pas correctement, lorsque j'ai eu une illumination soudaine : toute cette situation n'était pas juste pour toi. Il faut que ça change.

— Je ne suis pas une victime. » Peri se redressa sur son siège. « J'ai toujours eu le choix dans ma vie, que j'en aie été consciente ou non. Et j'ai eu un certain succès jusqu'à présent. »

Dakota hocha la tête.

« Avec l'aide de mes amies, je sais, dit Peri. Sur ce point, nous sommes quittes.

— Non, dit Dakota avec fermeté. Nous ne le sommes pas. Tu as consacré toute ton énergie à ta carrière et tu as fait des sacrifices pour honorer des promesses que tu avais faites il y a longtemps. Tu ne pouvais pas savoir alors les opportunités qui se présenteraient à toi. J'ai reçu un cadeau inestimable : l'amour et le soutien, mais aussi un espace où j'ai pu grandir sans jamais faire de concessions. J'ai souffert, j'ai perdu ma mère, mais je n'ai jamais fait de sacrifices pour quelqu'un. Je reçois, mais je donne rarement. »

Peri fronça les sourcils, un peu troublée. Dakota avait eu de nombreuses personnalités pendant l'adolescence ; elle était surtout irascible, mais depuis quelque temps, elle était plus calme et plus déterminée. Péri avait eu à maintes reprises l'occasion de constater qu'elle ressemblait plus à sa mère à présent.

« Dakota, tu ne comprends donc pas que j'ai décidé ? dit Peri. C'est trop, ce n'est pas le bon moment, j'hésite trop. Je vais refuser le poste. Rien ne va changer chez Walker & Fille.

— Ne fais pas ça, s'il te plaît, dit Dakota. Réfléchis. Attends le Nouvel An. Tu décideras après.

— Et qu'est-ce que tu vas faire avec la boutique si je ne suis plus là ?

— Je n'ai pas encore trouvé de solution, reconnut-elle, mais j'y travaille. »

Les météorologues avaient annoncé une tempête de neige, mais les flocons se contentaient de tomber doucement lorsque Dakota marcha en traînant ses pieds de la gare de Grand Central jusqu'à l'appartement de son père. Une chose de faite, une autre à régler.

Elle avait évité son père ces derniers temps, car elle ne voulait pas lui parler du stage tout de suite. Elle n'était pas prête à lui annoncer qu'elle n'allait pas en Écosse. Après avoir discuté avec Peri, elle était plus sûre que jamais qu'elle devait donner la priorité à son travail.

Elle aurait peut-être le temps plus tard de ralentir un peu la cadence et de faire un voyage.

Mais là, en décembre, elle devait être comme sa mère : penser aux affaires. Développer ses compétences pour atteindre son objectif.

C'est ce qu'elle dit à son père en ajoutant d'autres arguments, tandis que James écoutait impassiblement son raisonnement, même si ses mâchoires serrées trahissaient ses sentiments.

« Je sais que ça peut paraître égoïste, finit-elle, mais c'est pour mon avenir. Ce stage, c'est tout simplement énorme. Parfois, il faut faire des sacrifices.

— Ce n'est pas parce que tu as un tant soit peu conscience de ce que tu fais que ta décision en est moins égoïste, dit James. C'est à moi que tu enlèves quelque chose ici. À tes grands-parents, à ton oncle, à ton arrière-grand-mère. Tu parles de sacrifices, Dakota, de comprendre – comment tu as formulé ça déjà ? – "le poids de certaines décisions", mais la personne à qui tu penses en premier, c'est toi. Uniquement toi. »

Dakota fit les cent pas dans la salle de séjour en se faufilant à travers les meubles qui avaient été enlevés pour Thanksgiving. « Parfois, il faut faire passer le travail avant les loisirs, dit-elle.

— Je suis d'accord, concéda James en tentant de contrôler sa voix. Mais quelle erreur de choisir le travail au détriment de sa famille ! »

Dakota releva brusquement la tête, prête à répliquer, mais James l'interrompit :

« C'est ce que j'ai fait, Dakota, dit-il doucement. Nous en avons tous payé les conséquences. Et c'est un regret qui ne s'effacera jamais. Il y aura d'autres stages, d'autres restaurants, d'autres opportunités. Mais il n'y aura que ce Noël, que ce mois de décembre, que ce moment pour profiter des fêtes avec ta famille. » Il était parvenu à se convaincre à moitié que, s'il acceptait le fait que Dakota était une adulte à présent, la vie serait plus facile, mais il comprit tout à coup que son impuissance le frustrerait toujours. Si seulement elle pouvait croire qu'il avait appris une chose ou deux, qu'il avait tiré les leçons de ses erreurs.

« Je suis capable de prendre moi-même les décisions qui me concernent, papa », dit Dakota aussi doucement et calmement que son père.

Ils étaient l'un en face de l'autre, tendus et hésitants.

« Je sais, dit James en se calant dans son fauteuil et en passant la main sur son front. Mais ce n'est pas pour ça que tu prends les bonnes décisions. »

7

L'avion avait du retard en raison du mauvais temps. L'heure d'arrivée ne cessait d'être retardée, et Catherine ne savait pas quoi faire.

À ce train, ils n'allaient pas arriver avant le lendemain. Devait-elle rester et attendre les Toscano et Sarah ? Rentrer à la maison pour quelques heures ? Jeter les boîtes de bagels qu'elle avait achetées comme cadeau de bienvenue à New York ?

Elle était certaine que les services de sécurité de l'aéroport allaient l'arrêter d'une minute à l'autre en raison de son comportement suspect : parfois, elle se décidait à partir, se dirigeait vers les portes automatiques, puis restait plantée devant.

Elle faisait ensuite demi-tour pour regarder le tableau des arrivées dans l'espoir d'obtenir des informations plus encourageantes, mais le retard annoncé ne cessait d'augmenter.

Il n'y avait plus qu'une barre sur l'indicateur de charge de la batterie de son téléphone portable, car elle avait passé la majeure partie de ces deux heures à appeler tout le monde. L'avion a du retard, avait-elle dit à Anita. Et à Dakota. Mais aussi à KC et à James.

Elle l'appela pour essayer de se calmer avec des conseils de dernière minute.

« Bien sûr, c'est à moi que tu demandes, dit James d'une voix tonitruante dans son téléphone portable. Je suis connu dans le monde entier pour mes idylles particulièrement glorieuses. Tu sais que j'ai plaqué l'amour de ma vie et que je l'ai laissé pendant plus de dix ans. Voici mon premier conseil : ne fais pas la même chose.

— James, arrête de faire l'idiot, siffla Catherine. Marco et ses enfants seront là dans quelques heures, et je suis un peu nerveuse.

— Contente-toi d'être toi-même, ce n'est pas ce qu'on dit en général ?

— Non, dit Catherine. Le problème, c'est que j'aimerais être mieux que moi-même. Je veux que ses enfants tombent amoureux de moi.

— Tu ne peux pas remplacer leur mère, dit James.

— Ce n'est pas ce que j'essaie de faire. Mais tu l'as dit toi-même : tu as fait irruption après tout ce temps dans la vie de Dakota et elle t'a aimé quand même.

— Un coup de chance, dit James en laissant échapper un petit rire. Et, oui, d'accord, je l'ai achetée. Ce n'est un secret pour personne.

— Je n'ai dit à Marco que la moitié de ce que j'avais acheté pour Allegra et Roberto, et il m'a demandé d'aller rendre la plupart des cadeaux, dit Catherine en élevant la voix. Il a dit que ça faisait trop.

— Eh bien, tu devrais peut-être l'écouter, dit James. J'ai beaucoup contrarié Georgia en gâtant Dakota. Ça la faisait presque passer pour une radine.

— Alors, ce que tu me dis, c'est… de ne pas faire comme toi ?

— Pour l'essentiel, oui, dit James qui se mit à rire de sa voix grave. Tout va bien, Catherine. Sinon, tu ne prendrais pas tout ça tellement à cœur.

— En parlant de prendre à cœur, Dakota m'a parlé de son intention de ne pas fêter Noël en famille, dit Catherine.

— Oh oui, ça, dit James. C'est vraiment ennuyeux. J'ai promis à la grand-mère de Georgia que j'emmènerais sa famille la voir et elle compte vraiment dessus.

— Tu ne vas pas y aller tout seul, n'est-ce pas ?

— Tu as déjà rencontré la grand-mère de Georgia ?

— En fait, oui, dit Catherine d'un ton songeur. Je comprends ce que tu dis. Quant à Dakota…

— … nous sommes d'accord pour ne pas être d'accord, dit James. Elle a l'air de croire que, pour agir en adulte, il faut faire passer le travail avant tout le reste.

— Je n'ai jamais vraiment eu cet état d'esprit, reconnut Catherine. Mais Georgia, si.

— Et moi aussi, dit James d'une voix où perçait un sentiment de frustration. Mais parfois, il faut réaliser qu'il y a des choses plus importantes, bon sang !

— Dakota pense que tu as une petite amie, lâcha Catherine pour changer de sujet. Une relation sérieuse. Mais je lui ai dit que je ne croyais pas.

— Ah vraiment ? demanda James. Elle a dit autre chose ?

— Tu as quelqu'un de sérieux, James ? Tu es amoureux ? Pourquoi tu ne dis rien ? Je t'ai parlé de Marco.

— Et à ce sujet, Catherine, tu seras parfaite, dit James en parlant à toute vitesse. Prends une profonde inspiration et ne donne pas à Marco un gros baiser mouillé devant ses enfants, et là tu seras vraiment bien. Je te rappelle. Salut. »

Catherine baissa la main qui tenait le téléphone. Apparemment Dakota avait raison à propos de son père. Ça paraissait tellement irrévocable d'envisager l'idée qu'il puisse tomber amoureux, vraiment amoureux, d'une autre femme que Georgia. Allait-il l'épouser ? Comment la trouverait Dakota ? Que penserait Georgia ?

Si c'est ainsi que je réagis en apprenant que James a une amie, pensa-t-elle, que vont penser les enfants de Marco pendant les fêtes ? Ils vont trouver ça vraiment étrange. Contraints de passer du temps avec elle, alors qu'ils auraient préféré être avec leur mère si seulement elle était encore en vie. Ce n'était peut-être pas une très bonne idée après tout.

« Je suis la petite amie, dit-elle à voix haute. La petite amie », répéta-t-elle en croisant un étranger qui marchait dans le couloir. Je suis la personne qui se tient là où leur mère devrait être, réalisa-t-elle. Catherine enfila son manteau, bien décidée à rentrer chez elle et attendre que Marco la prévienne qu'il était arrivé. S'il le voulait bien. Si elle le voulait bien.

Soudain, une personne se leva et laissa un siège vide dans la salle d'attente.

« C'est ma place ! » cria Catherine qui se mit presque à sauter par-dessus les jambes des gens assis pour s'approprier le siège. Elle poussa un soupir de soulagement à l'idée de pouvoir reposer ses pieds douloureux. Ces bottes sont faites pour se déplacer en taxi, se dit-elle en regardant ses talons de douze centimètres. Elle était restée debout pendant des heures et elle fut au supplice lorsque ses pieds se mirent à picoter tandis que le sang revenait dans ses orteils.

Catherine n'était encore jamais venue chercher quelqu'un à l'aéroport. Cela ne lui avait jamais paru nécessaire auparavant.

Son ex-mari, qui la trompait, rentrait chez lui par ses propres moyens, et elle avait appris à accepter qu'il voyage parfois sans elle. Oh ! elle était furieuse, mais elle survivait.

À présent, elle regrettait de ne pas avoir apporté de fleurs. Catherine avait du mal à rester assise tranquillement. Elle voulait voir Marco descendre de l'avion. Mais grâce aux consignes de sécurité et aux réglementations du nouveau monde, elle dut se contenter de tenir bon avec le reste des personnes qui attendaient dans la zone de retrait des bagages.

Le tableau des arrivées afficha les dernières informations : encore trois quarts d'heure à attendre.

« Coucou, dit Catherine en levant la main au-dessus de sa tête, car elle ne voulait pas se lever de peur que quelqu'un ne se précipite sur son siège. Quelqu'un veut-il un bagel ? C'est bien parti pour que nous passions la nuit ici… »

Catherine avait à peine dormi depuis que la famille Toscano était arrivée à New York, tout occupée qu'elle était à lui faire découvrir sa ville adorée. Le mari de Sarah, Enzo, avait été heureux de se coucher dans un bon lit pour se remettre du stress du voyage.

Le reste de l'équipe s'attaqua à Manhattan, y compris Sarah qui avait plus de soixante-dix ans. Une journée entière à Central Park, avec pour commencer une promenade en voiturette tirée par des chevaux, puis du patin à glace à la patinoire de Wollman et pour finir un dîner pour se réchauffer à la Tavern on the Green.

Le restaurant était décoré de guirlandes et de sapins de Noël à profusion. Ils regardèrent la neige saupoudrer la cime des arbres à travers les baies vitrées.

Ils allèrent aussi au théâtre, visiter les musées, faire du shopping, assister au spectacle des Rockettes.

« Catherine, Catherine, dit Marco en l'entraînant à l'écart après une longue journée de visites. Le programme est très chargé. Tu n'as donc pas prévu quelques instants pour nous deux ?

— Non, reconnut-elle. Je ne voulais pas t'éloigner de ta famille... » Elle ne voulait pas lui dire qu'elle était nerveuse, inquiète de la réaction des enfants pendant ces vacances à New York. Elle était certaine qu'il allait vouloir officialiser les choses et tout aussi certaine qu'elle n'était pas prête pour un tel changement. « J'ai pensé que ça serait mieux ainsi, poursuivit-elle.

— C'est très bien, dit-il en approchant la bouche de son oreille. Mais Roberto est un jeune homme à présent, et ça ne l'intéresse pas vraiment de traîner avec son papa. Quant à Allegra, elle a juste besoin d'une bonne nuit de sommeil. Elle pourrait aller passer une soirée avec sa Nona Sarah et sa tante Anita tandis que Marty et Enzo se tiendront compagnie. Comme ça, nous pourrions être ensemble tous les deux. Ça serait bien, non ?

— Oui, approuva Catherine qui se sentait un peu tiraillée entre son désir d'être avec Marco et celui de faire plaisir à ses enfants. « Mais Allegra va louper le déjeuner que j'avais prévu à la Russian Tea Room. Elle ne veut pas prendre le thé ?

— Oh ! *bella*, dit Marco. Tu auras tout le temps demain pour prévoir une autre journée parfaite. Confions les enfants à Sarah et faisons une petite promenade, rien que tous les deux. » Elle accepta.

Main dans la main, ils se promenèrent dans Central Park South et se contentèrent de savourer la compagnie de l'autre sans parler. Catherine ne savait pas ce qu'elle souhaitait le plus : prendre Marco à part et l'embrasser longuement ou l'assaillir de questions.

Mais il ne semblait pas pressé, heureux tout simplement d'être avec elle dans l'air frais d'un soir d'hiver.

Finalement, ils entrèrent dans un hôtel, enlevèrent leur manteau et leur écharpe pour boire un ou deux martinis purs au bar.

Marco consulta la carte des vins. « Dommage qu'ils ne proposent pas Cara Mia, fit-il remarquer.

— Je connais une super petite boutique qui en vend », roucoula Catherine. Marco sourit. C'est parce que Catherine s'était intéressée à son vin qu'ils avaient fait connaissance, puis s'étaient rencontrés.

« J'ai beaucoup réfléchi à la question », dit-il. Catherine retint son souffle, certaine de ce qui allait suivre. Elle devrait refuser, bien sûr, mais cela ne voulait pas dire que leur histoire était terminée. En aucun cas. Elle l'aimait. Elle espérait qu'il le savait. Elle se tut.

Marco s'éclaircit la voix.

« Il est temps d'investir, tu sais, commença-t-il. Dans quelque chose de nouveau. »

Catherine hocha énergiquement la tête, puis prit une bonne gorgée de martini. Oh ! cela risquait d'être difficile. Il semblait si enthousiaste.

« Alors, j'ai pris une décision et j'espère que tu seras d'accord, dit Marco en se penchant et en posant ses doigts sur les genoux de Catherine. J'espère que tu seras aussi enthousiaste que moi.

— Oh ! Marco, je sais… » Sa voix se perdit dans un murmure tandis que Marco la regardait fixement. Il attendait poliment qu'elle finisse sa phrase. Quel gentleman ! Elle l'aimait vraiment. Peut-être avait-elle eu tort de rejeter catégoriquement l'idée de se remarier. Elle pourrait accepter. Elle pourrait être prête. Non, elle *était* prête. Elle allait dire oui. Catherine avala sa salive. Allons, Anderson, pensa-t-elle. Reconnais. C'est ce que tu voulais depuis le début. L'homme, les enfants, le mariage. Ils s'occuperaient des détails plus tard. Oh ! elle espérait qu'ils avaient une bouteille de champagne hors de prix dans ce bar.

« Catherine, tu voulais me dire quelque chose ? demanda Marco. Tu as l'air contente de toi.

— Non, dit Catherine en criant presque. Toi en premier, vas-y. Vas-y ! »

Marco ouvrit de grands yeux enthousiastes. « D'accord, dit-il aussi fort qu'elle. Je vais acheter un vignoble en Amérique.

— Tu vas faire quoi ? » demanda Catherine en toussant. Elle venait de s'étrangler avec son martini. Elle battit un peu l'air avec ses bras tandis que Marco tapotait son dos avec enthousiasme.

« Je sais, je sais, dit-il. C'est un peu effrayant. Mais ça veut dire que je pourrai justifier plus de voyages ici et surtout percer sur le marché américain.

— Autre chose ? » Catherine avait la voix encore un peu cassée après sa quinte de toux, mais il fallait qu'elle sache.

« Oui, dit Marco d'une voix tonitruante tandis que Catherine retenait son souffle, pleine d'espoir. Je vais essayer un nouveau raisin. »

Elle parvint à esquisser un petit sourire. « Je trouve que c'est une excellente idée. Vraiment remarquable », marmonna-t-elle en jetant un coup d'œil furtif dans son verre au cas où il y aurait des diamants flottant au fond. Elle avait peut-être juste manqué le grand moment ? Pourtant, seules deux olives vertes bien charnues nageaient dans le martini et aucune d'elles n'aurait fait bel effet à son doigt.

Parfois, une promenade n'est qu'une promenade, se sermonna Catherine. Parfois, prendre un verre au bar d'un hôtel peut donner l'occasion de parler de nouvelles perspectives pour un vignoble…

Elle se sentait gênée et stupide.

« Quoi ? » Marco approcha son visage du sien. « Je pensais que tu serais contente. J'en ai assez de tourner au ralenti ! Nous avons fait comme tu l'entendais pendant plus d'un an et maintenant c'est à toi de faire comme je l'entends.

— Qu'est-ce que ça signifie exactement ?

— Nous passons beaucoup de temps ensemble. Nous partons en pique-nique. Nous nous disputons sans avoir peur de crier et nous ne nous faisons plus de souci parce que nous ne nous verrons pas pendant plusieurs mois, dit-il. Nous allons nous aimer tout simplement.

— Mais tu auras encore Cara Mia en Italie ? » dit Catherine. De plus, elle s'était imaginé qu'ils s'aimaient déjà, non ?

« Bien sûr, dit Marco. Mais il y a une autre raison pour laquelle je veux être ici aussi. Roberto a été pris dans une école en Floride. Il veut obtenir un diplôme de pilote. Il a essayé le commerce du vin et maintenant il veut se consacrer à sa véritable passion. Il a honoré sa part du contrat. C'est à mon tour d'honorer la mienne. Ne dis surtout pas que je t'en ai parlé. Il veut être le premier à l'annoncer à Dakota.

— D'accord, dit Catherine même si elle soupçonnait Dakota d'être passée à autre chose. Et que pense ta fille de ton projet de conquête du monde ?

— Allegra va au pensionnat depuis tellement longtemps qu'elle considère l'établissement comme sa deuxième maison, dit Marco. De toute façon, où que je me trouve, je serai toujours éloigné de l'un ou de l'autre.

— On dirait que tu as tout prévu, dit Catherine. Tu sais, je crois que nous devrions aller nous coucher tôt ce soir. Je crois que je suis aussi fatiguée que tes enfants. » Cela faisait des jours qu'elle disait « les » enfants à propos de Roberto et d'Allegra, mais Marco ne sembla pas relever la différence. « J'aimerais aller me coucher, moi aussi », dit Marco en caressant la joue de Catherine. Cette simple caresse lui fit le plus grand effet et, même si elle avait très envie de soigner ses espoirs déçus, elle désirait encore plus profiter de quelques heures en tête à tête avec Marco.

« D'accord », dit Catherine en inclinant la tête vers la droite, encourageant ainsi Marco à lui caresser la nuque.

« Monsieur, dit-il en faisant de grands gestes. L'addition et *pronto* ! »

« N'est-ce pas merveilleux, Marty ? » Anita adressa un sourire rayonnant à son fiancé aux cheveux gris qui se tenait quelques pas en arrière pour observer la scène.

Elle adorait quand sa salle de séjour était remplie d'invités, en particulier des membres de sa famille, quand les coussins étaient jetés du canapé crème impeccable et empilés sur le sol pour que les enfants, allongés à plat ventre, puissent poser les coudes dessus et bavarder. Ça lui rappelait l'époque où ses fils étaient petits, où elle était jeune.

Allegra se retourna et bâilla, la main devant la bouche. Même si Anita avait rendu plusieurs fois visite à Sarah et à ses petits-enfants en Italie au cours de l'année précédente, les longues pauses dans la conversation et la façon un peu emprun-tée dont les enfants s'adressaient à elle indiquaient qu'ils ne savaient pas encore vraiment comment se comporter les uns avec les autres.

Ce qu'il y avait pourtant de spécial ce soir-là, c'est qu'ils étaient tous réunis sans occasion ou fête particulière.

Le simple fait que Sarah ait appelé et demandé s'ils pouvaient passer ce soir-là montrait le chemin parcouru. Ils agissaient conformément à ce qu'ils étaient : une vraie famille. Et c'était surprenant.

Dans deux jours, ce serait le dernier soir d'Ha-noukka, et elle avait organisé pour l'occasion un buffet commandé chez le traiteur avec une sélection de vins du vignoble Cara Mia de Marco.

Mais ce soir, c'était une célébration différente, l'occasion d'allumer les bougies avec Sarah comme elles l'avaient fait dans leur jeunesse.

Elle savait naturellement que la vie de Sarah avait divergé de la façon dont elles avaient été éduquées, mais elle avait très envie de partager ce rituel purement familial avec Allegra et Roberto. Pour leur montrer leur héritage et leur apprendre à être fier de leur judaïté comme ils étaient fiers d'être italiens.

Roberto et sa sœur cadette écoutèrent poliment les prières et regardèrent avec intérêt les gestes d'Anita qui utilisa la bougie au centre pour en allumer six autres sur la menora. Leur sourire s'agrandit cependant lorsqu'Anita les invita à la cuisine pour leur montrer ses latkes faits maison.

Tandis que la soirée avançait, Allegra finit par s'endormir dans la chambre d'amis pendant que Roberto, assis sur le canapé, envoyait des textos à ses amis.

Marty alla se coucher de bonne heure pour laisser Anita et sa sœur discuter tranquillement.

Elles étaient assises tout près, leurs têtes aux cheveux argentés à quelques centimètres l'une de l'autre, et elles parlaient tout bas dans la salle de séjour.

« Les enfants sont heureux d'être à New York, dit Sarah. C'est tellement glamour pour eux.

— Et toi, tu n'es pas heureuse d'être là ? » demanda Anita.

Sarah haussa les épaules. « C'est difficile de revenir, d'une certaine façon, expliqua-t-elle. Il y a tellement de "et si…" dans l'air. »

Anita posa la main sur celle de sa sœur et la serra. Sarah tapota à son tour sa main. « Nous avons dépassé le stade des regrets, Anita, dit-elle, mais c'est étrange comme une odeur – les noisettes grillées dans la rue, par exemple – a le pouvoir de me ramener à une autre époque. Tu te souviens comme je m'occupais de Nathan. Je l'ai gardé si souvent. Je suis impatiente de le voir pour le mariage. C'était un garçon si spécial.

— Eh bien, je peux t'assurer que l'homme adulte est plutôt difficile », dit Anita.

Sarah écouta les plaintes de sa sœur concernant son fils aîné.

« Tu ne t'es jamais demandé pourquoi il est si facile de voir les erreurs des autres et si difficile de voir les siennes, dit-elle à Anita.

— Si tu penses que je fais quelque chose de mal, dis-moi, insista-t-elle.

— De quel droit est-ce que je pourrais juger ? Mais je sais à quel point il est difficile de voir une autre personne là où il devrait y avoir quelqu'un que l'on aime. »

Anita eut soudain le cœur serré. Comme il devait être douloureux pour Sarah de voir son gendre Marco faire la cour à Catherine.

Comme il devait être difficile de rester courtoise tout en souffrant intérieurement, car cette nouvelle idylle lui rappelait constamment que sa fille à elle était morte en laissant sa famille derrière elle.

Anita pensa instinctivement à Georgia, à Dakota et à James.

« Les fêtes peuvent rendre les choses encore plus difficiles », dit-elle.

Sarah secoua la tête. « Ce n'est pas seulement Hanoukka, Noël ou la Saint-Sylvestre. Ce sont les anniversaires, les fêtes, les mardis où nous nous retrouvions souvent pour boire un verre de vin. Tous les petits moments que nous avons partagés, les choses sans importance qui nous font sentir son absence de manière encore plus criante.

— Catherine est quelqu'un de bien, dit Anita. Elle n'est pas sans défauts, je suis la première à le dire, mais elle est bienveillante. Elle aime tes petits-enfants.

— Je sais, dit Sarah. Sinon, je l'aurais chassée depuis longtemps. Mais ça n'enlève rien à ce que j'ai perdu. Ça restera toujours.

— Je comprends, dit Anita, qui aurait aimé lui raconter un après-midi au cours duquel Georgia et elle avaient mal étiqueté toutes les pelotes de laine et qu'elles avaient dû veiller une partie de la nuit pour tout remettre en ordre avant la grande inauguration de Walker & Fille. Mais elle s'abstint, car c'était la soirée de Sarah et de ses souvenirs.

« Qu'est-ce que tu vas faire si les choses deviennent sérieuses entre Catherine et Marco ? demanda-t-elle.

— Eh bien, je ferai ce que toute bonne grand-mère ferait à ma place, dit Sarah. Je vais lui apprendre à cuisiner correctement. Et qui sait ? Je parviendrai peut-être à l'aimer comme tu l'aimes, toi. »

8

Il y avait une boutique de saris à l'angle de la rue. La vitrine était remplie de mannequins parés de couleurs fuchsia et dorées à l'endroit où se trouvait à l'origine un boucher. Plus de quarante ans auparavant.

« Tout a tellement changé », dit Sarah, la main posée sur le bras d'Anita. Les deux sœurs avaient souvent parlé de se rendre dans leur ancien quartier lors des précédentes visites de Sarah l'année passée, mais les journées s'étaient écoulées sans qu'elles trouvent l'occasion de venir jusqu'ici.

Un jour, elles regardaient de vieilles photos, un autre, elles tricotaient le manteau de mariée d'Anita, un autre jour enfin, elles se racontaient tous les événements qu'elles avaient manqués pendant ces années de séparation.

La prochaine fois, nous irons voir la maison de notre enfance, disaient-elles, la prochaine fois.

Et voilà que la prochaine fois était enfin arrivée. Anita avait commandé une voiture avec chauffeur qui les conduisit dans les rues du Queens où leurs parents avaient vécu et où elles avaient grandi. Elles descendirent ainsi les rues où elles avaient joué petites, celles où les jeunes hommes qu'elles fréquentaient les raccompagnaient le soir. Elles se laissèrent ainsi conduire pendant une demi-heure, installées sur la banquette arrière, avant que Sarah ne fût prête à sécher ses larmes, à fermer son manteau et à faire un bout de chemin à pied.

« Je revois exactement comme c'était avant, poursuivit-elle, et… tout a disparu. Bien sûr, pourquoi les choses seraient-elles restées exactement comme avant ? Les changements auraient eu lieu, que je sois restée à New York ou partie pour Rome. Et pourtant, je m'attendais plutôt à voir le quartier tel que je l'avais laissé.

— Tu t'es juste accrochée au souvenir que tu en avais, murmura Anita qui guidait sa sœur dans la rue. J'ai évité ce quartier pendant les années soixante-dix et quatre-vingt parce que, chaque fois qu'une devanture changeait, je savais que quelqu'un était mort ou avait déménagé.

— Je voulais le montrer à mon mari, dit Sarah, mais il n'y a rien à montrer. Les maisons sont habitées par d'autres familles. La synagogue est un foyer municipal. Il ne reste plus que le vieux lycée public. Mais je doute que les filles ne portent des socquettes et des jupes cercle.

— Je suis désolée, dit Anita. Mes actes… Moi… C'est ça qui t'a tout pris. Ton foyer. Ton droit de naissance. »

Sarah se pencha vers sa sœur aînée ; deux beautés aux cheveux argentés blotties l'une contre l'autre pour surmonter les douleurs du passé.

« Ce n'est pas la peine de revenir là-dessus, dit-elle enfin. Je suis partie. Et maintenant, je suis de retour. C'est notre étrange voyage à nous. Mais même si notre quartier est désormais pour une autre génération, au moins, nous sommes ensemble maintenant.

— Tu crois que papa et maman savent ? demanda Anita.

— Je ne vois pas pourquoi ils ne le sauraient pas, dit Sarah. Et je ne pense pas qu'ils aimeraient la boutique de saris. »

Elle serra la main d'Anita tandis qu'elles marchaient tranquillement.

Elles passèrent devant des vendeurs de rue qui offraient des livres sur des tables, d'autres qui déchargeaient des aliments et les disposaient sur des étals, et un guitariste qui jouait des morceaux de rock classique devant un coffre à guitare ouvert. Sarah jeta cinq dollars, puis encore cinq.

« Qui sait ? dit-elle. Il cherche peut-être à gagner un peu d'argent afin de pouvoir rentrer chez lui pour les fêtes. »

Anita remarqua que Ginger était intriguée par l'étalage de dreidels sur la table basse. La petite fille tendit la main pour les toucher, mais se fit gronder par sa mère. Toutefois, dès que Lucie eut le dos tourné, elle fit une nouvelle tentative.

Darwin avait un problème similaire avec les jumeaux, qui avaient plus envie de goûter les toupies colorées que de jouer avec.

« C'est une peinture non toxique, n'est-ce pas ? n'arrêtait pas de demander Darwin. Tu les avais déjà quand tes fils étaient petits ? Parce qu'elles pourraient contenir du plomb. Ces dreidels ont-ils été soumis aux contrôles réglementaires ?

— Tout est neuf, ce soir, la rassura Marty, encore suffisamment souple pour s'asseoir par terre avec les enfants. Laissez-moi vous montrer. » Il fit tourner une toupie en bois qui termina sa course tout près du bord de la table, ce qui provoqua les applaudissements enthousiastes de Ginger et de sa nouvelle héroïne glamour, Allegra, presque âgée de douze ans.

« On dirait que Ginger t'a trouvé une remplaçante, dit KC en donnant un coup de coude à Dakota. C'est le signe que tu es une adulte : les enfants ne te trouvent plus vraiment intéressante.

— Euh, merci, dit Dakota.

— N'est-ce pas une ride que je vois là, la taquina Catherine en regardant le visage de Dakota avec attention. On dirait que tu as presque vingt et un ans. »

Anita avait invité tous les membres du club, ainsi que James, Sarah et Enzo, les Toscano, mais aussi plusieurs amis et voisins à sa fête d'Hanoukka.

C'était le moyen parfait de revoir tout le monde avant que les différentes familles ne partent chacune de leur côté pour fêter Noël en Écosse, par exemple, tandis que certaines comme KC passeraient le réveillon seules en mangeant un repas chinois.

Tous se retrouveraient pour ce que Marty avait pris l'habitude d'appeler « le mariage de l'année ». Oui, Anita craignait encore qu'un autre « contretemps » ne vienne mettre en péril son mariage.

Elle se disait que Nathan avait encore un autre tour dans son sac, mais elle avait trouvé un truc pour tenir jusqu'aux noces : elle allait débrancher, éteindre tous ses téléphones et tricoter deux châles en dentelle légère de couleur argentée pour ses deux demoiselles d'honneur, Catherine et Dakota. Deux châles assortis à leurs robes sans bretelles.

Anita leva les yeux et vit les deux en grande conversation dans un coin de la pièce.

« Mêlez-vous aux autres convives, mesdames, leur conseilla-t-elle alors qu'elle les rejoignait. Tu attends Roberto ?

— Pour ainsi dire. » Dakota hésita. « Ça fait longtemps, tu sais. Nous avons évolué chacun de notre côté.

— Mon Dieu ! On dirait que tu es sur le point de divorcer, dit Anita. Je pense que la meilleure approche serait tout simplement d'aller le saluer. Il va arriver d'une minute à l'autre avec son père. Allegra est venue plus tôt avec Sarah.

— C'est gênant, dit Dakota. Je crois que tu ne t'en rends pas bien compte.

— Bien sûr, ma chérie, dit Anita en se tournant vers Catherine. Et toi, où en es-tu ?

— Tu sais où est Sarah ? demanda Catherine en tendant le cou pour balayer la pièce du regard.

— Elle est au téléphone dans la chambre d'amis. Elle parle à quelqu'un en Italie, dit Anita. Pourquoi n'irais-tu pas jeter un coup d'œil pour voir si elle a terminé ? Tiens, apporte-lui ce verre de vin. » Elle tendit à Catherine un verre de vin blanc et une serviette.

« Oh ! je ne sais pas, dit Catherine. Je ne veux pas interrompre sa conversation.

— Va voir comment elle se sent, lui conseilla Anita. Et tâche de parler d'autre chose que d'Allegra. »

« Salut », dit Dakota, l'estomac noué. Elle passa la main sur sa nuque et se massa quelques secondes.

« Tu as mal ? demanda Roberto qui avait été conduit jusqu'à Dakota par Anita dès qu'il avait franchi le seuil de la porte.

— Non, s'empressa de répondre Dakota en rougissant. Euh, si, je veux dire. Il arrive que le travail en cuisine fatigue mes muscles. » C'était vraiment bizarre de voir Roberto ici comme s'il faisait brusquement irruption dans sa vie réelle. Ce n'était pas comme cet été un peu fou en Italie. Il s'intégrait parfaitement au décor. Mais ici, à New York, où elle avait un véritable travail, il n'était pas à sa place. C'était amusant d'échanger des SMS avec lui, mais elle était pratiquement certaine de ne pas vouloir de lui dans sa vraie vie. Elle voulait le mettre dans un coin de son passé et le laisser là.

« Alors, dit Roberto, les mains dans les poches tout en sautillant sur ses talons. C'est vraiment une grande fête. Je n'avais jamais assisté à une fête d'Hanoukka avant ce voyage.

— C'est cool, dit Dakota qui avait souvent fêté Hanoukka avec Anita.

— Tu es superbe, dit Roberto en changeant de sujet.

— T'es pas mal non plus, répondit Dakota, les joues en feu. Ça craint », lâcha-t-elle.

Roberto rit nerveusement. Puis il se pencha, comme un conspirateur et murmura. « C'est bizarre de te voir ici, dit-il. Je t'ai fait visiter Rome, et maintenant, c'est moi qui suis perdu dans ta ville. »

Dakota décida de prendre exemple sur sa mère et d'aller droit au but. « Tu as une petite amie, maintenant ? demanda-t-elle.

— Non, euh, parfois, mais pas en ce moment, dit Roberto. Je vais déménager en Floride à cause de l'école.

— En Floride ?

— Je vais devenir pilote, enfin. » Un sourire éblouissant illumina son visage, et Dakota reconnut enfin le jeune homme plein d'assurance dont elle était tombée amoureuse à Rome. Il n'avait pas trop changé, finalement. Il était encore très mignon.

« Je suis contente pour toi, Roberto ! » cria-t-elle. Elle était ravie. Elle n'était toujours pas très sûre de ses sentiments – l'eau avait coulé sous les ponts depuis Rome, et il y avait un garçon à l'école qui lui plaisait –, mais Roberto était toujours un type bien, il n'y avait pas de doute là-dessus.

« Je suis plutôt contente que tu sois là finalement, admit-elle.

— Il se peut que je sois du même avis », dit Roberto en levant son verre.

La sonnette retentit, annonçant l'arrivée de nouveaux convives. Anita se faufila jusqu'à la porte, un plateau de latkes à la main, pour les faire entrer.

« Cette fête est tout simplement merveilleuse, dit-elle sans s'adresser à quelqu'un en particulier, tout en s'approchant de la porte. Je n'ai pas pensé à mon mariage plus d'une fois par heure aujourd'hui. »

Puis elle laissa tomber ces délicieuses galettes de pommes de terre sur le sol.

« Bonsoir, maman, dit Nathan Lowenstein, qui se tenait de l'autre côté de la porte et qui aidait sa femme à enlever son manteau. Joyeux Hanoukka. »

Il entra dans l'appartement et regarda sur sa droite, puis tout aussi rapidement sur sa gauche. Il était toujours important de savoir à qui on avait affaire.

Comme sa mère ne l'avait jamais invité ou empêché de venir à une fête d'Hanoukka, il avait décidé qu'il était temps de prendre les choses en main et de s'organiser pour se rendre à New York. Naturellement, il avait emmené sa femme, Rhea, et ses enfants qui étaient toujours heureux de voir leur grand-mère.

Il avait certes pensé qu'il avait de fortes chances de revoir Catherine, l'amie aux mœurs légères de sa mère, mais il n'avait pas pour autant renoncé à son plan.

Il allait en appeler directement à la conscience de sa mère en s'assurant l'aide de sa tante, Sarah, pour la dissuader de célébrer ce maudit mariage. Elle le remercierait plus tard. Il en était intimement persuadé.

Anita blêmit. « C'est Nathan », dit-elle à Marty, qui était tout à fait capable de le reconnaître par lui-même.

Elle se mit à s'affairer dans tous les sens tandis que KC et Darwin apportaient des serviettes en papier pour l'aider à ramasser les galettes de pommes de terre.

Elles se regardèrent en faisant la grimace, déçues l'une comme l'autre de la perte de telles délices.

« Bienvenue, dit Marty, dont le sourire ne vacilla pas une seconde tandis qu'il s'approchait à grandes enjambées de la porte. La famille est presque au grand complet ce soir. » Il embrassa Rhea, puis les enfants avant de serrer la main de Nathan.

« Marty, dit Nathan sèchement.

— Bonsoir, Nathan, dit Marty. Le fils imprévisible de ma chère Anita. Et si vous m'aidiez à servir les boissons ?

— Où est Sarah ? demanda Nathan d'un ton cassant en hochant vaguement la tête en direction de la jolie jeune fille qui lui faisait signe.

— Vous vous souvenez de votre jeune cousine Allegra ? Je crois que vous l'avez rencontrée lors de notre mariage du printemps. Eh bien, c'est la première fois qu'elle assiste à une fête d'Hanoukka. J'espère qu'elle passera une agréable soirée. » Son sourire ne s'effaça pas une seconde de son visage.

« Oh mon Dieu ! dit Anita qui sursauta lorsqu'elle entendit la sonnette. Qui cela peut-il bien être à présent ? »

Mais ce n'était que Peri qui était accompagnée de son petit ami, Roger, prêt à se joindre à la fête.

« Il faut juste que je me calme, dit Anita en embrassant Peri. J'ai eu suffisamment de surprises dans ma vie. »

La porte de la chambre d'amis s'ouvrit doucement, et Sarah rejoignit les invités. Elle plissa les yeux, ravie, lorsqu'elle reconnut le visage de son neveu préféré du temps de sa jeunesse.

« Anita ne m'avait pas dit que tu venais. Elle a dû vouloir me faire la surprise. Je suis contente de te voir. »

Nathan envisagea un instant de lui dire qu'il n'était pas invité, mais il ne voulait pas blesser Sarah. En fait, il ne voulait pas blesser sa mère. Tout ce qu'il avait à faire, c'était de ramener les choses telles qu'elles étaient avant, et tout irait bien.

« Il faut que je te parle, murmura-t-il. C'est important.

— Dans une minute, chéri, assura Sarah en pinçant sa joue comme s'il était encore un petit garçon. Je dois trouver Marco. » Elle s'éloigna pour chuchoter quelques mots à l'oreille de Marco, le regarda se diriger vers la chambre d'amis, puis revint vers Nathan.

« Catherine a quelque chose à lui demander, annonça Sarah. Et je lui ai donné ma bénédiction.

— C'est une putain », dit Nathan entre ses dents, même si seule sa tante pouvait l'entendre.

Sarah se tourna légèrement pour faire face à Nathan. « Qu'est-ce que tu en sais ? » demanda-t-elle en haussant les sourcils. Même si cela faisait une éternité qu'elle ne l'avait plus réprimandé pour quelque bêtise qu'il aurait faite aux dépens de ses jeunes frères, il se sentit soudain sur la défensive et démasqué par plus malin que lui. Comme un petit garçon. Sarah s'était toujours bien occupée de lui, mais elle n'avait jamais été dupe de ses manigances, pas comme sa mère. Elle ne s'était jamais laissé intimider par lui. Je sais, murmurait-elle en le bordant le soir plus de quarante ans auparavant, que tu as peur parfois. Et je te protégerai.

« Ta mère t'aimera toujours, Nathan », disait-elle à présent. Fermement. « Mais je ne crois pas que ta femme comprendrait si elle t'entendait parler de Catherine aussi familièrement. Alors, nous allons laisser ça, n'est-ce pas ?

— Sarah ! » Nathan était choqué mais sur ses gardes. « Je pensais que tu allais m'aider. Tu es bien placée pour comprendre.

— En effet. Rien n'est plus sûr que l'histoire qui se répète », dit Sarah tout en soutenant son regard. Elle n'avait pas l'air spécialement douce en cet instant. « Ta mère ne voit pas que tu es exactement comme elle lorsqu'elle m'a jetée dehors. Pharisaïque et stupide. Mais je l'aimais malgré tout.

Je n'ai jamais cessé de vouloir ma grande sœur. Et ta mère t'adore. Même si tu… fais toute une histoire alors qu'il n'y a aucune raison.

— Et pourquoi ? siffla Nathan.

— Parce que ça les rend heureux. Anita, Marty, Catherine, Marco, expliqua Sarah. Tout le reste n'a aucune importance. Et il y a une chose à laquelle tu devrais réfléchir plus sérieusement : le seul but qui en vaut la peine, c'est l'amour. »

Catherine se sentit soudain intimidée lorsque Marco entra dans la pièce.

Elle s'était assise sur le lit, avait attendu, s'était levée pour réajuster sa robe de soirée violette, avait regardé dans le miroir de Sarah si ses dents ne portaient pas de traces de rouge à lèvres, puis s'était rassise.

Elle se leva de nouveau. Ensuite, elle fit semblant de regarder par la fenêtre les taxis qui se faufilaient entre les tas de neige. Comme si elle n'avait pas fixé plutôt les minutes rouges qui s'égrenaient lentement sur le radio-réveil de Sarah.

« Catherine.

— Oh ! Marco, dit-elle en traversant la pièce à toute vitesse et en le serrant dans ses bras. J'ai eu une longue discussion avec Sarah ; elle est tellement adorable. » Catherine se mit à pleurer. Elle tenta de dire quelque chose, mais se mit à pleurer de plus belle contre l'épaule de Marco. Le haut de sa robe était mouillé de larmes, une grosse tache s'était formée sur le côté droit.

« Qu'est-ce qui se passe, *bella* ? » Marco, vraiment confus, prit le menton de Catherine dans sa main et le souleva légèrement. « Tu es très américaine. Tu parles, tu parles tout le temps de ce que tu sens, de ce que tu veux. "Je suis une femme indépendante", tu ne te tais jamais. Et quand tu es vraiment bouleversée par quelque chose, tu ne dis plus rien, tu ne fais que verser des larmes. Aide-moi. »

Il fallait qu'elle prenne un risque. C'est ce que Catherine avait décidé au cours des derniers jours. Qu'est-ce qu'elle attendait après tout ? Pourquoi serait-ce à lui de franchir le pas ?

Si toute l'énergie qu'elle avait consacrée à tenter de découvrir qui elle était vraiment et ce qu'elle voulait réellement faire de sa vie n'avait pas été vaine, alors elle devait être capable de renverser les rôles, de renoncer à la vision quelque peu démodée d'un homme se mettant à genoux pour demander la main d'une femme.

Elle n'avait pas besoin d'un chevalier servant. Elle n'avait pas besoin qu'un homme vienne à son secours. Elle avait besoin d'une famille.

Et elle en avait trouvé une. Avec un homme et des enfants qu'elle aimait. « Si votre fille était encore en vie, ça ne serait pas comme ça », avait-elle dit à Sarah quelques instants plus tôt.

Catherine n'avait pas utilisé son approche habituelle et n'avait pas demandé l'avis d'Anita et du club avant de prendre sa décision. Elle avait tout simplement attendu le moment où elle pourrait parler à Sarah en tête à tête. « J'ai le sentiment que votre perte, leur perte, m'a donné une place, un espace pour que je puisse apprendre ce qu'est l'amour.

— En effet, reconnut Sarah en soupirant. Nous avons connu la tristesse ensemble. Peut-être Roberto et Allegra connaîtront-ils la joie d'avoir deux mères très différentes mais très aimantes.

— Comment faites-vous pour rester si courtoise, si bienveillante ?

— Je suis une pragmatique, dit Sarah. Je prends la vie comme elle vient. De plus, vous êtes très rusée.

— Qu'est-ce que vous entendez par là ?

— Vous avez eu l'intelligence de venir me voir en premier, dit Sarah. Mais il n'est plus question de se dérober. Le moment est peut-être venu pour vous d'aller demander la main du principal concerné. »

Marco la regardait à présent, inquiet. Elle n'avait vraiment pas l'attitude confiante et assurée qu'elle avait voulu se composer.

« Marco, dit-elle hors d'haleine, un peu épuisée par sa crise de larmes. Je ne suis plus vraiment une adepte de la tradition, mais j'aimerais faire quelque chose d'important. Je veux faire un discours. Je veux exprimer ce que je ressens.

— Quoi ? Ici ? Pour la fête d'Hanoukka ? C'est à propos d'Anita et de Marty ?

— Non, à propos de nous », dit Catherine. Elle recula d'un pas, bien campée sur ses pieds.

« Marco, je t'aime tout comme j'aime Roberto et Allegra. Je veux faire ma vie avec vous.

— Tu représentes déjà une part importante de notre vie. Et c'est *fantastico*.

— Marco ! » cria Catherine, soudain prise de panique. Faisait-il donc semblant de ne pas comprendre ? Était-ce un problème de langue ? Oh ! et puis zut, il était temps d'aller droit au but.

Catherine tomba à genoux. « Je dis juste que je veux t'épouser ! Je veux me marier avec toi !

— Eh bien, ma belle, dit Marco en lui prenant la main pour la relever et en caressant ses cheveux blonds lisses et brillants. Pourquoi est-ce que tu ne l'as pas dit tout de suite ? »

Anita et Sarah n'avaient plus de secrets l'une pour l'autre. Ce temps-là était révolu. À peine Marco était-il entré dans la chambre d'amis pour parler à Catherine que les deux sœurs s'étaient mises à rôder autour pour finalement rester devant la porte en feignant de ne pas écouter.

Elles regardèrent discrètement dans l'autre direction et firent semblant de faire passer des serviettes à des convives autour d'elles lorsque Marco sortit de la pièce pour aller chercher Roberto et Allegra.

Dès qu'il referma la porte derrière lui après avoir fait entrer les enfants, elles se précipitèrent de nouveau devant la chambre. Marty tapota sur les épaules de sa fiancée et de sa sœur.

« Mesdames, dit-il. Ne devrions-nous pas leur laisser un peu d'intimité ?

— Ils ont toute l'intimité dont ils ont besoin, dit

Anita. Nous ne sommes pas dans la pièce avec eux. Maintenant, chut, je n'entends rien.

— Va chercher un verre, dit Sarah. C'est comme ça que nous faisions autrefois. »

Marty secoua la tête.

« Arrête, dit Anita. Tu crois qu'ils vont vouloir se marier pour le Nouvel An ? Nous serions tous ensemble. »

Marty soupira, pas vraiment vexé par l'idée de sa femme prête à se marier en même temps qu'un autre couple. Il ne la connaissait que trop bien.

« J'ai du mal à respirer, dit Dakota. Je crois que les membres du club n'ont jamais écouté aux portes avec autant d'attention. »

Ginger sautillait d'un pied sur l'autre, grisée par l'énergie qui émanait de la pièce, mais ignorante de ce qui se tramait.

Elle tenait la main à Dakota et parlait avec entrain à Lucie et Darwin, ainsi qu'à l'homme qui fronçait les sourcils vers les desserts.

« Vous êtes excité ? demanda-t-elle à Nathan tout en continuant à sautiller. Tout le monde est excité ! Vous voulez sauter avec moi ?

— Non, répondit Nathan en mordant dans un beignet et en mâchant rapidement. Et je ne suis vraiment pas, mais alors vraiment pas excité. »

Roberto ouvrit la porte. Son père et Catherine sortirent de la chambre d'amis derrière lui. Catherine avait le visage bouffi et les joues mouillées.

Sarah tordit nerveusement sa serviette dans ses mains.

« Alors ? Alors ? demanda Anita en se penchant, si bien qu'elle était presque sur la pointe des pieds.

— On va se marier, dit Allegra en faisant irruption dans la salle de séjour aux côtés de son père et de Catherine. Et je serai la demoiselle d'honneur. » Elle leva les bras en signe de triomphe comme si elle venait de remporter un prix.

Des applaudissements retentirent dans la pièce. Tout le monde semblait se réjouir, même les personnes qui ne connaissaient pas bien Catherine.

« Tout le monde aime les mariages, dit KC. Même moi, quand je ne suis pas la première concernée.

— Un double mariage ? demanda Anita. Nous allons faire un double mariage ?

— Pourquoi pas ? dit Marco. Elle a passé des mois à me dire "Ne te fais surtout pas d'idées, mon ami", puis elle me surprend en me demandant en mariage. Alors, il vaudrait mieux officialiser avant qu'elle ne change d'avis. »

Catherine serra ses amies dans ses bras, puis Sarah et Ginger avant d'être présentée à la belle-fille d'Anita, Rhea.

« Oh mon Dieu ! » s'exclama-t-elle lorsqu'elle se retrouva nez à nez avec une femme d'une cinquantaine d'années qui semblait très agréable. Rhea la félicita chaleureusement, puis lui présenta ses enfants. « Je suis… ravie de faire votre connaissance. Vraiment ravie. Et Nathan. Vous voilà.

— Catherine, dit Nathan d'une voix égale. Je crois que des félicitations s'imposent.

— En effet », dit-elle doucement, sans laisser paraître qu'elle s'était imaginé être amoureuse de Nathan, qu'elle s'était vue évincer Rhea et qu'elle avait osé penser qu'un tel comportement n'était pas choquant. Oh ! Catherine, se dit-elle. Tu étais vraiment déboussolée !

Nathan se pencha pour lui serrer la main, la bouche tout près de son oreille lorsqu'il l'embrassa ensuite sur la joue. Elle fut surprise par l'odeur engageante de son parfum, s'attendant plutôt à ce qu'elle cadre avec son comportement grossier.

« Persuade ma mère de tout annuler, dit-il à voix basse. Je suis sûr que Marco serait ravi d'en apprendre un peu plus sur ton comportement l'été dernier. »

Les yeux de Catherine se mirent à lancer des éclairs.

« N'est-ce pas merveilleux, Nathan ! » s'exclama Anita d'une voix perçante en serrant Catherine dans ses bras. Elle était contente pour Catherine, mais aussi quelque peu soulagée pour elle-même, car elle espérait que son fils aurait plus de respect pour une autre future mariée.

« Oh ! C'est... merveilleux si tu le dis », marmonna Nathan. Il regarda Catherine en plissant les yeux. Elle s'était immiscée dans sa vie lors d'un moment de faiblesse, pensa-t-il, et voilà qu'elle était à présent mêlée au mariage de sa mère. Mais ça ne voulait pas dire que sa bataille était terminée ; au contraire, elle ne faisait que commencer.

« Je vais te servir un verre », dit Nathan en poussant pratiquement Catherine vers les cocktails et en laissant derrière lui sa mère et sa femme s'extasier devant le tour que prenaient les événements.

« Je n'ai pas soif, dit Catherine, même si elle avait la gorge sèche en réalité.

— Je ne te déteste pas, Catherine, dit Nathan en versant une généreuse rasade de pinot Cara Mia dans un verre qu'il prit pour lui finalement.

— Comme c'est rassurant, répondit-elle en faisant signe à Darwin et Lucie qui l'invitaient à les rejoindre.

— Fais comme tu veux, dit Nathan. Mais on dirait que nous allons devenir des sortes de cousins éloignés. Et je n'aimerais pas avoir à raconter certains détails à Marco, tu vois ce que je veux dire ? » Il vida son verre et le posa bruyamment sur la table.

— Tu sais, Marco est quelqu'un de remarquable, dit Catherine entre ses dents. Il comprend tout. Mon passé. Mon présent. Ce qui signifie que nous n'avons aucun secret, Nathan.

— Certainement pas, dit-il.

— Ne me pousse pas à bout, dit Catherine, car je suis capable de tout déballer ici, maintenant. Ça n'aura aucune conséquence sur *mon* couple. »

Elle inclina la tête en direction de Rhea en espérant qu'il ne se rendrait pas compte qu'elle bluffait. Elle n'allait certainement pas mettre Anita dans l'embarras, blesser sa belle-fille, détruire ses petits-enfants.

Elle s'était suffisamment mêlée de leur vie l'été dernier. Mais Nathan n'avait pas besoin de le savoir. Elle le regarda durement.

« Tant mieux pour toi », répondit Nathan qui regarda rapidement en direction de sa femme.

Elle surprit son regard et lui adressa un sourire heureux, éblouissant. Catherine sentit Nathan se détendre presque imperceptiblement, puis se raidir à nouveau lorsqu'il se tourna vers elle.

« Tu ne ferais pas ça… dit-il.

— Je dis juste que je suis certaine que tu seras d'accord pour que ce double mariage se déroule sans le moindre problème. Il vaudrait mieux pour toi qu'Anita et moi soyons toutes deux mariées en janvier. »

Elle lui prit carrément la bouteille de vin des mains.

« Excuse-moi, dit-elle. Je suis pratiquement sûre que ça m'appartient. »

Noël

Au-delà des paquets que l'on ouvre avec enthousiasme et des chocolats que l'on dévore, Noël est une fête autour de la famille, des liens, de la sollicitude. Un peu comme chaque ouvrage tricoté à la main – chaque maille à l'endroit, chaque maille à l'envers – contient un message secret sur le dévouement. Tricoter, c'est tout simplement exprimer son amour.

9

« Rien ne t'empêche de partir en Écosse. Tout – le travail, l'école, la boutique – sera encore là à ton retour. »

C'est ce que son père lui avait dit la veille au soir lorsqu'elle était rentrée, tard, de la dernière réunion du club de la saison, et cette affirmation toute simple de James revenait sans cesse à l'esprit de Dakota depuis.

Elle savait que toutes ses amies qui fêtaient Noël étaient impatientes de passer du temps avec leur famille, et toute la soirée elle les avait écoutées parler de leurs projets et avait rejeté leurs arguments quand elles tentaient de la convaincre de changer d'avis et d'aller en Écosse.

« Le monde est rempli de cuisines, Dakota, avait dit Darwin. Mais il n'y a qu'une Mémé. Ta mère l'adorait.

— Moi aussi », dit Dakota, qui se sentait de moins en moins sûre de sa décision. Tiens bon, se disait-elle. Fais ce qu'il y a de mieux pour ton avenir.

Darwin partait pour Seattle, Lucie allait chez son frère avec Rosie et Ginger, Catherine se réjouissait à l'idée de jouer pour la première fois au père Noël en déposant les cadeaux devant les chaussures de sa nouvelle famille, et même Peri prévoyait d'aller retrouver ses parents à Chicago lors d'un voyage éclair puisque la boutique était fermée le jour de Noël et le lendemain.

« C'est juste le temps qu'il faut pour manger un peu de chocolat et donner quelques cadeaux. Ma mère et moi n'aurons pas le temps de nous disputer qu'il sera déjà le moment de repartir. »

Seule Dakota se cramponnait courageusement à son plan initial : faire un stage dans la cuisine de l'hôtel V.

« Parce que j'acquerrai de nouvelles compétences, mais aussi le sens des responsabilités, et j'apprendrai la valeur du travail bien fait », dit-elle à son miroir tandis qu'elle revêtait un tailleur-pantalon noir et chaussait des escarpins rouges.

On pouvait être classique sans pour autant être ennuyeuse, décida-t-elle. Elle voulait impressionner la directrice générale Sandra Stonehouse, lui faire comprendre que son projet de devenir chef pâtissière était très sérieux.

Qui sait ? Ce job lui ouvrirait peut-être les portes d'autres stages ou même d'un véritable travail une fois qu'elle aurait obtenu son diplôme.

Pourtant, elle ne pouvait pas se payer le luxe de tergiverser alors que Peri allait peut-être accepter le poste qu'on lui proposait à Paris. Son esprit grouillait toujours des défis qu'elle avait à relever.

Il fallait absolument qu'elle affine ses compétences et qu'elle ouvre son café.

Son seul autre choix, si elle voulait continuer à faire tourner la boutique de sa mère, c'était de renoncer complètement à sa passion, de quitter l'école pour tenir la boutique à plein temps et de faire quelques apparitions à l'université pendant l'année.

Elle ne savait pourtant pas avec certitude ce que sa mère souhaitait réellement.

Et elle s'était tellement battue pour que son père soutienne ses rêves culinaires. Elle ne pouvait pas abandonner maintenant. Pas encore.

Elle vaporisa un peu de parfum sur sa peau, appliqua du gloss sur ses lèvres et mit les anneaux en or de sa mère aux oreilles.

« Waouh ! s'exclama James en voyant Dakota dans sa nouvelle tenue. Tu ressembles à ta mère quand elle travaillait chez Churchill Publishing. Chic et professionnelle. »

Il était certes blessé qu'elle ne parte pas en Écosse avec lui et n'avait pas manqué de le lui faire savoir, mais il avait malgré tout veillé à ce que l'atmosphère ne soit pas trop tendue dans la maison.

Bien sûr, elle avait trouvé son billet d'avion à différents endroits – collé sur le frigo, posé sur la table basse où elle étudiait si souvent. C'était juste pour lui rappeler qu'elle avait encore la possibilité de changer d'avis.

Elle imaginait James et Bess en train de discuter, un peu mal à l'aise, autour d'un café pendant que Mémé préparait un bon porridge écossais et que Tom et Donny inspectaient le jardin, parlaient de tailler les haies et se demandaient si l'endroit n'était pas trop lourd à entretenir pour Mémé.

Elle se vit en train de réchauffer au micro-ondes le repas de fête qu'elle avait mis au congélateur après Thanksgiving, le soir de Noël au terme d'une longue journée passée debout dans la cuisine.

Mais pas n'importe laquelle : la cuisine du restaurant, s'il vous plaît ! Dakota tourna sur elle-même.

« Je vais voir la directrice du V, dit-elle.

— Quoi ? » dit James. Il semblait très surpris.

« C'est une pratique courante, expliqua Dakota en beurrant une tranche de pain. Le chef cuisinier choisit les stagiaires, mais le directeur général fait passer un entretien à tous ceux qui ont l'intention de travailler dans son hôtel. Tu devrais le savoir. Tu y as travaillé suffisamment longtemps, non ?

— Euh, oui, dit James en buvant sa dernière gorgée de café à grand bruit. J'ai dû oublier. Alors, à quelle heure est ton entretien ?

— À dix heures, dit Dakota en enlevant les miettes tombées sur la veste de son tailleur. Tu as des conseils à me donner ?

— Sois naturelle, mais tiens-toi bien droite, dit James en posant la vaisselle dans l'évier. Et n'oublie pas que tes grands-parents et ton oncle arrivent aujourd'hui. Nous partons ce soir pour l'Écosse. Ton billet est toujours là.

— Papa, dit Dakota en soupirant. Il faut savoir couper le cordon de temps en temps, tu sais ?

— Foutaises, dit-il. Tout ça, ce sont des histoires qu'on raconte sur l'âge adulte, mais la plupart d'entre nous ont encore besoin de leurs mentors et, pour certains, ces mentors sont leurs parents. Passe un peu de temps en Écosse. Tu risques d'apprendre des choses que tu ignorais.

— D'accord, je suivrai tes bons conseils… pour mon entretien », dit Dakota en fouillant dans son sac à tricots qu'elle emportait partout en partie par habitude, en partie parce que c'était une sorte d'objet transitionnel. Elle aurait aimé que le journal rouge de sa mère contienne des instructions explicites sur la conduite à tenir lorsqu'on se trouvait face à deux choix surprenants.

« J'ai laissé une pile de petits cadeaux sur ton lit. Tu pourras les emballer, s'il te plaît ? Un petit quelque chose pour tout le monde. Tu crois que Mamie Bess aime les pots-pourris ? Et là. Je viens de terminer une paire de nouvelles pantoufles pour Mémé.

— Bien sûr, dit James. Elle pourrait les ajouter à sa collection. »

Dakota se pencha spontanément vers son père et le serra dans ses bras. « J'aimerais pouvoir venir avec vous, mais c'est tout simplement impossible, dit-elle. En tout cas, tu resteras toujours mon préféré de tous les hommes du monde.

— Oui, dis donc à la directrice à quel point ton vieux père t'impressionne », dit James, fier d'être resté en retrait jusqu'au bout, tandis que sa fille s'apprêtait à faire la connaissance de la femme avec qui il sortait secrètement depuis des mois.

« Vous avez d'excellentes références », dit Sandra Stonehouse en regardant le CV de Dakota, la main posée sur ses lunettes de lecture vert citron. Rien chez cette femme, à l'allure athlétique, à la peau sombre, vêtue d'un tailleur bleu marine et portant de minuscules boucles d'oreilles en or, ne semblait détonner.

Son bureau était tout aussi impeccable avec l'agrafeuse posée à côté d'un rouleau de scotch et d'un pot à crayons. Mme Stonehouse respirait le professionnalisme.

Pourtant, Dakota se demanda si ces lunettes indiquaient qu'elle n'était pas aussi lisse qu'elle voulait bien le faire croire. C'était certainement une femme qui gagnait à être connue.

« C'est inhabituel pour une jeune femme de votre âge », poursuivit-elle. Son expression neutre était difficile à interpréter, pensa Dakota, qui n'avait encore jamais passé un entretien de sa vie.

À part à l'école, c'était elle d'ordinaire qui prenait les décisions ou qui y participait. Voilà ce que c'est quand on hérite d'une entreprise familiale, pensa-t-elle. C'était vraiment incroyable, même si c'était aussi une source constante d'inquiétudes et d'interrogations.

« J'ai sympathisé avec le chef de l'hôtel de la chaîne à Rome quand j'ai passé l'été là-bas. Il a été très encourageant, dit Dakota qui choisit finalement de dire toute la vérité. Mon père était autrefois l'architecte en chef de cette chaîne hôtelière. James Foster.

— Je sais, dit Mme Stonehouse sans lever les yeux. J'ai travaillé avec votre père à Paris, mais je ne le connaissais pas bien.

— C'est un type bien », dit Dakota. Mme Stonehouse leva brièvement la tête, une ébauche de sourire sur ses lèvres. « Et maintenant, il a créé son propre cabinet. Ça marche très bien. Il est obligé de refuser des clients.

— Impressionnant, dit Mme Stonehouse qui savait que James, comme beaucoup d'entrepreneurs, avait éprouvé quelques difficultés au départ. L'industrie hôtelière a souffert aussi. Il y aurait beaucoup à dire en faveur du marketing et de la persévérance. Mais parlons plutôt de vous, Dakota. Quel a été votre parcours jusqu'à présent ? »

Dakota lui parla de la boutique de fils à tricoter telle qu'elle était, ce qu'elle espérait en faire avec le café. « C'est pour ça que j'ai besoin d'expérience, conclut-elle. Je me débrouille bien ou plutôt pas mal, mais je veux apprendre. »

Mme Stonehouse hocha la tête. « Vous êtes très sérieuse », dit-elle. Elle voulait dire qu'elle était vraiment curieuse d'apprendre à mieux connaître Dakota, qu'elle avait entendu James vanter ses qualités, mais aussi se plaindre de ses défauts parfois, et qu'elle avait imaginé de nombreuses fois leur première rencontre. Elle ne s'était pas attendue à ce qu'elle ait pour cadre l'hôtel et ignorait la venue de Dakota encore la veille.

Ce n'est qu'en consultant son emploi du temps de la journée qu'elle avait appris qu'elle allait la recevoir à dix heures.

Elle avait pris peur et avait même envisagé de demander à son assistante de lui faire passer l'entretien à sa place. Mais elle avait fini par faire passer l'intérêt de l'hôtel avant le sien.

Dans les hôtels V, le directeur général rencontrait toujours les nouveaux employés personnellement.

« Pas toujours sérieuse, dit Dakota. Mais j'essaie de comprendre. De comprendre la vie. »

Après être restée silencieuse pendant ce qui semblait une éternité, Mme Stonehouse se leva et fit le tour de son bureau.

« Ce n'est pas rien de travailler pendant les fêtes », dit-elle. James avait parlé du voyage en Écosse à Sandra plusieurs mois auparavant pour s'assurer qu'elle ne lui en voudrait pas s'il partait pour Noël. Plus tard, il lui avait dit que Dakota allait travailler pendant les fêtes et qu'il ne se réjouissait pas de sa décision. Pas une fois cependant n'avait-il mentionné que Dakota allait faire un stage au V. Elle ne pouvait qu'admirer sa retenue. À sa place, elle lui aurait peut-être demandé de lui rendre un service et de ne pas prendre Dakota. La moindre des choses était de donner à l'homme qui comptait le plus dans sa vie le cadeau qu'il souhaitait le plus pour Noël : passer un peu de temps avec sa fille. Cependant, si son histoire avec James se poursuivait, elle ne voulait pas que Dakota l'accuse plus tard de manipulation. On ne l'avait pas préparée à cela à l'université Cornell : faire passer un entretien à la fille de son amant.

« Je vais être franche avec vous, poursuivit-elle. La plupart de nos employés se battent pour avoir des jours de congé. Et nous aurons un poste pour un stagiaire après le Nouvel An. Vous pourriez travailler le week-end et préparer le brunch du dimanche. Ce brunch est l'une des grandes fiertés de l'hôtel. »

Dakota hocha lentement la tête. Réfléchis, réfléchis bien, se dit-elle. Elle était sûre d'avoir lu ce genre de question piège dans ce livre sur les entretiens ou comment être un candidat idéal.

« Je suis prête à relever le défi, dit-elle. Ma famille me manquera peut-être, mais je sais travailler dur et je crois que j'ai beaucoup de choses à offrir au V.

— Quoi, par exemple ?

— Ma disponibilité et ma... volonté de travailler pour Noël », dit Dakota mollement. Elle tenta de lui adresser un grand sourire en découvrant toutes ses dents.

« D'accord, Dakota Walker, dit Mme Stonehouse. Je vous engage. » À vrai dire, le personnel de la cuisine aurait bien besoin de cette main-d'œuvre supplémentaire. Elle espérait vraiment qu'elle ne venait pas de gâcher ses chances avec James.

Catherine était tout simplement rayonnante. Elle était assise dans le café le moins huppé de la ville, le *deli* de Marty, et attendait Anita et Dakota.

« Tu es superbe », dit Marty qui finissait ses besognes du matin derrière le comptoir. Il avait l'intention de travailler jusqu'à ce que le *deli* soit transformé en café-tricot…

Il lui restait donc encore quelques années avant la retraite. Il apporta une assiette de cookies à Catherine qui engloutit immédiatement deux gâteaux aux pépites de chocolat.

« Je meurs de faim, dit-elle. Depuis la demande en mariage, j'ai toujours faim.

— Tu as peut-être le trac, dit Marty. Anita est d'un calme à toute épreuve depuis qu'elle sait qu'il y aura un double mariage. Maintenant que tu es toi aussi concernée, elle arrive à tenir tête à Nathan parce qu'elle se bat pour toi. Il ne s'agit plus d'elle.

— Qu'est-ce qu'il fait ? demanda Catherine en hésitant à prendre un autre cookie.

— Oh ! la comédie habituelle, dit Marty en se servant. Il radote sans fin sur le sens de la famille. Il menace de ne pas venir. Il pique sa crise en quelque sorte.

— Et sa femme ? demanda Catherine.

— Elle le laisse tempêter, dit Marty. Il faut dire qu'ils ont traversé une mauvaise passe, il y a quelque temps. Alors, c'est peut-être un bon signe.

— Est-ce que je vais avoir un lien de parenté quelconque avec Nathan, à présent ? demanda Catherine. Je vais le voir régulièrement ?

— Ta future belle-mère est sa tante, dit Marty. Et ton beau-fils et ta belle-fille sont ses cousins. Mais ne t'inquiète pas. C'est une famille géniale. Il n'y a que Nathan qui déraille.

— Je pense que c'est juste un type tourmenté. Il a besoin d'attention, il joue la comédie. Il se fait passer pour un pauvre type, mais il a plus de potentiel.

— On dirait que tu es en train de décrire un adolescent », dit Marty qui se leva lorsqu'Anita entra dans le magasin, le bras autour de Dakota. L'air qu'elles expiraient de leurs poumons formait un petit nuage de vapeur d'eau qui se condensait devant leur bouche tant il faisait froid.

« Devine qui a décroché son premier véritable travail aujourd'hui ! annonça Anita, les yeux pétillants.

— C'est un stage, expliqua Dakota.

— Alors, tu ne vas pas en Écosse ? demanda Catherine. Tu es sûre de ta décision ?

— Évidemment qu'elle en est sûre, s'empressa de dire Anita. Sinon, elle aurait refusé et serait partie avec sa famille. Ce n'est pas n'importe quel restaurant, tu sais. De plus, les fêtes reviennent chaque année. » Elle s'assit tandis que Marty allait chercher des cafés pour tout le monde.

« Tu t'emballes juste parce que c'est ton premier Noël avec ta nouvelle famille, dit Dakota en empilant son manteau, son écharpe et ses gants sur une chaise à côté.

— En effet, dit Anita. Toutes les fêtes passées seront bien pâles en comparaison.

— C'est comme si on réunissait toute la famille une fois en Italie, dit Catherine qui finit par entrer dans le jeu d'Anita. Ça serait chouette, mais Roberto aurait sûrement quelque chose à faire. Je suis sûre que Marco comprendrait.

— Oui, un stage par exemple, dit Anita. La famille, c'est important, mais un stage l'est encore beaucoup plus.

— Impossible d'en retrouver un, dit Catherine. Mais une grand-mère de quatre-vingt-dix-sept ans ? Il vaut mieux la faire attendre jusqu'à ce qu'on ait un peu de temps à lui consacrer.

— C'est bon, c'est bon, vous m'avez bien eue, dit Dakota en prenant le moka que Marty lui avait apporté. Je pensais vraiment que vous vous réjouissiez pour moi.

— Dakota, je suis fière de toi, dit Anita. Mais qu'est-ce qui te rendra plus heureuse quand tu regarderas en arrière ? D'avoir passé un Noël mémorable chez ton arrière-grand-mère avec tous les Walker et ton père ou d'avoir enfin appris comment empêcher ton soufflé de retomber ?

— Je sais déjà comment on fait, dit Dakota.

— Essaie de comprendre ce qu'elle te dit, intervint Catherine. Les fêtes reviennent toutes les années, d'accord, mais chaque année est unique.

— Ne fais pas quelque chose que tu pourrais regretter plus tard, dit Anita. Nous faisons tous nos choix. Ton stage t'ouvrira peut-être de magnifiques opportunités ou tu n'apprendras peut-être qu'une ou deux astuces avant de passer à autre chose. Mais tu regretteras toujours de ne pas avoir fait ce voyage.

— Je ne m'attendais vraiment pas à me retrouver dans cette position, finit par dire Dakota. Honnêtement. Je me sens dépassée par tous ces dilemmes. »

Anita, qui sentit sa lassitude, changea de sujet pour parler du double mariage du Nouvel An. Dakota avait fini son moka et était heureuse de se perdre pendant quelques minutes dans les multiples descriptions de Catherine concernant la robe de mariée de ses rêves…

Elle était désolée de ne pas avoir le temps de l'aider à la choisir. Mais Anita était tout à fait prête à rendre à son tour service à Catherine et à devenir sa pseudo-organisatrice de mariage, faisant des suggestions et proposant ses idées sur l'association des couleurs.

Comme Catherine a changé, pensa Dakota. Cette fille superficielle et difficile s'était transformée en une femme confiante, aimante, qui allait bientôt se marier et entrer dans la famille d'Anita.

Il fut un temps où Georgia et elle avaient été comme une famille de substitution pour Anita : Stan était parti, et ses fils vivaient loin d'elle.

Et maintenant, la famille était plus grande, plus complexe avec des liens qui se formaient, des liens qu'elles n'auraient même pas imaginés dans leurs rêves les plus fous.

Dakota pensa aux rêves de sa mère pour la boutique, mais aussi pour l'avenir de sa fille. Elle pensa aussi à la vitesse à laquelle tout pouvait basculer. Elle revit cet après-midi d'automne où toutes les femmes du club s'étaient retrouvées autour de Georgia qui se remettait lentement.

Quelques jours plus tard, elles assistaient aux funérailles de leur amie. Les circonstances pouvaient changer rapidement. Elle se demanda si elle n'avait pas fait passer la raison avant le cœur.

Elle aurait peut-être du mal à faire tourner la boutique sans Peri, tant que le café ne serait pas prêt – elle le comprenait et le redoutait –, mais elle arriverait peut-être à Noël prochain et découvrirait qu'elle avait raté une occasion unique de passer les fêtes avec Mémé. Il pouvait se produire tellement de choses.

Elle regarda Anita et Catherine qui parlaient de leur double mariage et pensa à ses grands-parents et à son oncle qui allaient arriver chez son père, avec de petites valises à roulettes qu'ils avaient probablement achetées exprès pour le voyage.

« La vie change, dit soudain Dakota. Les familles changent. » Et c'est là qu'elle réalisa ce qu'elle souhaitait vraiment. Son choix s'imposa à elle : elle ne voulait pas manquer les changements qui pourraient se produire chez les Walker. Pas ce Noël-ci. Parce que c'est tout ce qu'elle avait, en cet instant, ces fêtes. Ce moment unique. Et elle voulait participer à cette dynamique. Elle ne voulait pas être un élément séparé. Jamais.

Dakota prit son manteau, embrassa Catherine, Anita et Marty sur la joue, puis se précipita vers la porte et se retourna avant de quitter le *deli*. « Je vais voir Mémé ! » cria-t-elle.

Elle monta à toute vitesse jusqu'à la boutique pour mettre au courant Peri, prit quelques pelotes de laine pour le vol, puis, alors qu'elle se rendait au pressing pour récupérer des vêtements, elle téléphona à Mémé.

« Je vais venir à Noël, Mémé ! » cria-t-elle dans le téléphone. Elle essaya d'entendre ce que son arrière-grand-mère lui disait malgré le vacarme des voitures qui klaxonnaient sur la 57e Rue.

« Je sais, ma chère Dakota, répondit son arrière-grand-mère. J'ai passé la matinée à préparer les chambres.

— Mais j'ai failli ne pas venir, Mémé, dit Dakota. J'allais rester à New York et me concentrer sur ma carrière.

— Allons donc, dit Mémé. Je savais que tu finirais par entendre raison. Nous allons avoir de belles retrouvailles. Toute ma famille réunie…, dit-elle d'une voix hachée.

— Ça va, Mémé ?

— Bien sûr, ma chérie, répondit-elle. C'est juste que les chats sont très contents de la tournure que prennent les événements. Dépêche-toi et va vite à l'aéroport. Ne manque surtout pas ton avion.

— Mais, Mémé, l'avion ne décolle pas avant huit heures, dit Dakota.

— Parfait, donc. Tu ferais mieux de partir bientôt. »

Dakota dressa mentalement une liste des affaires qu'elle devait emporter tandis qu'elle se dirigeait vers l'hôtel.

Elle n'était pas vraiment ravie d'aller dire à Sandra Stonehouse qu'elle avait changé d'avis alors qu'elle avait fait toute une histoire pour décrocher le stage.

Pourtant, elle avait réalisé que le sacrifice qu'elle devait faire n'était pas de faire passer le travail avant les fêtes. Non, elle préférait sacrifier une opportunité de stage et donner la priorité à sa famille.

Lorsque Dakota entra dans le hall de l'immeuble de son père, le portier lui fit signe. Elle se dirigea à grands pas vers les ascenseurs tout en consultant sa montre. Les inquiétudes de son arrière-grand-mère, qui redoutait qu'elle manque son avion, résonnaient dans sa tête.

De plus, elle réalisa qu'elle devrait faire une lessive avant de pouvoir commencer ses bagages et il lui restait trois heures pour se préparer avant l'arrivée de Bess, Tom et Donny.

Peut-être pouvait-elle se contenter de faire sauter quelques légumes et du riz avant les excès de glucides qui s'annonçaient avec les fêtes.

À moins qu'elle ne commande carrément une pizza. Elle fouilla dans son sac pour retrouver ses clés, puis ouvrit la porte d'une main tout en composant le numéro de Sandra Stonehouse de l'autre.

Elle s'apprêtait à plaider pour le stage après le Nouvel An.

Elle franchit le seuil, retint son souffle, puis appuya sur la touche verte de son téléphone pour lancer l'appel. Elle fit quelques pas dans le salon et fut très surprise d'entendre une sonnerie inconnue.

« Papa ! Qu'est-ce que tu fais ? » Dakota fut stupéfaite de voir James devant son bureau, les bras autour de la taille de Sandra Stonehouse, dont la veste de tailleur était négligemment posée sur le dossier du canapé.

La sonnerie inconnue venait de son téléphone portable dans son sac à main.

« Dakota ! » James recula d'un pas, mais laissa un de ses bras sur la taille de Sandra.

« Bonjour, vous êtes sur la boîte vocale de Sandra Stonehouse... » entendit Dakota dans son téléphone. « Je suppose que ce n'est pas la peine que je laisse un message, maintenant, dit-elle d'un ton pince-sans-rire.

— J'aimerais te présenter mon amie. Ma très bonne amie. Ma petite amie. » Il s'éclaircit la voix. « Dakota, c'est Sandra. »

Sandra défroissa ses vêtements et passa frénétiquement la main autour de sa bouche, certaine qu'elle avait du gloss sur le menton.

Elle n'avait plus du tout le sentiment de contrôler la situation. Elle parvint néanmoins à faire un petit signe en direction de Dakota.

« Rebonjour, dit-elle calmement.

— Salut, dit Dakota. J'étais en train de vous

appeler au bureau, mais apparemment vous faites des visites à domicile. » Elle n'avait pas besoin de regarder son père pour deviner son expression.

Sandra tendit le bras pour récupérer sa veste, mais James secoua la tête.

« Dakota, j'ai invité Sandra à venir chez moi », dit-il. Comme il n'avait pas voulu s'immiscer dans les affaires de Dakota, il avait attendu la fin de l'entretien, puis, en entendant la voix de Sandra, il avait réalisé combien elle allait lui manquer, même s'il ne s'absentait que quelques jours. Il l'avait alors spontanément invitée à déjeuner chez lui et avait préparé deux assiettes de salade en l'attendant. « Je ne voulais pas te prendre au dépourvu. Crois-moi, j'aurais préféré une première rencontre entre vous deux dans un bon restaurant. Mais tu m'avais dit que tu ne serais pas de retour avant la fin de l'après-midi.

— En fait, j'ai eu une révélation, dit Dakota, à propos de Noël.

— Je t'écoute », dit James en s'asseyant sur le canapé et en faisant signe à Sandra de le rejoindre. Elle se percha sur l'accoudoir, le dos un peu raide.

« Tout cela est un peu gênant », dit Dakota qui n'avait aucune envie de s'asseoir à côté du couple heureux, mais qui ne se résolvait pas non plus à quitter la pièce.

Elle savait que, quelques mois auparavant, elle serait sortie comme une furie, anéantie de voir son père embrasser une femme qui n'était pas sa mère. D'ailleurs, elle n'avait toujours pas très envie de le voir embrasser qui que ce soit. Cela faisait beaucoup trop de changements à la fois !

Bien sûr, il ne lui avait pas échappé que James semblait beaucoup plus heureux depuis quelque temps, même si la situation économique avait jeté quelques obstacles en travers de sa route professionnelle.

En fait, Dakota avait même soupçonné qu'une nouvelle histoire d'amour était à l'origine de ce comportement. Elle avait donc déjà décidé – théoriquement – de se réjouir pour lui lorsqu'il lâcherait le morceau.

Cela n'enlevait rien au fait qu'elle aurait préféré voir James avec sa mère. Ce qui était impossible, bien sûr. Il était donc cruel et égoïste d'exiger que son père passe le reste de sa vie seul juste pour qu'elle puisse se sentir bien. Elle souhaitait pardessus tout le savoir heureux.

Il le méritait.

Elle avait réfléchi à toutes ces questions il y a peu, mais, à sa grande surprise, elle sentit son cœur se serrer lorsqu'elle vit son père embrasser sa petite amie.

Et pourquoi fallait-il donc que cette petite amie fût justement Sandra Stonehouse ? Dakota voulait travailler pour cette femme ! Elle avait toujours besoin de ce stage au V après le Nouvel An, bon sang !

« Je voulais reparler avec vous de ce stage après le Nouvel An, dit-elle. J'avais oublié à tort une importante réunion de famille en Écosse.

— Très bien, je pense que nous pouvons arranger ça », dit Sandra, ravie pour James intérieurement et tentant désespérément d'incarner son rôle de directrice. C'était plutôt difficile de sortir avec un homme hanté par ses souvenirs et encore plus difficile de ne pas lui en vouloir alors qu'il avait prévu de passer les fêtes avec la famille de sa Georgia adorée. Mais elle tenait bon. Même si elle venait de perdre un long après-midi en tête à tête avec son amant, elle qui s'était pourtant tellement réjouie !

« Il y a une chose que j'aimerais savoir », poursuivit Dakota, qui se tenait debout les bras croisés. Son immense sac à tricots la faisait légèrement pencher d'un côté. « Est-ce que vous m'avez embauchée à cause de mon père ?

— Votre père n'a rien à voir là-dedans, expliqua Sandra d'un ton brusque. Je pense que vous avez un véritable potentiel, mais vous n'aurez droit à aucun traitement de faveur.

— D'accord, dit Dakota, je ferai avec. Au fait, je suis ravie de faire votre connaissance. » Sois polie, c'est ce que sa mère disait toujours.

« Merci, dit Sandra en enfilant sa veste de tailleur sur son chemisier blanc froissé.

— C'est super, dit James, soulagé à l'évidence. Je suis tellement content que vous ayez fait connaissance. »

Dakota lança un regard inquiet à son père, espérant qu'il n'allait pas s'imaginer tout à coup qu'il pouvait inviter Sandra en Écosse…

« Au fait, papa, Mémé pense que sept heures, ça ne suffit pas pour se préparer et aller à l'aéroport. Alors, on ferait bien de s'activer, dit Dakota. Je vais faire mes bagages dans ma chambre. Je n'ai nullement l'intention d'assister de nouveau à vos adieux. Il y a des choses qu'il vaut mieux ne pas voir, ni même imaginer. »

Dakota ramassa son sac à tricots et se laissa tomber sur son lit. Pour un peu, elle se serait mise à pleurer.

Mais, tandis qu'elle fourrait ses jeans et ses pulls dans un sac marin, elle se dit que Mémé ne tolérerait jamais un tel apitoiement sur soi-même.

Après tout, elle avait un avion à prendre.

10

C'est donc ainsi que les insomniaques se sentent, pensa Dakota, tandis qu'elle avançait en traînant les pieds derrière son père, ses grands-parents et son oncle à l'aéroport d'Édimbourg. Après avoir couru dans tous les sens pour faire rentrer ses vêtements les plus chauds dans ses bagages, elle s'était retrouvée prise en sandwich dans l'avion entre son père qui ronflait et son oncle dont la tête ne cessait de tomber sur ses épaules… Inutile de dire qu'elle n'avait pas pu fermer l'œil de tout le vol. Pas même lorsqu'elle avait tenté de compter jusqu'à cinq cents.

Elle avait donc tricoté, furtivement, veillant à ne réveiller personne tandis qu'elle travaillait ses mailles. Elle avait beaucoup de cadeaux en chantier grâce à la laine qu'elle avait récupérée dans la boutique, et il ne lui restait plus que quelques jours avant Noël.

Dakota bâilla lorsqu'ils attendirent leurs bagages, puis lorsque son père et Donny partirent louer des voitures, ne prêtant qu'une oreille distraite au monologue de sa grand-mère Bess, qui passait en revue toutes les tâches qu'elle aurait à faire dès qu'ils auraient mis les pieds dans la maison de sa belle-mère.

À vrai dire, même si Dakota avait passé tous les Noëls de sa vie en Pennsylvanie chez ses grands-parents et avait rendu plusieurs fois visite à la mère de son grand-père Tom en Écosse, elle ne s'était jamais retrouvée dans une maison avec Mémé et Bess en même temps.

Et personne ne cachait – ni Mémé, ni sa grand-mère, ni sa mère Georgia quand elle était encore en vie – que Mémé et Bess ne s'entendaient pas vraiment bien. Elles se toléraient… et encore.

« Il va sûrement falloir que nous nettoyions du sol au plafond », disait Bess à Tom. Son visage affichait comme souvent une expression sévère qui faisait oublier ses grands yeux et ses pommettes saillantes.

La grand-mère de Dakota était une belle femme seulement quand elle parvenait à décrisper ses traits. « J'ai emporté des lingettes Clorox au cas où elle me suivrait et compliquerait les choses.

— Allons, dit Tom. Nous ne sommes même pas encore arrivés. S'il faut ranger, nous verrons. Mais ce n'est pas la peine de tout réorganiser pour le plaisir de réorganiser.

— Qu'est-ce que tu insinues par là, Thomas ?

— Tu ne trouves pas que c'est génial, mamie Bess ? » intervint Dakota dans l'espoir d'empêcher ses grands-parents de se lancer dans une dispute dont ils avaient le secret. C'était presque une seconde nature chez eux de se chamailler, si bien qu'ils n'y prêtaient même plus attention. Elle savait que son grand-père ferait une plaisanterie dans quelques minutes et que Bess, amusée, se mettrait à glousser. C'était tout simplement leur manière de fonctionner.

Son oncle brandit une paire de clés et les fit tourner sur son doigt.

« Tu montes avec moi, dit-il en montrant Dakota. Papa et maman, vous montez avec James.

— Oh ! » dit Bess, quelque peu décontenancée. Même si elle avait fini par apprécier James qui avait fait de nombreuses fois le voyage pour emmener Dakota voir ses grands-parents, ils n'avaient jamais passé beaucoup de temps ensemble. Il aidait toujours Tom dans son travail, partageait le repas de Noël avec eux, puis leur laissait Dakota quelques jours. Elle appréciait sa retenue, sentait qu'il comprenait à quel point elle avait besoin de cet espace. Son ressentiment à l'égard de James avait la vie dure, même si elle s'en désolait quelque part. Mais elle ne pouvait pas s'empêcher de penser à sa fille Georgia, à quel point elle avait dû travailler dur dans sa boutique de fils à tricoter, à quel point elle avait dû se sentir seule. Tout ça parce que James était parti.

Georgia avait peut-être pardonné, pensa Bess, mais elle s'était jurée de son côté de ne jamais oublier.

Dakota, qui dormait à moitié, ne prit pas la peine de protester.

Elle laissa son oncle s'emparer de sa valise et la tirer jusqu'à la voiture. « À tout à l'heure », marmonna-t-elle, impatiente de pouvoir s'asseoir et de dormir un peu.

L'air froid lui cingla le visage. « Réveille-toi, belle endormie », dit Donny en appuyant sur le bouton permettant de remonter la vitre qu'il avait juste baissée pour faire entrer le bon air écossais. « C'est sans doute la seule occasion que j'aurai de toute la semaine.

— Quoi ? » Dakota était un peu sonnée, et son visage portait les marques de son manteau qu'elle avait utilisé comme oreiller de fortune.

« Je disais que c'était la seule occasion que j'aurai de toute la semaine de passer un peu de temps avec mon unique nièce », dit Donny qui conduisait en épousant les courbes de la route.

Ils passèrent devant de petits cottages blottis à quelques centimètres du bitume. « Je n'aurai jamais une minute avec toi si maman et Mémé te mettent le grappin dessus. »

Donny était le seul frère de sa mère, son frère cadet qui lui collait aux talons quand il était petit et qui attendait son retour du cours préparatoire devant la porte d'entrée en vendant des tickets à un penny pour le spectacle de marionnettes qu'il avait répété dans la salle à manger.

« Et c'est alors que maman arrivait, tout énervée parce que des dames allaient venir prendre le thé », lui avait raconté sa mère tandis qu'elles étaient dans la voiture en route pour la Pennsylvanie à Noël. « Tout devait être parfaitement en ordre dans la maison, pas vrai, Donny ? »

Quand Dakota était petite, Donny venait les chercher chaque veille de Noël à New York dans son pick-up bleu fraîchement lavé. Jusqu'à la mort de Georgia et l'entrée en scène de James. Dakota avait dû renoncer à ces discussions annuelles avec son oncle dans la voiture.

Elle se réjouissait toujours de ces voyages avec Donny, sachant qu'il ne se formaliserait pas parce qu'elle avait trop chargé sa valise en emportant trop de vêtements et de jouets, car elle n'avait pas l'habitude de voyager.

Avant leur voyage en Écosse l'été de ses treize ans, Dakota n'avait guère eu l'occasion de quitter New York si ce n'est pour aller voir ses grands-parents.

« Oh ! tu sais », disait Donny quel que fût l'objet du litige. Dakota se souvint que c'était toujours lui qui tentait de rétablir la paix, prenant la défense de Georgia quand sa mère se fâchait et défendant sa mère quand Georgia se plaignait d'elle. « Tout s'est bien terminé à la fin. »

Il racontait comment ils avaient passé des jours, enfants, à construire leur quartier général à quelques pas de la maison de leur mère, une cabane en appentis constituée de panneaux contreplaqués appuyés contre un arbre et recouverts d'une vieille bâche goudronnée qu'ils avaient trouvée sur une étagère dans la grange.

« Papa avait certainement prévu de la réutiliser, dit Donny. Dans une ferme, on ne peut pas se permettre de gaspiller. Mais il n'a rien dit. Il venait même nous regarder quand nous faisions nos spectacles.

— Il venait parfois, avait reconnu Georgia, mais il travaillait presque toujours.

— Toi aussi, tu travailles presque toujours, maman », avait alors dit Dakota lors de ce trajet en voiture. Elle n'avait que huit ou neuf ans à l'époque. « Et ça ne me fait rien. » Son commentaire avait jeté un froid, mais Donny avait trouvé un autre sujet de conversation et ils s'étaient remis à bavarder.

Elles s'étaient bien débrouillées. C'est ce que Donny disait toujours lors de ces trajets en voiture, impressionné qu'il était par la boutique de Georgia.

Il attendait dans le magasin pendant que Georgia rassemblait des papiers dans le bureau pour tenter de combler son retard de paperasses le lendemain de Noël ; il s'émerveillait devant les pelotes de toutes les couleurs disposées le long des murs – et il était aux anges chaque fois que Dakota faisait une plaisanterie.

« Pourquoi ça n'a pas toujours été comme ça ? » demandait la jeune Dakota, attendant patiemment une réponse qui ne venait jamais directement.

Dakota appréciait beaucoup son oncle Donny ; elle admirait son calme, son côté facile à vivre. « Si ton père n'était pas réapparu, lui avait-il dit un jour pendant les fêtes, j'aurais aimé t'élever moi-même. » Donny Walker ne s'était jamais éloigné bien longtemps de la ferme familiale. Il était revenu s'y installer après l'université et après avoir passé un an à planter des arbres dans l'Ouest pour aider ses parents à gérer l'exploitation.

Il ne s'était jamais marié et avait confié à Dakota lors de sa dernière visite que les femmes ne se précipitaient pas pour vivre à la ferme.

Il avait acheté de plus en plus de terrain près de la maison de ses parents et s'était lancé dans l'agriculture biologique. Il travaillait avec une série de restaurants locaux.

Mais comme Dakota le savait de son expérience avec la boutique, l'innovation n'était pas toujours récompensée par le succès financier. Les Walker étaient certes loin d'être pauvres, mais ils étaient aussi loin d'être riches.

« Alors, raconte, disait son oncle à présent... Explique à un vieux fermier à quoi ressemble la vie d'une jeune femme de vingt ans dans la grande ville. »

Dakota sourit. Il y avait au moins un avantage à être fille unique : elle était toujours la plus populaire, quoi qu'il advienne.

« J'adore mon école, commença-t-elle. Je suis stressée à cause de la boutique. Les affaires tournent au ralenti. En plus, Peri a eu une proposition de travail très intéressante et où ? Je te le donne en mille ? Dans une grande maison de couture à Paris, mais ne le dis à personne. Et je viens de revoir ce type, Roberto, avec qui je suis sortie à Rome. Il est toujours aussi mignon. Alors, c'est bizarre. Ensuite,

Catherine s'est fiancée, avec le père de ce type, si bien que nous risquons de nous voir plutôt souvent. Ou bien non, je n'en sais rien. Nous nous verrons en tout cas pour le mariage, qui s'est transformé en double mariage (Anita et Marty se marient aussi) pour le Nouvel An. Oh ! et j'ai découvert que la femme qui est presque mon chef est en fait la petite amie secrète de mon père. Mais elle affirme que l'un n'a rien à voir avec l'autre.

— Je crois que tu devrais écrire tout ça pour moi, dit son oncle en lui faisant un clin d'œil. Tu es aussi douée que ta mère pour raconter les histoires. Elle inventait toujours des tas d'histoires quand nous étions enfants.

— Ah oui ? Quoi, par exemple ?

— Oh ! des trucs marrants, parfois, quand j'avais peur, dit Donny. Sur une grenouille invisible qui vivait chez Mémé et mangeait les mauvais rêves. J'aimais l'idée de cette grenouille. Georgia lui a inventé toutes sortes d'aventures. Elle disait qu'elle vivait dans l'étang derrière. Mais son intelligence ne se limitait pas à la fantaisie pure. Elle savait aussi très bien nous tirer d'embarras. »

Des disques, des t-shirts et un Walkman, voilà ce que Donny avait inscrit sur sa liste de Noël placardée sur la porte du réfrigérateur blanc dans la petite cuisine bien entretenue de Bess. Et le cadeau qu'il désirait le plus – il l'inscrivait toujours en haut de sa liste pour plaisanter – n'était pas quelque chose qu'on pouvait trouver dans un magasin.

APPRENDRE À CONDUIRE !

C'est ce que son petit frère rêvait de trouver dans sa chaussure. Certes, il avait toujours été entouré de tracteurs et d'équipements de la ferme, mais il n'était jamais véritablement sorti dans la rue au volant d'un véhicule. Il ne savait pas faire un créneau, par exemple. D'ailleurs, Georgia n'excellait pas vraiment non plus dans ce domaine, mais il est vrai qu'elle ne conduisait que depuis un an.

Elle avait plusieurs fois frôlé l'accident et manqué entre autres de renverser un cycliste qui roulait au bord de la route. Heureusement, sa vitesse ne dépassait pas les soixante kilomètres à l'heure, car l'apparition soudaine de la neige l'avait quelque peu effrayée.

Elle avait une commission à faire après l'école : son père l'avait chargée d'aller chercher des pièces pour la ferme à la quincaillerie. Il lui avait permis de prendre le camion pour aller à l'école et, bien sûr, Donny était monté avec elle. Elle aurait préféré la voiture, car elle était équipée d'un lecteur de cassettes et elle venait d'emprunter le dernier album de John Cougar à son amie Cathy. Mais mieux valait encore le camion que le bus. Bien sûr, Cathy, qui l'attendait devant l'entrée latérale du lycée avec son article tapé à la machine pour le journal de l'école, avait immédiatement supplié Georgia de la ramener à la maison le soir. Georgia était en fait ravie de reconduire son amie chez elle... jusqu'au moment où Catherine s'était mise à hurler alors que l'homme sur le vélo se rapprochait dangereuse-

ment du flanc de la voiture. « Attention ! cria-t-elle avant de pousser un gros soupir lorsque Georgia le doubla. Tu devrais envisager d'aller t'installer dans une grande ville comme Philadelphie ou New York. Personne ne conduit là-bas.

— Je trouve que Georgia est une excellente conductrice », dit Donny, et il vit Georgia pointer le pouce en l'air dans le rétroviseur.

Parfois, Donny était agaçant, mais Georgia se dit qu'il était de temps en temps utile de l'avoir à ses côtés. C'est en partie pour cette raison qu'elle avait décidé d'exaucer son vœu de Noël même s'il avait à peine quatorze ans. De plus, elle devait faire attention à son argent, et ce cadeau-là était gratuit.

Une fille devait regarder à la dépense en particulier si elle voulait comme elle étudier à Dartmouth, où les frais d'inscription étaient élevés.

Le problème, c'est que Georgia et Donny devaient organiser leurs leçons en cachette. C'était loin d'être facile, car leur mère semblait toujours rôder autour d'eux ; elle écoutait leurs conversations et essayait toujours de s'immiscer dans tout.

« Elle veut juste participer, avait insisté son père plus d'une fois lorsque Georgia était venue se plaindre dans la grange.

— Elle veut juste critiquer. » Georgia n'en démordait pas.

« Tu es loin de tout savoir, dit Tom. Pas encore. »

S'il y a bien une chose que Georgia savait cependant, c'était que Donny voulait conduire une voiture et elle allait le lui apprendre.

Ils avaient prévu de faire semblant d'aller se coucher comme d'habitude, puis de sortir furtivement de la maison à minuit.

« Et si maman entend le moteur ? » demanda Donny, que Georgia chargea ensuite d'entrer dans la chambre de ses parents sur la pointe des pieds et de poser un cache-oreilles sur la tête de Bess. Tout le monde savait que Tom dormait à poings fermés, sans entendre le moindre bruit, jusqu'à quatre heures du matin.

Ils s'emmitouflèrent dans des manteaux, chaussèrent des bottes et mirent un chapeau avant de sortir furtivement dans la nuit par la porte de la cuisine, les clés du camion bien serrées dans la main de Georgia.

Ils ouvrirent la portière du camion, Georgia se glissa jusqu'au siège passager tandis que Donny s'installait au volant.

Il fallut tourner plusieurs fois la clé de contact pour que le vieux camion démarre enfin.

« Hourra ! » cria Donny tandis que le moteur se mettait à ronfler. Il reçut immédiatement un coup de coude dans les côtes de la part de sa sœur.

« La ferme, dit-elle. Tu vas réveiller tout le monde. Maintenant, appuie sur l'embrayage, passe la première vitesse et accélère un peu. Juste un peu ! » Le camion avança en faisant des embardées. Donny appuya de nouveau sur l'accélérateur, et le camion progressa de quelques mètres par à-coups.

« Promets-moi que tu ne deviendras jamais chauffeur routier, dit Georgia.

— Non, dit Donny. Je serai vétérinaire. Je m'occuperai des moutons chez Mémé.

— Ils ont des voitures là-bas aussi, tu sais, dit Georgia en se protégeant avec ses bras pour éviter de se cogner le front. Il va falloir que tu t'améliores. »

C'est ainsi que, durant toute la semaine qui précéda Noël, Georgia et Donny s'échappèrent de la ferme, avec ses règles et son ordre, et conduisirent autour de l'exploitation de minuit à quatre heures du matin.

« C'est vraiment magnifique dans l'obscurité », dit Donny en regardant les champs, leur maison non loin de là et une ou deux lumières plus éloignées qui éclairaient certainement le perron de la maison des voisins. Il avala une ou deux gorgées de chocolat chaud dans un thermos, car Georgia et lui s'étaient enhardis au point de faucher quelques aliments dans la cuisine pour organiser un pique-nique de minuit. Leur mère, qui avait remarqué la disparition de certains aliments dans le garde-manger, avait mis cela sur le compte de la semaine de fêtes.

« C'est désert, dit Georgia. Étouffant.

— C'est juste une ferme, dit Donny. Des terres, des cultures. De plus, tu adores ça chez Mémé.

— C'est différent, dit-elle.

— En quoi ? » Il essuya une goutte de cacao avec sa manche.

Georgia resta si longtemps silencieuse que Donny crut qu'elle s'était endormie. « Je ne sais pas, admit-elle, mais c'est différent.

— C'est marrant comme tu peux être gentille parfois et méchante d'autres fois. Tu en fais baver à maman, dit Donny en fourrant trois cookies à la fois dans sa bouche. En fait, vous êtes presque pareilles, toutes les deux.

— Vraiment pas, insista Georgia. Je n'ai rien à voir avec elle. Et ne dis plus jamais ça si tu veux conduire.

— Je pourrais me débrouiller sans toi, maintenant, dit-il en lui proposant un gâteau.

— Peut-être, dit Georgia, mais tu ne le feras pas. »

Personne n'aime qu'on lui impose des limites. Georgia n'appréciait pas quand Bess le faisait, et Donny non plus quand il s'agissait de sa sœur. Ainsi, la veille de Noël, une fois que toute la famille fut revenue de la messe à l'église presbytérienne, eut mangé quelques tartelettes et sablés et que chacun fut parti se coucher, il décida de partir conduire plus tôt que d'habitude et de se passer des services de sa grande sœur. Georgia, qui ne dormait pas encore, entendit le grondement du véhicule et se précipita dehors. Elle sortit juste à temps pour le voir descendre la longue allée et s'engager sur la route déserte en bas. Georgia ne l'avait jamais laissé conduire hors de l'exploitation.

« C'est trop verglacé, ce soir ! » hurla-t-elle à moitié avant de se retourner vers la maison de peur que ses parents ne l'entendent. Elle se mit à courir à toute vitesse dans l'allée. Elle n'avait pas pris la peine de boutonner son manteau. Ses mains et ses

joues rosirent rapidement. Bon sang ! pensa-t-elle. Donny va quitter la route et partir dans le décor. Papa et maman vont piquer une crise ! Et Donny sera sûrement mort. Et alors, je n'aurai plus mon petit frère.

Devant elle, elle vit la lumière des phares s'allumer, puis s'éteindre, s'allumer encore et s'éteindre à nouveau. Ce petit casse-pieds fait l'intéressant, pensa-t-elle. À moins qu'il ne soit en train de tournoyer sur le verglas. Elle accéléra encore.

Elle imaginait un camion passant en trombe au milieu de la nuit pour livrer un lot de poupées Patouf au magasin de jouets avant Noël et réduisant en pièces le véhicule où se trouvait son frère.

Elle courut pendant plus de deux kilomètres en serrant les poings. Elle avait un point sur le côté et elle se mit à tousser dans l'air glacé.

Pourtant, elle semblait gagner du terrain sur le camion avec son stupide frère à l'intérieur. Comment est-ce possible ? se demanda-t-elle tout en s'approchant. Elle entendit le bruit du moteur qu'on démarre. Qu'on redémarre. Qu'on démarre encore.

Le camion avait calé. Donny avait noyé le moteur, et le véhicule était coincé en travers de la route. Il coupait toute la chaussée.

« Je vais te foutre un coup de pied au derrière », dit-elle hors d'haleine lorsqu'elle ouvrit la porte en claquant des dents, les poumons gelés par le froid. Certes, Donny ne pleurait pas, mais il semblait vraiment effrayé.

« Ça ne marche pas, gémit-il. Je suis gelé.

— Bouge de là, benêt, dit-elle, et arrête d'appuyer sur l'accélérateur. Allons, qu'est-ce que je t'ai appris ?

— Je ne me souviens de rien, dit Donny. J'ai trop froid. »

Georgia regarda son frère et constata que, dans sa hâte, il avait quitté la maison sans prendre la peine d'enfiler un manteau, ni de mettre un bonnet et des gants.

« Tu n'as même pas mis de chaussettes ? demanda-t-elle.

— Non, gémit-il. J'étais pressé.

— J'espère que la prochaine fois tu réfléchiras avant de partir tout seul, dit-elle en enlevant sa veste.

— Tu ne crois quand même pas que je vais porter un manteau de fille.

— Enfile-le sinon je t'attache devant le camion et je te jette dans un champ, grogna-t-elle. Bon, il faut que j'attende que le moteur récupère. Tu serais bien bête de rester là à te geler, alors tu ferais bien de retourner à la maison. Et ne fais pas de bruit.

— Qu'est-ce que tu vas faire ?

— Je vais attendre avant de remettre le camion en route, je vais ensuite le ramener à la maison et me recoucher, andouille ! » Elle lui tira la langue. « Rentre, Donny. » Lorsque le camion eut retrouvé son emplacement habituel devant la ferme, Georgia ferma toutes les portes et alla voir son petit frère qui ronflait doucement, les oreilles

encore rougies par le froid. Épuisée et soulagée, elle se glissa sous ses couvertures sans prendre la peine de se déshabiller.

« Eh ! Georgia, dit Donny en lui pinçant les orteils pour la réveiller le matin de Noël alors que sa mère s'étonnait déjà qu'elle dorme si tard. Si tu as besoin que je t'emmène quelque part, appelle-moi. Je viendrai toujours te chercher. »

11

« Regarde tous ces pulls potentiels ! » s'exclama Dakota tandis que la voiture épousait les courbes de la route qui traversait des champs peuplés de moutons blancs blottis les uns contre les autres, couverts d'un épais manteau de laine pour se protéger de la fraîcheur et de l'humidité du mois de décembre.

« Nous arrivons en ville », dit Donny, qui ralentit pour amorcer un virage au-delà duquel la grande route débouchait sur la rue principale.

Dakota s'imprégna de l'atmosphère de Thornhill, aperçut le salon de thé, l'église et le magasin de vêtements, et elle se délecta de la familiarité de cette ville dans laquelle vivait son arrière-grand-mère.

Le temps était un peu brumeux et couvert et, même si théoriquement il faisait encore jour, Dakota avait plutôt l'impression que le soir tombait déjà. Les portes étaient ornées de couronnes de Noël, des guirlandes électriques clignotaient aux fenêtres et des guirlandes d'ampoules colorées s'entrecroisaient au-dessus de la grande rue. De part et d'autre de la route, il y avait une bonne couche de neige. Le sud de l'Écosse était prêt pour les fêtes de Noël.

Il y avait deux endroits au monde où Dakota se sentait vraiment heureuse : chez Walker & Fille et dans la petite demeure confortable de Mémé dans cette ville écossaise plutôt minuscule. « Ma deuxième maison, dit-elle à Donny.

— Pareil pour moi », répondit-il en tournant dans l'allée qui menait à la maison de Mémé. La lourde porte d'entrée en bois était ouverte, et son arrière-grand-mère les attendait déjà sur le perron. Elle leur fit signe de la main droite et tenait dans l'autre une paire d'aiguilles à tricoter et ce qui ressemblait à une écharpe à carreaux. Dakota sortit à toute vitesse de la voiture pour aller serrer dans ses bras son arrière-grand-mère qui portait son uniforme habituel de Mémé : des chaussures oxford, un cardigan rouge et des bouclettes blanches fraîchement permanentées.

« Tu es telle que tu as toujours été ! s'exclama Dakota tandis que son oncle déchargeait les valises du coffre. Même si j'ai l'impression que tu as rapetissé, Mémé. Tu es toute chétive.

— Je ne devrais pas t'écouter, dit Mémé, qui, même si elle n'avait pas loin de cent ans, préférait rester évasive sur le fait qu'elle vieillissait. Je suis aussi grande qu'avant, plus grande même. »

Dakota chuchota dans l'oreille de son arrière-grand-mère qui écouta, puis hocha la tête. James arriva avec Bess et Tom. Après quelques instants d'embrassades chaleureuses, Mémé se mit à donner des instructions pour répartir ses convives dans les différentes chambres.

« La maison est pleine, il n'y a pas de doute », annonça-t-elle en les conduisant dans le salon. L'intérieur n'avait pas changé depuis des années avec son poêle à charbon, ses causeuses bleu marine, sa tapisserie rose et la minuscule cuisine ensoleillée équipée d'appareils électroménagers blancs et compacts, et le petit renfoncement qui donnait sur l'arrière-cour et les champs de la ferme plus loin. « Dakota, tu es avec moi, dit Mémé. J'ai mis Tom et Bess dans la belle chambre d'amis, et James et Donny devront se disputer la place dans la pièce à couture. Il y a une banquette sans doute trop petite pour l'un et l'autre, et un matelas pneumatique. C'est Nancy Reid qui l'a pris pour moi chez Jenner à Édimbourg. »

Bess fronça les sourcils. « Nancy m'a dit de te passer le bonjour, Tom, dit Mémé, les yeux pétillants. À vous aussi, Bess.

— Ancienne petite amie, murmura Donny à James et Dakota. Mémé aime semer la zizanie.

— Et c'était sa petite amie quand ? Il y a quarante-cinq ans ? demanda Dakota.

— Au moins, dit Donny. En plus, elle est mariée et elle vit dans une des fermes du coin. Mémé essaie juste de piquer maman au vif.

— Je ne savais pas, murmura Dakota en regardant son oncle avec de grands yeux.

— Mémé est un ange, Dakota, chuchota Donny, mais ça ne veut pas dire qu'elle ne joue pas au diable parfois.

— Je t'entends, Donald, dit sa grand-mère.

— Je crois que nous allons passer un sacré Noël, dit James à sa fille en baissant la voix. Et j'aimerais te parler de Sandra. J'ai passé l'après-midi à parler de la vente de terres cultivées pour la construction de logements alors que j'aurais voulu en réalité faire le trajet avec toi.

— Nous aurons le temps de discuter, papa, je te le promets », dit Dakota en traînant sa valise dans le petit couloir jusqu'à la chambre de son arrière-grand-mère avec son couvre-lit à fleurs, ses taies d'oreiller blanches aux bords brodés en couleur et une couverture afghane verte jetée sur un vieux fauteuil qui avait dû être transporté dans la chambre lors d'un réaménagement en... 1957. Elle défit rapidement ses bagages, sachant que Mémé ne supporterait pas qu'elle sorte tous les jours ses affaires de sa valise. Elle pendit une robe dans l'armoire près d'une rangée de chemises blanches à col, de pantalons noirs et d'un ensemble bleu clair avec des manchettes. Elle rangea ses pulls dans le tiroir, là où son arrière-grand-mère lui avait fait de la place, à côté de ses gilets de laine, rangés en piles de tricots rouges, verts ou bleus, puis elle posa ses pyjamas de rechange à côté de la grande chemise de nuit rose pâle à manches longues de Mémé. Le tiroir sentait le gardénia grâce à un petit sachet caché dans le coin. En somme, c'était une chambre douillette et agréable, exactement comme doit l'être la maison d'une arrière-grand-mère, pensa Dakota.

« Je viens de sortir le sablé du four », dit Mémé en passant la tête dans l'embrasure de la porte juste au moment où Dakota rangeait sa valise – vide si ce n'est quelques présents – sous le grand lit. « Bon travail, jeune fille. Viens goûter un morceau. »

Le groupe, visage et mains lavées sur ordre de Mémé, s'entassa dans la cuisine où des chaises supplémentaires avaient été apportées de la salle à manger.

Des biscuits, du cheddar et des bols de fruits au sirop étaient éparpillés sur la vieille table en bois rayé où Dakota s'était assise avec sa mère et Catherine, et avait bu son premier thé écossais, où James et elle avaient discuté longuement lors de leurs visites chez Mémé ces dernières années.

C'était là aussi, pensa-t-elle, en regardant la pièce bondée, que son oncle Donny avait pris le petit-déjeuner avec sa grande sœur lorsqu'ils venaient après la saison des moissons tous les deux ou trois ans, et là aussi sans doute que son grand-père aux cheveux blancs avait soupé après une longue journée passée à apprendre le calcul, à aider aux champs et à garder les moutons.

« Je crois que j'aurais dû tout mettre sur la table de la salle à manger, dit Mémé. Nous n'avons pas assez de place.

— Si, Mémé, dit Dakota. C'est très bien, c'est parfait.

— Bon, dit son arrière-grand-mère. On mange tôt et on va se coucher. » Elle tendit le doigt vers James et Donny. « Il n'est pas question de discuter toute la nuit. Vous allez devoir couper le sapin demain matin. C'est Dakota et moi qui le choisirons. »

Toute la troupe suivit Mémé, qui sauta de la voiture dès que le véhicule s'immobilisa et qui s'engagea sur le chemin menant à une vieille tourbière appelée Flanders Moss.

« Faut-il vraiment que nous coupions un arbre vivant, Mémé ? s'inquiéta Dakota. Tu n'as pas un sapin en plastique dans le grenier ?

— Allons donc, répondit son arrière-grand-mère en pinçant les lèvres. La ville doit nettoyer la tourbière, et les arbres vont devenir indésirables. De plus, j'ai pensé que nous pourrions décorer deux sapins cette année, un pour les filles et un pour les garçons. On va jouer un peu aux snobs. Malgré mon grand âge, je ne l'ai encore jamais fait.

— Dakota et moi décorons le sapin toutes les années en Pennsylvanie, dit Bess qui se trouvait quelques pas derrière elle, mais pas hors de portée de voix. Pas vrai, Dakota ? C'est un moment privilégié.

— Oui, mamie », répondit Dakota, qui avait la sensation étrange d'être prise en sandwich entre les deux femmes, même si aucune ne faisait quelque chose de particulier. C'était juste que tout le monde semblait vouloir attirer son attention ou lui raconter une histoire. Son arrière-grand-mère lui avait dit que ce n'était pas parce que les garçons devaient se coucher tôt qu'elles ne pouvaient pas discuter un peu. Elle se blottit alors sous la couverture avec elle et lui raconta des histoires de Noël pendant la guerre. Lorsque tout était rationné et qu'elle n'avait pratiquement plus de sucre. Elle avait fait de minuscules sablés et les avait mis dans les grandes chaussettes de ses fils qui attendaient, vides, au pied du lit.

« J'ai pris un vieux pull de mon mari, j'ai défait toutes les mailles, rembobiné la laine et j'ai tricoté des pantoufles et des mitaines pour mes fils, dit-elle à Dakota. Puis ma voisine est venue pour m'aider à réparer une vieille bicyclette que Tom et son frère pourraient utiliser chacun à leur tour. Elle avait le sens de la mécanique, et moi, j'avais les pouces verts et c'est ainsi que nous avons pu tenir nos fermes pendant que les hommes étaient à la guerre. »

Elle raconta que Tom avait été enchanté par le vélo. Il avait d'ailleurs décrété qu'il allait partir en vélo jusqu'en Allemagne afin de ramener son père pour Hogmanay.

« C'est le Nouvel An écossais, avait dit Mémé. C'était un grand moment autrefois lorsque nous buvions un verre au son des cloches qui sonnaient les douze coups de minuit et que nous chantions *Auld Lang Syne*. Dakota s'était blottie sous les couvertures et s'était laissé gagner par le sommeil pendant que la voix légèrement aiguë de Mémé chantait *"Should old acquaintance be forgot and never brought to mind*[1]*..."* »

Ce matin-là, c'était elle qui menait la danse comme d'habitude.

« C'est le bon, Tom ! cria Mémé. Coupe ce beau pin sylvestre, le grand là-bas.

— Il ne passera jamais par la porte d'entrée, Mémé, insista Dakota. Il mesure plus de trois mètres.

— Si, il va passer. Nous trouverons un moyen, parce que c'est celui que je veux. Nous allons faire les choses en grand. Coupez, les garçons, coupez.

— Glenda, dit Bess. J'aimerais aller au magasin cet après-midi pour pouvoir faire des tartes.

— J'ai des tartelettes aux fruits secs, dit Mémé. Ça devrait faire l'affaire, je pense.

— Non, je fais toujours des tartelettes au beurre, c'est ma tradition, dit Bess.

— C'étaient les préférées de maman ! s'exclama Dakota qui arrêta de regarder les hommes jouer au bûcheron. Tonton Donny emportait un plateau entier dans le camion quand il venait nous chercher.

— Oui, je sais, dit Bess d'un ton neutre. Je les faisais toujours exprès pour Georgia. »

L'été était une période agréable, il n'y avait pas d'école, mais avec le beau temps le nombre de corvées augmentait aussi. Depuis qu'elle était

1. Connue en français sous le titre « Ce n'est qu'un au revoir », *Auld Lang Syne* signifie « depuis longtemps ». « Faut-il nous quitter sans espoir, sans espoir de retour, faut-il nous quitter sans espoir de nous revoir un jour. » (NDT)

devenue officiellement une grande fille en entrant à l'école maternelle, sa liste de corvées avait grandi elle aussi. L'hiver était beaucoup mieux en fin de compte parce que tout était calme à la ferme et que Donny jouait au petit garçon sage au cas où il serait surpris en train de faire une bêtise. « Il en fait constamment des bêtises, disait-elle souvent à sa mère. Il faudrait en aviser le père Noël. »

« Tu peux apporter la chaise ? » demandait maman, et Georgia se faisait un plaisir d'obéir. Elle gonflait ses joues tout en mobilisant tous les muscles de ses bras pour déplacer le siège de quelques centimètres, puis elle s'arrêtait et le tirait de nouveau. C'était leur moment à elles, entre filles, pendant que Donny faisait sa sieste – elle avait suggéré à sa mère de fermer la porte à clé pour qu'il reste bien dans sa chambre. Les deux filles se précipitaient alors dans la cuisine pour choisir des recettes dans un grand livre posé sur le plan de travail. Ensuite, elles confectionnaient les gâteaux ensemble. Maman était très exigeante, tout devait être fait dans un ordre précis, et toutes les cuillères et les tasses devaient être rangées exactement au même endroit, mais Georgia s'en fichait. Elle aimait voir le visage de sa mère s'illuminer quand elle faisait quelque chose comme il faut.

« Un jour, tu auras une petite fille, et elle pourra faire des tartes avec nous tous les Noëls », disait Bess tout en aidant sa fille à ajouter la farine. Elle ne s'en formalisait même pas lorsque Georgia en

renversait un peu sur le plan de travail. Comme c'était agréable de pouvoir se détendre et de prendre quelques minutes avec sa fille. La plupart du temps, elle s'affairait pour garder sa maison propre et bien rangée, préparer des repas équilibrés. Sans oublier qu'elle devait aider Tom à effectuer certaines tâches à l'extérieur. La vie dans la maison de ses parents avait été très différente : sa mère était désorganisée et distraite, les repas n'arrivaient pas toujours sur la table sous une forme traditionnelle, et les enfants devaient souvent se débrouiller seuls. Bess n'avait pas voulu reproduire ce mode de vie. Mais lorsqu'elle était célibataire, elle n'aurait jamais imaginé une seconde épouser un fermier. Elle avait toujours envisagé une vie en ville, se voyait même dans un appartement dans une grande ville et dans un tramway pour aller faire ses courses. Pourtant, elle tomba amoureuse d'un bel Écossais aux grandes mains, qui avait toujours travaillé la terre et avait l'intention de faire la même chose en Pennsylvanie. Il embrassait bien. Et c'est sans doute ce qui avait pesé dans la balance. La façon dont il embrassait. C'est ainsi qu'ils s'étaient mariés et qu'ils avaient donné naissance à Georgia et Donny.

« Combien de tartelettes je peux manger ? » demanda Georgia, dont les anglaises étaient rassemblées en deux tresses sur le sommet de sa tête. Elle ne portait que son maillot de corps sous son tablier, pour éviter trop de lessive à sa mère. La

chemise blanche et le gilet de laine que sa grand-mère avait envoyés d'Écosse étaient posés sur l'accoudoir du canapé. Georgia aimait les objets tricotés que sa grand-mère envoyait toujours du Royaume-Uni, les poupées au visage doux et les mitaines multicolores.

Bess n'avait jamais appris à tricoter et n'avait pas l'intention de s'asseoir à côté de sa belle-mère pour prendre une leçon. Elle préférait sa propre compagnie, sa propre maison où c'était elle qui commandait, où elle pouvait gérer son intérieur comme elle l'entendait.

« Une tartelette maintenant, une autre plus tard », dit Bess en regardant cette magnifique petite fille qui était toute à elle. Elle avait donné naissance à un ange. À deux anges. Et elle avait envie de dire « Manges-en autant que tu veux », mais elle voulait encore plus être une bonne mère. Elle voulait faire « comme il faut », donner l'exemple. « Demain, c'est Noël et tu auras largement l'occasion de manger des friandises.

— Peut-être deux maintenant ? demanda Georgia en regardant le four avec envie.

— Je ne sais pas, dit Bess. On verra. » Elle entendit Donny qui s'agitait dans sa chambre et savait qu'elle devait se dépêcher avant qu'il ne se mette à hurler. Une bonne mère veille à ce que le calme et la tranquillité ne soient jamais rompus.

« Je sais, dit Georgia. Préparons les tartelettes toutes les années ; comme ça, j'en aurai toujours.

— Oui, dit Bess tout en se penchant pour sentir subrepticement le doux parfum des cheveux de sa fille. C'est ce que nous ferons. Nous ferons toutes les années des tartelettes. »

12

L'odeur de cannelle tira Dakota du sommeil et, lorsqu'elle ouvrit les yeux, elle se rendit compte que Mémé n'était plus à ses côtés dans le lit. La pièce était encore plongée dans l'obscurité. Elle prit une profonde inspiration et imagina le pain d'épice ou les scones qui cuisaient peut-être dans le four.

Elle s'étira, puis, toujours vêtue de son pyjama, descendit le couloir sur la pointe des pieds. La porte de la pièce à couture était entrebâillée, et elle vit son père sur la banquette.

Il dormait profondément, et ses pieds dépassaient à l'extrémité.

« Il est quelle heure, Mémé ? » demanda-t-elle en entrant dans la cuisine. Elle se pencha pour regarder à travers la vitre du four les petits pains qui gonflaient et doraient.

« C'est le matin, dit son arrière-grand-mère, qui portait encore sa robe de chambre et des pantoufles tricotées. Même si, dehors, on a plutôt l'impression que c'est le crépuscule. Pas de temps à perdre la veille de Noël. Les cousins viennent demain, et il nous faudra du pain frais. »

Dakota bâilla. Elle aurait aimé retourner se glisser sous la couverture afghane au pied du lit, mais, en voyant son arrière-grand-mère si âgée laver la vaisselle, elle ne put faire autrement que s'approcher de l'évier pour l'aider.

Elle étreignit Mémé en posant pratiquement son menton sur le haut de sa tête couverte de cheveux blancs et duveteux.

« Voilà un vrai câlin, dit Mémé en serrant à son tour Dakota dans ses bras. À quoi tu penses, ma chérie ?

— À rien », dit Dakota en se versant du thé de la théière, car elle savait que c'était la première chose que son arrière-grand-mère avait préparée en se levant. Elle ajouta une bonne cuillère de sucre et une goutte de lait. Tout en s'appuyant contre le plan de travail, elle en but une longue gorgée, puis une autre. Mémé posa son torchon et regarda Dakota par-dessus la monture de ses lunettes.

« À rien ? Tu es sûre ? demanda-t-elle pour l'encourager.

— Mamie et toi, vous ne vous entendez vraiment pas, dit Dakota en tentant de changer de sujet. Vous êtes toujours en train de vous chamailler.

— Ah ! dit Mémé comme si elle chassait une mouche d'un geste de la main. Nous sommes deux petites vieilles, c'est tout. Et nous tenons chacune à ce que les choses soient faites à notre façon. Je trouve que nous nous sommes plutôt adoucies avec les années.

— Pas tant que ça, dit Dakota.

— Elle est un peu enquiquineuse, reconnut Mémé. Elle est sûrement furieuse parce qu'elle aime que les choses se passent comme elle l'entend, mais elle est chez moi en ce moment.

— Elle est toujours gentille avec moi, dit Dakota.

— C'est normal, dit Mémé en remplissant de nouveau la tasse de Dakota, puis la sienne. C'est ça qui te préoccupe ?

— Oh ! Mémé, je suis complètement stressée », dit Dakota qui n'avait somme toute guère besoin d'être encouragée pour se mettre à parler. Depuis son arrivée, elle mourait d'envie de pouvoir dire ce qu'elle avait sur le cœur. « Il se passe trop de choses. Peri a reçu une offre de travail et je ne sais pas ce que je dois faire : dois-je continuer l'école ou me consacrer à la boutique de maman pour qu'elle continue de tourner ? En plus, papa a une nouvelle amie, une vraie, quelqu'un de sérieux, et j'essaie de rester cool, mais en fait ça m'embête vraiment. Pourquoi maintenant ? Pourquoi à Noël ?

— Pourquoi pas maintenant ?

— Parce que, parce que, bafouilla Dakota. Je ne sais pas. D'un côté, je veux qu'il soit heureux. Dans mon imagination. Mais je les ai surpris en train de s'embrasser. C'était vraiment… gênant. Toi, par exemple, tu ne t'es pas remariée après la mort de ton mari.

— Ton père se marie ?

— Non, pas que je sache, reconnut Dakota. Je voulais dire, tu n'as pas eu un autre homme dans ta vie, une fois que tu as été veuve. Tu savais que tu n'avais eu qu'un amour et voilà.

— Ah ! tu crois qu'il en est ainsi, dit Mémé en se redressant sur sa chaise.

— Tu as fréquenté quelqu'un ?

— Ah non, pas un seul homme, répondit son arrière-grand-mère en faisant la grimace. Et ce n'est pas en restant seule à la maison que je suis devenue moins solitaire, si tu vois ce que je veux dire. »

Dakota se leva pour enlever les petits pains du four et fit signe à son arrière-grand-mère de rester assise. Comme elle constata que la farine était déjà sortie, elle prit une jatte en métal propre pour faire de la pâtisserie.

« Tartelettes de Noël ? » demanda-t-elle, car elle savait que son arrière-grand-mère avait l'intention d'en faire l'après-midi même.

Mais comme elle semblait un peu fatiguée depuis l'arrivée de ses invités, Dakota voulait lui éviter de rester debout toute la matinée.

Elle ferait d'abord les tartelettes, puis passerait à la confection de cookies au sucre, les préférés de son père. Ensuite, elle espérait trouver le temps de faire un petit somme.

« Qu'est-ce qu'elle en penserait, maman, à ton avis ? demanda-t-elle avec prudence tout en tournant le dos à Mémé pour pétrir le beurre et la farine.

— Si elle était encore en vie, elle serait furieuse. Mais puisqu'elle est ailleurs à présent, elle comprendrait.

— Tu veux que je te dise quelque chose d'étrange. Depuis quelque temps, je ne peux pas m'empêcher d'être furieuse contre lui à cause de tout ce qui s'est passé avant. Tu sais, quand il a rompu avec maman et qu'il nous a laissées toutes seules. » Elle s'arrêta de pétrir, les mains couvertes de farine. « Et je ne sais pas pourquoi.

— Ça ne changerait rien à ce qui s'est passé après son retour, tu sais, dit Mémé. La maladie de ta mère est ce que nous appelions autrefois « une de ces choses » sur lesquelles nous n'avons aucune influence. Mais je pense que, plus tu vieillis, plus tu t'approches de l'âge que ta mère avait, mieux tu comprends ce qu'elle a pu ressentir. Tu parviens sans doute à mieux saisir son point de vue et ce qui l'a blessée. »

Dakota s'approcha de son arrière-grand-mère.

« Et maintenant, qu'est-ce que je fais ?

— Qui sait ? dit Mémé. Tu n'as pas besoin de tout résoudre à la fois. Tu règles un problème, et puis un autre va se présenter. Puis les choses vont devenir plus faciles. Et se corser de nouveau. C'est un flot constant de changements et de choix. La boutique est juste un lieu, Dakota. Ta mère ne se résumait pas, loin de là, à son commerce.

— Mémé, tout ça ne me dit pas ce que je dois faire.

— Non, admit son arrière-grand-mère. Mais tu

pourras toujours compter sur ta famille. Dépêche-toi à présent et habille-toi. Nous avons une grande journée devant nous et je pourrais avoir besoin de ton aide pour aller voir ton arrière-grand-père. Je lui rends visite chaque veille de Noël. »

Dakota alla enfiler un jean et un pull-over doux, puis son gros manteau avant de chausser ses bottes épaisses. Elle accompagna ensuite son arrière-grand-mère au cimetière.

Dakota regarda les tombes autour d'elle. « Ce n'est pas vraiment comme ça que je me représente Noël, dit-elle. C'est un peu morbide.

— C'est juste une vieille habitude, je pense, dit Mémé qui, tandis qu'elles se frayaient un chemin dans la neige, s'appuyait un peu plus sur le bras de Dakota que lors de sa dernière visite. Les fêtes peuvent être des moments difficiles. Toutes ces images du temps passé qui remontent à la surface. »

Après de longues minutes, Mémé s'arrêta devant une pierre tombale carrée sur laquelle était gravée à l'eau forte WALKER. Les noms des membres de la famille étaient inscrits dessous. Dakota vit le nom de sa mère, Georgia Walker, et celui de son arrière-grand-père.

« Mais, Mémé, maman n'est pas là ! s'exclama Dakota, soudain inquiète pour l'état mental de son arrière-grand-mère.

— Je sais bien, maugréa-t-elle, mais ton arrière-grand-père n'est pas vraiment là non plus, tu sais. C'est juste un endroit pour les corps. Pas pour les âmes.

— Tu en as parlé à quelqu'un ?

— Je voulais que le nom de Georgia figure parmi ceux des autres membres de la famille et c'est pourquoi je l'ai fait graver. Personne ne dit non à une vieille dame presque centenaire, poursuivit-elle. N'oublie pas d'en tirer profit quand ton tour viendra. »

Dakota utilisa la branche de pin qu'elle avait apportée pour enlever un peu de neige de la tombe. Elle espérait que son arrière-grand-mère allait se dépêcher de faire ce qu'elle avait à faire.

« Alors, qu'est-ce qu'on fait maintenant ? demanda-t-elle au bout de quelque temps.

— Maintenant, nous pensons, dit Mémé. C'est suffisamment calme ici pour qu'on puisse entendre ses pensées. Dire une prière peut-être.

— Je ne prie pas, Mémé, expliqua Dakota. C'est pas mon truc.

— Certainement pas, reconnut son arrière-grand-mère. Contentons-nous de rester quelques instants et de rendre hommage aux disparus. »

Dakota attendit silencieusement pendant que Mémé récitait ses prières. Elle regarda les nuages se déplacer doucement dans le ciel et sentit ses orteils gelés. Si seulement elle avait mis une deuxième paire de chaussettes ! Pourtant, les choses se bousculaient dans sa tête, même si elle cherchait à être calme et lucide. Elle ne pouvait pas s'empêcher de penser à sa mère.

« Je suis désolée, Mémé, mais c'est vraiment

horrible, lâcha-t-elle. Noël, c'est ouvrir les cadeaux, manger de bonnes choses.

— C'est justement à cela que je pensais, dit son arrière-grand-mère d'un air absent.

— Quoi ?

— Les souvenirs nous apprennent beaucoup de choses. Les souvenirs amusants aussi bien que les souvenirs difficiles. Des choses toutes simples, vraiment. Juste l'idée que c'était une vraie personne avec une vraie vie. Un peu soupe au lait, peut-être. Une tendance à être un peu grognon. Pas parfaite. Mais aimée.

— Oui, d'accord, dit Dakota. Mais ça n'en reste pas moins bizarre.

— Tu ne vas donc jamais sur la tombe de ta mère ?

— Parfois, dit Dakota. Comme après l'enterrement.

— Tu n'y es pas retournée depuis toutes ces années ? » Mémé était perplexe, mais elle tenta de cacher son sourire.

« Ouais, dit Dakota. Ça fait bizarre de parler ici, de bavarder comme si de rien n'était.

— C'est aussi bien que la cuisine, je dirais. Et on est moins dérangées. »

Dakota leva les yeux au ciel.

« Oh ! la voilà ! dit Mémé. Ma petite impertinente de Dakota cachée derrière cette jeune femme adulte.

— Pas si adulte que ça, dit Dakota. Je sais que je pars un peu dans tous les sens en ce moment. Je sens tellement de pression. Comme si j'allais tout ficher en l'air. Tu sais, faire une erreur, faire le mauvais choix.

— Je ne supporte pas ces situations, reconnut Mémé. Dis-toi que tu vas peut-être apprendre quelque chose au bout du compte. Mais il faudrait vraiment que tu y ailles très fort pour *tout* ficher en l'air.

— L'automne a été un peu difficile, dit Dakota en soupirant. On dirait que tout le monde – Donny, Bess, Catherine, Anita – meurt d'envie de me parler de toutes les facettes de maman. Comme les bêtises qu'elle faisait quand elle était adolescente ou ce qu'elle aimait faire quand elle était petite (de la pâtisserie, visiblement). Des détails que j'ignorais pour ainsi dire. C'est troublant. Je pensais connaître ma mère mieux que quiconque. »

Le vent devint un peu plus fort, et l'air, plus humide… Un temps de neige ou de pluie.

« Les souvenirs ajoutent de la couleur aux faits », dit Mémé en glissant son bras sous celui de Dakota pour le chemin du retour. Elle marchait un peu plus doucement qu'auparavant. « Les différents morceaux du puzzle, les différentes relations s'assemblent pour constituer une vie. Ton entourage t'a protégée quand tu étais enfant et, maintenant que tu es une adulte, tu vas apprendre à voir ta mère d'un œil nouveau. Il faut tout simplement s'habituer à cette nouvelle perspective. Elle a fait des erreurs, comme toi tu en feras, et personne ne t'en aimera moins pour autant.

— Je me souviens que ma mère aimait les restes de sandwichs à la dinde, dit Dakota. On les mangeait tout en regardant les lumières clignoter sur le sapin de Noël, tard le soir, à la ferme en Pennsylvanie.

— Et si je me souviens bien, Georgia m'a envoyé une paire de guêtres qu'elle avait tricotées pour moi en 1982, dit Mémé. Et je les portais aussi dans le jardin pour avoir les jambes bien au chaud. C'était presque aussi chouette que le Noël que nous avions fêté en octobre. »

Donny et elle avaient préparé pendant des semaines leur visite chez leur grand-mère. Ils avaient effectué toutes les tâches nécessaires à la ferme et avaient aidé papa à terminer la récolte. Mais l'effort en avait valu la peine, pensa Georgia, qui dormait sur le lit d'enfant dans la pièce à couture de Mémé. Elle sentait l'odeur de l'herbe fraîche dans l'arrière-cour sur ses draps blancs immaculés. Maman avait été très réticente au départ, hostile même à leur projet. Elle avait affirmé que si Georgia manquait trois semaines d'école (elle était alors en classe de quatrième) elle prendrait du retard par rapport à ses camarades. Mais elle avait fait des devoirs en plus à l'avance et emporté des fiches d'exercices préparées par ses professeurs. Elle n'allait certainement pas manquer l'occasion d'aller rendre visite à sa grand-mère. En effet, ils ne pouvaient entreprendre le voyage que tous les deux ou trois ans. En plus, ils ne passaient pratiquement jamais les fêtes avec leur grand-mère et devaient poster leurs cadeaux des semaines et des semaines avant Noël pour être certains qu'ils arrivent avant le jour J.

« Réveille-toi, dit-elle entre ses dents en donnant un coup de coude à Donny qui dormait sur la banquette. Tu as donc oublié notre plan ?

— Je dors, marmonna-t-il. Va-t'en.

— Donny, si tu ne te réveilles pas tout de suite, je vais renverser mon verre d'eau sur toi, dit-elle d'un ton menaçant. Nous rentrons à la maison demain ; c'est notre dernière chance aujourd'hui. »

Tout en se redressant tant bien que mal, Donny tendit le bras vers sa sœur aînée qui lui enfila un manteau à la hâte avant de passer une veste chaude à son tour.

« Allons-y », murmura-t-elle en prenant une lampe torche et un sac marin. Ils descendirent le couloir sur la pointe des pieds jusqu'à la porte de la cuisine. « Ne parle pas », dit-elle en posant son doigt sur sa bouche. Donny hocha la tête.

Cela faisait des jours, à présent, que ces deux-là ne protestaient plus quand Mémé leur annonçait qu'il était temps d'aller se coucher. Au contraire, ils se dépêchaient de mettre leur pyjama et attendaient patiemment que leur grand-mère les ait bordés et leur ait raconté des histoires avant de fermer les yeux dès qu'elle éteignait la lumière. Georgia comptait ensuite à voix basse jusqu'à 200. C'était environ le temps qu'il fallait à Mémé pour procéder aux dernières vérifications avant d'éteindre la lumière de l'entrée et de se mettre au lit. Elle leur donnait ainsi sans le savoir le signal qu'ils attendaient pour se mettre au travail. Ils avaient ramassé les bandes dessinées du Journal du dimanche *que leur grand-mère avait jetées et s'en servirent pour y découper des flocons de neige. Ils utilisèrent des chutes de tissu pour fabriquer de petits sapins de Noël à motifs floraux ou vichy. Georgia avait tenté avec enthousiasme au départ d'apprendre à son frère à tricoter afin qu'ils puissent confectionner des boules rondes pour décorer l'arbre, mais il n'arriva même pas à monter les mailles.*

« Je ne peux pas perdre plus de temps à t'apprendre, décréta-t-elle. Tu découpes, moi je tricote. » Et même s'ils étaient un peu fatigués le matin, même si Mémé et papa se demandaient pourquoi ils étaient si endormis, aucun des deux n'eut le moindre soupçon concernant leurs activités nocturnes. C'est ainsi que Georgia et Donny continuèrent à préparer l'opération : le plus beau Noël de Mémé jusqu'à ce qu'il ne leur reste plus qu'une nuit à dormir avant leur retour en Pennsylvanie.

Devant la fenêtre de la chambre de Mémé, dans un coin du jardin de devant, il y avait un aulne dont la taille était parfaite pour que Donny puisse grimper dessus. La langue collée contre sa bouche, il s'efforça de disposer sur l'arbre chaque décoration que Georgia lui faisait passer d'en bas.

« Et maintenant, ces cordelettes de fils à tricoter, dit-elle. Dispose-les comme des guirlandes. »

Donny en prit une poignée et les jeta sur l'arbre à la grande consternation de Georgia.

« Non, avec précision, dit-elle. Il faut toujours faire les choses avec soin. Sans se précipiter. »

Enfin, elle plaça ses présents au pied de l'arbre : une lavette qu'elle avait tricotée, une poignée de gâteaux et un album de photos rassemblant les clichés qu'ils avaient pris pendant leur séjour. Georgia avait collé les photos sur du papier qu'elle avait coloré, puis elle avait agrafé les différentes feuilles ensemble. Elle avait ensuite ajouté des légendes au-dessus des têtes de tout le monde sur les photos. « J'aime Mémé », avait-elle écrit au-dessus d'une photo d'elle et du chat. Soudain, une lampe s'alluma dans la chambre à coucher de Mémé, et Donny faillit tomber des branches dans sa hâte de descendre.

« Dépêche-toi, ne fais pas de bruit », dit Georgia à Donny en lui faisant signe de se taire tandis qu'il se frottait le genou. Elle le tira pratiquement jusqu'à la porte de la cuisine et se retourna pour admirer leur arbre brillant avec ses décorations en fils à tricoter et en papier. C'est alors qu'elle aperçut un écureuil qui se mêlait déjà à la fête en volant les gâteaux de Mémé.

Elle lâcha la main de Donny et se précipita pour faire fuir l'intrus à poil. Elle enleva sa chaussure et la jeta dans sa direction.

« Ce sont les gâteaux de Mémé ! » cria-t-elle avant de plaquer la main contre sa bouche lorsqu'elle entendit la porte s'ouvrir.

Georgia se retourna, un pied (nu) encore posé sur l'herbe fraîche et couverte de rosée. À l'arrière-plan se dressait l'arbre étrangement décoré.

« Joyeux Noël, Mémé ! dit-elle.

— Oh ! dit Mémé. Quel magnifique Noël en octobre ! »

Les fêtes n'ont vraiment rien à voir avec des vacances, pensa Dakota, qui tenta de s'esquiver pour tricoter un moment au calme. Elle avait de quoi réfléchir depuis sa longue promenade avec son arrière-grand-mère.

Mais à peine avait-elle franchi le seuil de la maison qu'une autre tâche l'attendait.

Mémé trouvait une occupation pour chacun. Il fallait hisser les guirlandes lumineuses sur le toit, confectionner des couronnes à partir de branches coupées de l'immense sapin de Noël qui avait certes été raccourci : on nouait les branches avec des restes de fils à tricoter rouge, puis on ajoutait un ruban blanc pour pouvoir suspendre les couronnes : une pour chaque fenêtre.

Malgré tout, le pin sylvestre que Mémé avait choisi était encore trop grand pour passer par la porte, et elle dut admettre à contrecœur que l'arbre devrait rester dehors.

« Fais comme tu avais fait cette fameuse fois », dit-elle à Donny, et ils mirent le pin sylvestre dans un pot, puis le posèrent dans le jardin de devant près du grand aulne. Sous la direction de son oncle, Dakota utilisa des guirlandes lumineuses et des restes de tissu pour ajouter des touches de couleur. Elle disposa aussi des fils à tricoter sur les branches en guise de guirlandes, exactement comme sa mère le faisait pour le minuscule sapin qu'elles avaient dans leur appartement de New York.

Donny et Tom étaient ensuite retournés à la tourbière pour trouver un sapin de Noël d'une taille plus appropriée, et tout le monde l'admira lorsqu'ils le mirent dans un seau pour éviter qu'il ne se renverse. Des chants de Noël passaient sur un vieux tourne-disque que Mémé avait déniché au fond de son placard. Dakota se mit à chanter tandis que les autres l'accompagnaient en fredonnant.

Ils sirotèrent du vin chaud et rirent sous cape lorsque Mémé insista pour monter au grenier et leur indiquer les boîtes contenant les décorations.

« Il y a "Noël" marqué dessus, ne cessait-elle de dire. N'oubliez pas une boîte.

— Elle est un peu tyrannique, fit remarquer Donny à voix haute.

— Je t'ai entendu, dit Mémé. Mais je veux être sûre que vous preniez les bonnes boîtes. » Elle souleva le couvercle poussiéreux d'une des boîtes et fit apparaître des cloches en papier, peintes de couleurs vives, des couronnes confectionnées avec de la noix de coco séchée et des rubans ainsi que quelques flocons de papier journal à moitié désagrégés, mais aussi un ange en carton avec une auréole tricotée en dentelle.

« C'est mon ange ! s'exclama Dakota en le soulevant pour le montrer à sa grand-mère Bess. Je l'ai fait quand j'avais huit ans.

— L'auréole est impressionnante, dit Bess en la touchant rapidement avec le bout de ses doigts.

— C’est maman qui l’a faite, expliqua Dakota. Je me suis chargée du découpage et du coloriage.

— En effet, confirma Mémé. Et je le place tout au sommet de mon sapin chaque année depuis que ta mère l’a envoyé. Donny, mets-le en haut. »

Elle continua à sortir des pères Noël coloriés au crayon, des bonshommes de neige duveteux confectionnés avec du coton et des décorations enfantines un peu maladroites réalisées par son fils Tom qui avait désormais les cheveux blancs comme elle.

Au fond de la boîte, enroulés sur eux-mêmes, il y avait une série d’anneaux entrelacés tricotés dans toutes les couleurs de l’arc-en-ciel alternativement en côtes et au point mousse. Mémé passa le doigt dans l’anneau supérieur et sortit doucement le curieux objet de la boîte : un anneau rouge, suivi d’un anneau vert, suivi d’un anneau jaune, suivi d’un anneau blanc, puis d’un violet. Et ainsi de suite.

« C’est une guirlande, murmura Dakota. Une magnifique guirlande tricotée.

— Elle est vraiment unique, ajouta Bess en admirant la finesse des mailles.

— Manipule-la avec précaution, dit Mémé à Tom en se dirigeant vers la causeuse dans le coin opposé du salon pour s’asseoir et s’imprégner de la scène. Georgia et moi avons passé des années à travailler sur cette guirlande, notre projet international. Elle m’envoyait de longs rectangles tricotés, j’en faisais des anneaux et cousais les extrémités. Nous disions toujours qu’un jour nous réunirions toute la famille à Noël, en Écosse. Et c’est ce que nous venons de faire », dit Mémé avec un sourire rayonnant en regardant ses proches.

« C'est exactement ce qu'elle voulait », conclut-elle avec satisfaction.

Une seconde s'écoula, puis une autre pendant lesquelles personne ne parla. La minuterie de la cuisinière se mit à sonner, et chacun s'affaira.

Certains mirent le couvert, d'autres rangèrent les boîtes vides. Ils partirent un par un envelopper leurs cadeaux dans la pièce à couture, puis les déposèrent au pied du sapin pendant que les autres buvaient du vin en attendant leur tour et dévoraient les tartelettes au beurre que Bess avait préparées.

Et même Mémé dit qu'elle les trouvait excellentes.

13

Le poêle à charbon du salon refroidissait, et Dakota dut se blottir sous deux couvertures de Mémé et enfiler une paire de chaussons tricotés multicolores.

« On ne va tout de même pas laisser ce froid écossais nous transir jusqu'à la moelle, qu'est-ce que tu en penses, minou ? » murmura-t-elle au gros chat tigré roux de Mémé, qui était occupé à traquer la moitié d'un gâteau sablé tombé par terre.

Dakota avait décidé, après avoir parlé avec son arrière-grand-mère, que non seulement elle allait finir le pull que sa mère avait commencé à tricoter pour son père vingt et un ans auparavant, mais qu'en plus elle allait l'envelopper et l'offrir à James, le matin de Noël, c'est-à-dire le lendemain. Elle réalisa qu'elle n'allait pas beaucoup dormir avant l'ouverture des cadeaux, mais elle était déterminée.

Elle fouilla dans son sac à tricots et en sortit ses aiguilles rondes. Elle laissa cependant la majeure partie du pull dans le sac pour éviter que le chat n'ait l'idée de se coucher dessus et elle commença à tricoter.

Elle n'était même pas certaine que son père reconnaisse le pull.

Elle se demandait même s'il savait que Georgia le tricotait pour lui. Mais comme Anita l'avait dit, sa mère avait prévu de finir le pull, de l'offrir à James ce Noël-là, si des complications liées à son opération n'avaient pas entravé ses projets. Et Dakota était bien décidée à terminer le travail pour elle.

Le chat bondit sur ses genoux, miaula pour attirer son attention et donna des coups de patte à ses aiguilles. Dakota posa un baiser sur le dessus de sa tête orange et le reposa doucement sur le sol.

Comme c'était apaisant d'être seule dans le salon de ce minuscule cottage qui ressemblait à une maison de poupée.

De n'entendre que le tic-tac de l'horloge et de tricoter à la lumière des guirlandes lumineuses du sapin de Noël « intérieur ».

Ils n'avaient pas laissé de gâteaux pour le père Noël, se dit-elle, repensant aux carottes qu'elle découpait en morceaux pour les rennes. Elle en déposait toujours une poignée avec son oncle Donny devant la fenêtre de la ferme en Pennsylvanie.

Elle passait toujours de merveilleux Noëls lorsqu'elle était petite. Même si elle était vaguement consciente que Bess et Georgia ne s'entendaient pas très bien, elle n'avait jamais eu le sentiment qu'elle y était en quoi que ce soit pour quelque chose. D'ailleurs, elles ne passaient pas leur temps à se disputer. Il y avait juste une froideur un peu tendue lorsqu'elles se parlaient. Dakota n'y prêtait même pas attention la plupart du temps.

Elle était trop contente de traîner dans la ferme avec papy Tom, de discuter avec les vaches noires et blanches et d'observer mamie Bess abaisser la pâte au rouleau pour les tartelettes. Les odeurs, les rituels, les gestes toujours répétés pour les fêtes étaient ce qui rendait ces jours si particuliers.

Et Georgia, même si elle était présente, s'éclipsait toujours à un moment ou un autre la veille de Noël.

Dakota se dit qu'elle se comportait ce soir exactement comme sa mère, occupée qu'elle était à finir un vêtement de dernière minute la nuit avant Noël. Dakota savait que Georgia n'avait guère d'énergie pour ses projets, car elle était sans cesse sollicitée pour des commandes.

Pourtant, il y avait toujours un petit objet fait main sous le sapin, même une babiole aussi simple qu'une fleur tricotée collée sur une barrette que Dakota pouvait mettre dans ses cheveux.

Elle décida qu'elle allait finir le pull et qu'elle ferait asseoir son père pour avoir une discussion avec lui à propos de Sandra Stonehouse.

Et cette fois, pensa-t-elle, elle poserait des questions. Et elle écouterait vraiment ses réponses.

Dakota finit son rang et changea de main pour continuer. Elle se dit que Peri devait s'apprêter à quitter la boutique Walker & Fille, s'assurant qu'elle avait bien tout fermé, laissé en ordre avant de dévaler l'escalier, sa petite valise à roulettes bondissant derrière elle.

Elle hélerait ensuite un taxi tout en regardant avec angoisse les minutes s'écouler sur son téléphone portable et en espérant contre toute attente ne pas manquer son avion. Qu'allait-il se passer si Peri partait à Paris ? Quels sacrifices Dakota allait-elle devoir faire ?

Elle se dit qu'elle risquait finalement de se retrouver dans une situation proche de celle de sa mère.

« Ah ! te voilà. » Dakota se retourna et vit Bess, vêtue d'une robe de chambre en coton fin, debout dans l'embrasure de la porte du salon. « J'ai cru que nous avions oublié d'éteindre le sapin, dit-elle en venant s'asseoir à côté de sa petite-fille.

— Je suis en train de faire un cadeau, expliqua Dakota. Pour mon père.

— Tu n'es pas fatiguée ?

— Il faut que je le fasse, dit-elle. C'est ma mère qui l'a commencé. Je crois qu'elle était en train de le finir quand… tu sais. »

Bess détourna rapidement le regard, puis prit une profonde inspiration avant de reprendre la conversation.

« Elle aimait créer, ta mère. Elle n'était pas comme moi sur ce point, comme sur d'autres d'ailleurs. Mais cette boutique, c'était quelque chose. Je ne l'avais jamais vraiment vue avant l'enterrement. Je n'avais pas vraiment de motif d'y aller. Et pourtant, il y avait tellement à voir, tous ces fils à tricoter de différentes couleurs, dans une rue si fréquentée. J'ai failli me faire renverser par une voiture quand j'ai traversé la rue.

— Tu n'es pas une fille de la ville, mamie, dit Dakota. Ça ne fait rien.

— Oh ! je n'ai pas toujours aspiré à vivre avec des vaches, tu peux me croire, dit Bess. J'ai eu mes propres rêves de grande ville autrefois.

— C'est peut-être de là qu'est venue l'envie de maman, dit Dakota tout en continuant à tricoter. Tu as dû lui mettre cette idée dans la tête quand elle était petite.

— À l'époque où elle m'écoutait encore, tu veux dire, dit Bess d'un air pensif. Peut-être. Je lui racontais des histoires certains soirs quand je n'étais pas trop fatiguée. Ce n'est pas facile de tenir une ferme, c'est beaucoup de travail. Et j'avais deux enfants et un mari dont il fallait s'occuper aussi. J'ai toujours eu le sentiment que je ne pouvais pas me permettre de ralentir, de décompresser.

— J'ai souvent cette impression moi aussi, reconnut Dakota.

— Alors, laisse-moi te donner un conseil, dit Bess. N'aie pas peur du désordre dans ta vie. Moi, j'ai toujours eu peur. D'avoir du travail en plus. De ne pas me sentir appréciée. Mais tu sais quoi ? Le désordre ne se volatilise pas comme ça sans qu'on ait le temps de le régler. Le monde ne va pas s'arrêter si tu fais une pause. Et j'aurais aimé être un peu plus casse-pieds et trouver un moyen de me faire bien voir de ta mère.

— Ce n'était pas si terrible que ça », dit Dakota en tendant la main vers elle pour la rassurer. Elle n'avait pas souvenir d'avoir eu une conversation avec Bess quand elles n'étaient pas toutes deux occupées à accomplir une tâche ensemble. Ce n'était pas comme avec Anita, toujours prête à écouter ce que Dakota avait à dire autour d'une tasse de café, ni comme avec Mémé, qui trouvait toujours les mots justes. Bess était plus distante et, pourtant, Dakota s'en rendait compte à présent, elle voulait elle aussi faire partie du mouvement. Le seul problème, c'est qu'elle ne savait pas comment s'y prendre.

« Ce n'était pas si bien que ça non plus. J'ai passé des années à repenser à ma relation avec ma fille et je crois que j'ai fini par trouver ce qui n'allait pas. Je crois qu'il faut que j'écoute d'abord et que je parle ensuite.

— Euh, mamie, ce n'est pas un peu difficile à faire maintenant ?

— Parfois oui, parfois non, dit Bess. Ça m'aide à me rappeler certains désaccords que ta mère et moi avons eus, et j'essaie de voir les choses de son point de vue. Certains jours, une idée nouvelle me frappe et j'ai l'impression de la connaître mieux. Je suis une drôle de vieille dame, n'est-ce pas ? »

Dakota haussa les épaules.

Bess tendit le bras pour que Dakota s'arrête de tricoter.

« Toute ma vie, je suis restée en retrait, j'ai pensé que c'était mieux ainsi, dit Bess. Mais ce n'est pas parce qu'on tient les gens à distance qu'on les aime moins pour autant ou que ça rend les choses plus faciles quand il y a un coup dur. En revanche, on se prive de l'occasion d'apprendre à les connaître vraiment. N'oublie pas ça. C'est toujours plus facile de rester toute seule, mais ce n'est pas toujours la meilleure solution.

— Tu veux apprendre à tricoter, mamie ?

— Je suis un peu trop vieille maintenant, dit Bess. Ça serait sûrement une perte de temps et d'énergie.

— Non, dit Dakota. C'est juste une façon de passer un peu de temps ensemble.

— Mais c'est le milieu de la nuit », lui rappela Bess en faisant la moue.

Dakota se pencha vers elle. « Vis un peu », murmura-t-elle avant de chercher dans son sac à tricots une paire d'aiguilles en bambou à très gros calibre.

« Ce sont des dix-neuf millimètres, dit Dakota. C'est un peu comme les roulettes quand les enfants apprennent à faire du vélo. »

Bess enroula les doigts autour des aiguilles tandis que Dakota posait son tricot, puis passait les bras autour de sa grand-mère pour lui montrer comment piquer l'aiguille dans une maille.

Elle fit un nœud coulant, monta plusieurs mailles et tricota quelques rangs.

Ensuite, les mains posées sur celles de sa grand-mère, elle lui montra comment tricoter. Au bout de quelques instants, Dakota reprit ses aiguilles et son ouvrage, et les deux femmes tricotèrent dans un silence complice. Tom entra d'un pas tranquille dans le salon, ses cheveux gris dressés sur la tête.

« Bess, il est deux heures et demie, dit-il, l'air sévère. Tu n'es même pas venue te coucher.

— Je sais, dit Bess, qui ne s'était pas sentie aussi détendue depuis longtemps. Mais Dakota m'apprend à tricoter.

— C'est nouveau, ça, dit-il, sachant que sa femme avait refusé que sa belle-mère lui apprenne, puis avait attendu, sans dire un mot, que sa fille lui propose de l'initier. Ce qui ne s'était jamais produit.

— Elle se débrouille pas mal, dit Dakota. J'ai monté les mailles pour elle, et elle est en train de faire sa première écharpe.

— Vraiment ? dit Bess. Je n'avais pas réalisé. Eh bien, ça aurait pu être un cadeau pour toi, Tom Walker, si tu t'étais occupé de tes affaires.

— Et je termine un cadeau pour mon père », dit Dakota qui finit par sortir la masse du pull de son sac à tricots. Le dos presque terminé était encore accroché à ses aiguilles. La bande turquoise qui s'étendait sur toute la longueur du chandail semblait encore plus rétro qu'auparavant.

« C'est merveilleusement bien réalisé, mais la couleur, ça fait un peu ringard.

— Mon Dieu, dit Tom en regardant le tricot avec attention. Je suis sûr d'avoir déjà vu cette couleur quelque part. Tu as défait la couverture de ta mère pour tricoter ce pull ?

— Hein ? demanda Dakota. Ce n'était pas une couverture. Je l'ai trouvé parmi ses UFOS.

— Ça signifie un ouvrage non terminé, Tom, dit Bess. Dakota m'apprend tous les termes savants liés à l'activité du tricot. Les tricoteuses sont des faiseuses de calembours apparemment.

— Je vois », dit Tom, surpris par le comportement de sa femme. Elle lui rappelait un peu la Bess qu'il avait connue quand il était jeune. Il montra le tricot de Dakota : « Ça a la forme d'une couverture.

— C'est le dos d'un pull, papy. Tu tricotes les différentes parties (le devant, le dos, les manches) que tu assembles ensuite en les cousant, tu vois ? Je dois dire que j'ai eu le plus grand mal à trouver ce turquoise pâle, expliqua Dakota. Je ne crois pas que cette couleur soit très prisée actuellement. Il a donc vraiment fallu que je cherche. Parce que maman n'a pas laissé beaucoup de pelotes avec, ce qui ne lui ressemble pas du tout. Elle gardait toujours la quantité précise de fil à tricoter qu'il lui fallait pour terminer son ouvrage. »

Tom savait à présent où il avait vu ce modèle auparavant.

« Je suppose qu'elle l'a utilisé pour quelque chose de plus important, dit-il. Et je suis prêt à parier que cet ouvrage se trouve dans l'une des boîtes que James a envoyées chez nous après l'enterrement.

— Je n'ai jamais regardé ce qu'elles contenaient, reconnut Bess. J'aurais peut-être dû. »

Georgia gardait toujours la monnaie de ses courses dans un bocal en verre, un plan d'épargne maison qui était censé lui permettre d'acheter les cadeaux de Noël de Dakota.

« C'est un bébé, dit sa mère au téléphone tandis que Georgia se vantait de sa méthode et parlait de ses espoirs. Elle ne s'en rendra même pas compte. »

Pourtant, Georgia continuait à collectionner les pièces de dix cents et il lui arrivait de piocher dans le bocal lorsqu'elle n'avait plus assez d'argent pour payer les couches.

Ou lorsque Dakota avait eu cette mauvaise toux et qu'elle avait dû acheter ce sirop rose dont le bébé recrachait chaque dose. Elle avait certes l'intention de rembourser son emprunt au bocal, mais il ne lui restait jamais assez d'argent à la fin du mois pour compenser la différence.

Pourtant, elle se dit que son plan d'épargne avait été un succès lorsqu'à la mi-décembre elle rangea ses pièces dans des rouleaux et qu'elle les échangea à la banque contre trente-sept dollars.

Anita avait proposé de garder Dakota un après-midi, et Georgia profita de quelques heures de liberté, heureuse de pouvoir marcher dans la rue sans avoir à porter un lourd sac à langer sur les épaules. Elle se rendit dans trois magasins de jouets, compara les prix, appuya sur le ventre des poupées parlantes et admira les piles de jeux qui montaient jusqu'au plafond. Il semblait y avoir beaucoup plus de jouets que quand elle était petite, et pourtant ça ne faisait pas si longtemps que ça. Au bout du compte, elle rentra chez elle sans avoir dépensé le moindre centime, remit la somme d'ar-

gent dans son tiroir de chaussettes, puis remercia Anita d'avoir gardé Dakota.

« Je ne suis pas arrivée à me décider, dit-elle. Je veux lui acheter le bon cadeau.

— Elle se contenterait sûrement d'une boîte en carton, dit Anita en chatouillant Dakota. Elle a tout juste un an et demi. N'importe quel objet un peu coloré attirera son attention, puis elle passera à autre chose.

— Je sais, dit Georgia qui n'était pas entièrement convaincue. Mais l'année dernière, je ne lui ai acheté qu'un hochet. C'est vraiment rien du tout.

— Eh bien, tu as certainement rapporté un magasin de jouets entier avec toi, dit Anita en montrant la pile de jouets dans le coin.

— Entre toi et mon père, Dakota ne manque de rien, c'est vrai.

— Et ta mère, ajouta Anita alors que Georgia secouait la tête. Je suis sûre que c'est elle qui pousse le chariot dans les allées du supermarché. Je ne pense pas que ton père s'y connaisse autant que tu ne sembles le croire en Barbies. »

Plus tard, tandis que le bébé dormait, Georgia sortit son journal. Elle avait toujours un cahier – une couleur différente pour chacun afin qu'elle puisse les distinguer – dans lequel elle notait tout ce qui lui passait par la tête, de ses pensées secrètes à ses garnitures de pizza préférées.

Les vieux cahiers déjà remplis étaient stockés dans une boîte dans le placard avec quelques photos, les annuaires de ses années de lycée et des babioles de l'époque de James. Elle se dit qu'elle devrait profiter de cette période de Noël pour faire disparaître les vestiges de sa vie passée.

Elle porta une chaise jusqu'au placard en veillant bien à ne pas la tirer pour ne pas réveiller le bébé, puis elle grimpa dessus pour récupérer la boîte en haut du placard. Il y avait beaucoup de souvenirs de sa vie avec le père de son bébé.

Elle souleva une enveloppe cachetée qu'il avait envoyée, la plaçant devant la lumière pour voir si elle pouvait lire quelque chose à travers le papier.

Rien de lisible certainement. Georgia passa son petit doigt sous un coin du rabat et envisagea l'espace d'une seconde d'ouvrir la lettre.

« Non, dit-elle en la jetant dans la boîte. Si j'avais une cheminée, je la brûlerais », déclara-t-elle en repensant à ce que son père Tom leur avait appris (à Donny et elle) : ils brûlaient leurs lettres au père Noël dans la cheminée, comme lui le faisait pendant les Noëls écossais de son enfance.

Georgia fouilla le reste de la boîte, tomba sur une aiguille cassée en deux. Le pull ! Voilà ce qu'elle avait. Elle pourrait prendre la laine qui restait – elle n'allait certainement pas finir le chandail maintenant que James s'était empressé de partir – et faire quelque chose pour le bébé. Une couverture, décida-t-elle.

Le bébé n'avait pas besoin de savoir à quoi devait servir la laine au départ, et elle n'avait pas l'intention de le lui dire. Elle lui tricoterait à la place la plus belle couverture rayée turquoise et fauve, qui rendrait jaloux tous les enfants du terrain de jeu.

Elle se pencha sous son lit et prit un sac-poubelle dans lequel elle avait quelques projets en cours de réalisation ; le pull se trouvait tout au fond.

Elle hésita à défaire ce qu'elle avait déjà tricoté, mais se ravisa et choisit de laisser le chandail tel quel, un ouvrage non fini, une sorte de souvenir de sa bêtise, elle qui avait osé croire à un avenir avant même qu'il ne fût certain.

Elle ne referait plus une telle erreur. Désormais, elle se concentrerait uniquement sur sa vie avec sa fille.

Qu'allait-elle faire des trente-sept dollars à présent ? Eh bien, elle ouvrirait un compte pour financer les études de Dakota.

14

Elle se sentait toujours comme une enfant, le matin de Noël, comme si elle avait cette envie irrésistible de renverser la grande chaussette au pied de son lit et de partir à la recherche des boules de chocolat.

« Réveille-toi, belle endormie », dit Mémé en tentant de tirer du sommeil Dakota, inerte à côté d'elle. Elle dormait la bouche ouverte et avait coincé sous son bras un pull fauve et turquoise presque fini. « Tu vas manquer la fête. »

Mémé passa la brosse dans ses doux cheveux blancs tout en fredonnant, puis choisit un gilet de laine vert très spécial avec des flocons de neige blancs.

« Je l'ai tricoté il y a une éternité, dit-elle, même si la respiration régulière de Dakota indiquait qu'elle n'était pas tout à fait réveillée. C'était le gilet préféré de Tom père. Je le porte tous les ans à Noël. »

Toutes les traditions qui entouraient cette fête étaient justement ce qui rendait Noël si magique à ses yeux, même si cela faisait bien longtemps qu'elle n'était plus la petite fille qui posait une longue chaussette au pied de son lit.

Mémé savait parfaitement qu'elle se réveillerait et qu'elle porterait ce gilet précis qu'elle ne mettait que ce jour-là de l'année et elle savait qu'elle se précipiterait à la cuisine pour mettre au four la dinde qu'elle avait choisie avec soin.

Elle savait aussi qu'elle verserait une dernière dose de cognac sur le gâteau de Noël qu'elle imbibait depuis des semaines (elle ne manquerait pas de verser une petite goutte d'alcool dans un verre pour elle).

Elle assisterait à l'office de onze heures dans l'église presbytérienne de Thornhill, et les cousins des deux côtés viendraient manger leur repas de Noël dans la salle à manger au papier peint rose. Elle sortirait son beau service en porcelaine avec ses bordures de feuilles et de vigne, mais aussi l'argenterie qu'elle lustrait depuis des semaines.

Elle prolongerait la table jusqu'à l'entrée avec des planches en bois qu'elle gardait au fond de son armoire, enroulées dans des draps, et elle ajouterait des chaises de la cuisine et des chambres.

La chaise qui se trouvait devant la machine à coudre serait réquisitionnée pour le plus jeune membre de la famille.

Elle savait qu'ils feraient exploser chacun à leur tour leurs crackers de Noël enveloppés de papier doré. Ils tireraient sur la papillote pour découvrir les cadeaux surprises à l'intérieur et ils pourraient alors attaquer le repas de Noël comme il se doit, coiffés de couronnes en papier coloré bien enfoncées sur leurs têtes pour éviter qu'elles ne glissent, puis ils liraient à voix haute les blagues et les dictons trouvés à l'intérieur de chaque cracker.

Et elle savait que tous les membres de la famille inclineraient la tête pour écouter Glenda Walker dire le bénédicité avant que le clan n'attaque le meilleur repas des trois cent soixante-quatre prochains jours.

Il y aurait des présents, des chocolats, des noisettes dans leurs coquilles, que les enfants des cousins ouvriraient chacun à leur tour, manipulant les lourdes mâchoires en bois du casse-noisettes jusqu'à ce que l'un d'entre eux ne le fasse tomber sur ses orteils et ne se mette à pleurer..., mais aucun parent ne s'énerverait et ne dirait « Je t'avais prévenu ».

Non, il n'y aurait que des embrassades et de petits sourires entendus entre adultes et aucune limitation sur les desserts. « C'est Noël », dirait quelqu'un toutes les deux minutes pour se permettre un amuse-gueule de plus ou un petit somme après le repas ou pour trouver un prétexte de donner un baiser sur la joue à un proche ou de le serrer dans ses bras.

La famille se lèverait ensuite de table et y laisserait la vaisselle. Ses proches se réuniraient dans le salon pour écouter le discours de la reine à la télé, puis nettoieraient dans la cuisine avant de sortir en masse pour une rapide promenade sur les rives de la rivière Nith.

Lorsque la nuit tomberait, en plein milieu de l'après-midi, ils rebrousseraient chemin et regagneraient le cottage de Mémé.

Ils mangeraient des toasts de saumon et se délecteraient de leurs retrouvailles, ravis d'avoir l'occasion de se revoir et de prendre des nouvelles de chacun.

Ils feraient des commentaires sur qui avait changé, qui au contraire était resté le même, qui travaillait où et si le poste lui convenait ou non.

Mémé se réjouissait d'être complimentée sur son gilet tricoté par chaque membre de la famille – et pourquoi pas d'ailleurs, comme elle ne le portait qu'une fois par an, il était presque neuf – et elle se préparait en vue du moment où ils porteraient tous un toast aux proches qui les avaient quittés. Comme son mari, Tom père. Et Georgia.

Et cette année, alors que toute la famille était réunie, elle savait qu'ils passeraient la matinée à échanger des cadeaux, et elle se préparait depuis des semaines à cet instant.

Elle avait enveloppé ses cadeaux avec soin et les avait cachés sous son lit. Elle était même allée jusqu'à mettre des rubans, même si chacun savait qu'ils n'étaient là que pour être arrachés.

Ça serait tout simplement une journée magnifique. Le Noël le plus important, le chef-d'œuvre d'une vie de souvenirs.

Mémé descendit le couloir à pas feutrés, chaussée d'une de ses paires de pantoufles tricotées.

Après tout, pensa-t-elle, la dinde n'allait pas sauter dans le four toute seule.

Dakota disparaissait presque derrière le monticule de papier-cadeau froissé sur la causeuse, où elle était assise avec James en train d'ouvrir des présents de la part de Bess et Donny. Tom se tenait debout, une tasse de café dans la main, tandis que Mémé regardait la scène installée au milieu de la pièce dans un fauteuil au dossier dur qui avait été apporté de la salle à manger. Elle avait eu une chaussette elle aussi remplie d'oranges et de chocolat ainsi qu'un marque-page tricoté à rayures berlingots.

Dakota avait été réveillée par le bruit des casseroles dans la cuisine et s'était sentie un peu vaseuse, mais elle avait vite oublié sa fatigue. Elle termina le pull pendant que chacun se douchait tour à tour dans l'unique salle de bains.

Elle se cacha dans la chambre de Mémé et feignit de dormir encore. Pressée de finir le chandail, Dakota avait oublié que le papier-cadeau se trouvait dans la pièce à couture où Donny était justement en train de s'habiller. Elle se précipita donc dans la cuisine pour aller chercher du papier d'aluminium, enveloppa le pull comme s'il s'agissait de nourriture, puis utilisa du fil alimentaire en guise de ruban. Ça fera l'affaire, décida-t-elle tandis que Mémé sonnait la cloche et annonçait que tout le monde devait apporter ses présents dans le salon.

« Nous allons les ouvrir un à la fois, dit-elle en s'installant dans son fauteuil, un appareil photo argentique posé sur les genoux. Et je vais prendre des photos. Donny, tu fais le lutin. » Et sans penser à la contredire, l'oncle de Dakota, âgé de quarante-deux ans, distribua les cadeaux, un par personne.

Donny se pencha sous l'arbre pour s'assurer qu'il avait bien tout donné.

« Il en reste un, dit Dakota en brandissant son paquet en papier d'aluminium. Donne-le à papa.

— Je suis assis à côté de toi, dit James un bâton de sucre d'orge dépassant de sa bouche. Donne-le-moi toi-même. »

Elle lui tendit le cadeau, doucement. « Ne déchire pas le papier, dit-elle en plaisantant. J'ai mis beaucoup de temps à faire le paquet.

— Ça se voit, dit son père en riant. Qu'est-ce que c'est ?... » Il secoua le paquet si vigoureusement que le papier d'aluminium se chiffonna et finit par se déchirer ; le paquet s'ouvrit d'un coup et le pull s'échappa pour atterrir directement sur les genoux de Mémé.

« Je connais ce pull, dit James en le montrant du doigt. Je me souviens de ce pull.

— Mon Dieu, dit Mémé en prenant le chandail et en le soulevant. Je reconnais ces mailles entre toutes. Toutes plus parfaites les unes que les autres. C'est une œuvre de Georgia.

— Juste le devant, dit Dakota, inquiète soudain à l'idée que son arrière-grand-mère ou son père puissent s'offusquer. C'est moi qui ai terminé le dos. Maman le tricotait pour toi, papa, avant ma naissance.

— Je sais, je sais, balbutia James. C'est juste que… Je ne sais pas… Ça faisait des années que je n'avais pas repensé à ce pull. C'est magnifique. Tricoté de ses mains. Des tiennes. Ça me dépasse…

— Il te plaît, il te plaît vraiment ? demanda Dakota.

— Oui, vraiment, dit James en se levant. C'est juste que tous mes souvenirs remontent à la surface. »

Georgia avait attendu toute la journée l'illumination du sapin de Noël. Jusqu'à présent, elle n'avait vu l'illumination du sapin géant du Rockefeller Center qu'à la télévision et maintenant elle allait assister en personne à cet événement en compagnie de son petit ami avec des milliers d'autres personnes, bien sûr. C'était sans doute la chose la plus new-yorkaise qu'elle ferait depuis qu'elle s'était installée dans cette ville. Le mieux dans l'histoire, c'est que c'était gratuit.

Que pouvaient-ils faire sans argent ? C'était une discussion qu'ils avaient souvent le samedi matin lorsqu'ils s'apprêtaient à profiter d'un autre week-end en ville, mais qu'ils n'avaient pas d'argent à dépenser.

Leurs salaires respectifs n'étaient pas très élevés et, une fois qu'ils avaient payé la location et les pizzas occasionnelles, il ne leur restait plus qu'à marcher, à faire du lèche-vitrine, à partager une canette de soda dans le parc et à traîner chez l'un ou chez l'autre, savourant les moments qu'ils passaient ensemble.

« Nous vivons pratiquement ensemble, avait-il dit, l'air pensif, un matin particulièrement frais en se blottissant contre elle pour se réchauffer. Nous devrions peut-être laisser un des appartements.

— Peut-être, dit-elle en lui rendant son baiser. On en reparlera après le Nouvel An. » Elle savait qu'ils avaient toute la vie devant eux, que ce n'était pas la peine de se précipiter. De plus, qui veut déménager en plein hiver ? New York était connu pour ses mois de décembre particulièrement froids.

Elle était arrivée au bureau une heure plus tôt, le jour de l'illumination du sapin, afin de dire au revoir à son chef et à KC, et partir à une heure raisonnable.

Elle s'était emmitouflée dans son manteau et avait enfilé son cache-oreilles – il n'y avait aucune fierté à ne pas en avoir quand il faisait froid comme ça à New York –, puis avait fourré un manuscrit ou deux dans son sac à dos usé.

« Ne sois pas en retard, avait dit James pour la taquiner le matin même.

— Toi non plus », avait-elle répondu. Ils avaient souvent du mal à coordonner leurs emplois du temps, l'un étant souvent obligé d'attendre l'autre – au cinéma ou au parc.

Mais ce soir, c'était différent. James avait apporté un thermos rempli de chocolat chaud. Il expliqua à Georgia comment il avait acheté des sachets de cacao, puis comment il avait fait chauffer de l'eau dans une bouilloire au cabinet d'architectes où il travaillait. Georgia lui avait ensuite montré une petite bouteille de cognac cachée dans sa poche.

« Je l'ai achetée à l'épicerie portoricaine à côté du travail, dit-elle. Et c'est vraiment trop cher pour les deux gorgées d'alcool qu'elle contient. »

Ils mélangèrent les deux boissons et, entourés d'une foule de touristes enthousiastes et de quelques New-Yorkais feignant l'indifférence, sirotèrent leur cocktail chaud.

« Ils ne sont là que parce qu'ils reçoivent des amis venus d'ailleurs.

— Et nous sommes là parce que nous aimons Noël ! cria Georgia.

— Et nous nous aimons », dit James en passant les bras autour de sa taille tandis que les lumières de toutes les couleurs sur l'immense sapin vert se mettaient à clignoter. Ils restèrent là, enlacés, alors que les autres badauds commençaient à s'éloigner.

Un jour, nous aurons un grand sapin de Noël, imagina Georgia, mais elle ne dit rien. James n'avait pas encore rencontré ses parents, et elle ne connaissait pas les siens non plus.

Ils étaient tous deux fauchés et, de plus, tout le monde dirait qu'ils étaient trop jeunes. S'installer à leur âge, c'était parfait dans les années 1950, mais le monde avait changé depuis.

Elle n'était quand même pas si stupide.

Elle l'aimait. Elle l'aimait vraiment.

Georgia embrassa James sur la joue et frotta son nez froid contre sa peau jusqu'à ce qu'il se mette à rire.

James se dit qu'il aimerait acheter un vrai sapin, peut-être pas aussi grand, bien sûr. Un sapin qu'il pourrait faire entrer et installer dans la salle de séjour. La pièce dans la grande maison dont il rêvait, une maison impressionnante dont sa famille serait fière. Parfois, lorsqu'ils allaient acheter des provisions ou qu'ils faisaient la lessive, il faisait comme s'il vivait déjà là-bas avec Georgia.

Mais cela finirait bien par arriver dans un avenir plus ou moins lointain, se disait-il, lorsqu'il commençait à se sentir nerveux. C'est elle qui le rendait ainsi. Pris au dépourvu parce qu'il appréciait leurs discussions au lit, après qu'ils avaient fait l'amour, presque autant que l'acte sexuel lui-même. C'était nouveau. C'était différent. Parfois, il se sentait submergé par ce sentiment.

Mais ce soir, tout était parfait, comme si la ville s'était parée de toutes ces lumières rien que pour eux. Comme si leur petit thermos de chocolat chaud au cognac était le dessert au café le plus raffiné dans un restaurant cinq étoiles.

« Viens, dit-il en embrassant ses cheveux. Rentrons à la maison.

— Marchons encore un peu, dit Georgia. Je ne veux pas que ça s'arrête. C'est notre Noël ensemble. » Dans quelques semaines, elle irait chez ses parents, James irait chez les siens pour passer les fêtes dans les règles.

« Bon, d'accord, dit-il. Alors, qu'est-ce qu'on fait maintenant ?

— Chocolat ! dit-elle tout en l'entraînant vers

une chocolaterie en bas de la rue. James ouvrit de grands yeux en découvrant le prix à la pièce.

« On achète juste un caramel, dit Georgia à James. On partage.

— J'aimerais une livre, dit James. Euh, non, deux plutôt.

— James, tu ne peux pas te le permettre, murmura Georgia, inquiète, mais aussi excitée tandis que l'employé enregistrait le prix à trois chiffres.

— Ce soir, je peux, dit-il. C'est Noël. »

L'employé leur lança un regard interrogateur.

« Aujourd'hui, c'est Noël pour nous, expliqua-t-elle en souriant. Nous venons de voir le sapin. Vous savez, l'immense sapin.

— Nous venons de Georgiajamesville, dit James, et Georgia se mit à glousser en se cramponnant à son bras. Vous n'avez certainement jamais entendu parler de cet endroit, mais nous l'aimons, nous l'adorons. »

Ils se dirigèrent ensuite vers la 6e Avenue – l'Avenue des Amériques – pour prendre leur repas de chocolats. Ils s'assirent sur le rebord d'une jardinière en face du Radio City Music Hall et regardèrent les personnes munies d'un billet se précipiter pour assister au spectacle des Rockettes.

« Il fait froid, dit James en serrant Georgia un peu plus fort contre lui. C'est bien, mais je vais bientôt me transformer en glaçon.

— Oh ! dit Georgia en tentant de s'essuyer les mains pour enlever le chocolat qui collait sur ses

doigts. Ne partons pas tout de suite, j'ai un cadeau pour toi.

— Un cadeau ?

— Pour Noël, dit Georgia. Et c'est le moment rêvé pour que je te le montre. Il n'est pas fini, mais je vais te le montrer quand même. » Elle ouvrit son sac à dos et prit deux ou trois pelotes de fils à tricoter dans ses bras.

— Tu m'as acheté de la laine ? dit James. Tu tricotes comme une vieille ?

— Oui et non, pas comme une vieille, dit Georgia en remettant le fil à tricoter dans le sac avant de sortir un petit carré. Fais bien attention. Ça va être ton pull. Je te présente le début.

— Bonjour, mon pull, dit James en se penchant comme s'il parlait aux mailles. Je suis impatient de te porter, un jour.

— Oh ! dit Georgia en lui donnant un petit coup dans les côtes avec la pointe d'une aiguille. Je suis meilleure que tu ne le penses.

— Je n'en doute pas, dit James, et je sais que je penserai toujours à toi quand je le porterai. »

Donny retourna vers la causeuse pendant qu'ils attendaient tous, remuant un peu çà et là parce qu'ils connaissaient James. Dakota se leva pour aller chercher son père, mais se rassit, car son arrière-grand-mère lui avait fait signe de ne pas bouger. Quelques minutes plus tard, James revint, les yeux rouges.

« Vous auriez pu continuer sans moi, dit-il. Je suis désolé.

— C'est moi qui suis désolée, papa, dit Dakota.

— Non, non, dit-il en enfilant le pull par-dessus sa chemise oxford. C'est le plus parfait des cadeaux. Un souvenir en soi. »

Mémé quitta précipitamment le salon et revint avec cinq grandes boîtes beiges et plates. Aucune d'elles n'était enveloppée dans du papier-cadeau. Elle les distribua, une par une, à Dakota, James, Donny, Bess et Tom.

« Ce n'est plus la peine de faire l'autruche, annonça-t-elle en tapant des mains. Je voulais vous les donner demain, mais je pense que c'est mieux maintenant. Nous allons nous tenir bien droits et ne pas avoir peur. Nous allons fêter ce grand moment ensemble. »

Elle s'avança rapidement pour aller s'asseoir sur la causeuse entre James et Dakota, puis enleva le couvercle de la boîte qu'elle avait donnée à Dakota. Elle en sortit un cadre épais en acajou qu'elle tourna et souleva devant elle, les bras légèrement tremblants, pour que tout le monde puisse voir la photo à l'intérieur.

« C'est le trio infernal », dit Mémé en tapotant la vitre du cadre avec son doigt. Elle posa ensuite le cadre sur ses genoux. « C'est Georgia Walker avec sa grand-mère et sa fille Dakota pas tout à fait adolescente dans la grande rue de Thornhill. Nous sourions. Nous avons l'air stupides et détendues. Si je me souviens bien, la photo a été prise par l'amie de ta mère, Cat, le jour où nous avons remis à leur place ces vieilles biques du salon de thé.

— Vous vous êtes attaquées à de vieilles dames ? demanda James.

— Uniquement en paroles, mon cher James, expliqua Mémé. Glenda Walker n'a jamais recours à la force.

— Permets-moi de ne pas être entièrement de ton avis, intervint Tom. Il me semble me souvenir d'une ou deux fessées quand j'étais petit. »

Dakota rit, puis Donny sourit, et même James hocha la tête.

« Ouvrez-les, ouvrez-les, dit Mémé en remuant un peu sur le fauteuil. J'ai cherché parmi toutes les photos que j'ai prises ou que j'ai reçues et j'ai choisi celles où Georgia était le plus heureuse. »

Elle tendit la photographie encadrée à Dakota, puis se leva de la causeuse et s'approcha de chacun pour regarder les photos qu'elle avait choisies pour les membres de sa famille. Il y avait James avec Georgia, le soir où il était venu en Écosse pour lui dire qu'il l'avait toujours aimée.

Donny et sa grande sœur s'apprêtant à partir pour une balade en voiture, l'après-midi où il avait eu son permis de conduire. Il levait le pouce, installé au volant du véhicule, tandis que Georgia, assise côté passager, passait le bras autour de sa taille.

Il y avait Tom, les cheveux noirs encore, portant sur son épaule une petite fille aux cheveux bruns avec des nattes.

Les mains de sa mère étaient visibles dans le coin de la photo ; elles ne touchaient pas la fillette et n'étaient là que pour la protéger au cas où.

« Posez ces photos sur votre buffet, dans votre entrée, sur la table de la cuisine, déclara Mémé, prête à avancer si seulement il n'y avait pas eu en travers de son chemin cette montagne de papier-cadeau. J'ai vécu suffisamment longtemps pour vous dire que ce sont les moments dont vous devez vous souvenir. Pas uniquement des fêtes et des anniversaires, mais aussi tous les moments de la vie quotidienne. Nous pleurons peut-être tous les Noëls, mais nous n'oublierons pas de rire. »

Tout le monde hocha la tête et manifesta son approbation dans la pièce, tandis que Bess, qui avait attendu patiemment son tour, ouvrait la boîte pour regarder sa photo. Dakota comprit, en voyant les joues rouges de sa grand-mère, qu'elle était excitée comme une petite fille. Pourtant, au lieu de sourire en reconnaissant la photo comme les autres l'avaient fait, Bess laissa tomber le couvercle de la boîte sur la moquette du salon.

« Oh ! Glenda, pourquoi ? s'écria-t-elle en se mettant à respirer par saccades. Et pourquoi aujourd'hui en particulier ? Comment avez-vous pu ? »

Dans le cadre, il y avait une photo de sa fille Georgia dans une chemise de nuit, ses cheveux bouclés mouillés par la transpiration et plaqués contre son visage, tandis que Bess et Tom, vêtus tous deux de leur tenue bleu marine du dimanche, se tenaient de chaque côté de son lit d'hôpital.

« Oh ! maman, dit Tom en enjambant le couvercle des boîtes et le papier-cadeau pour aller réconforter sa femme. Qu'est-ce qui t'a pris ? La photo a été prise peu de temps avant que Georgia ne décède. »

Mémé, le dos bien droit, fit quelques pas en direction de Bess. « Je veux que vous la regardiez de nouveau, avec plus d'attention », dit-elle en montrant la photo. Elle attendit, puis, comme elle n'obtint pas de réponse, à part quelques larmes, elle enleva tous les morceaux de papier et de ruban qui encombraient la causeuse et s'installa tout près de Bess qui se raidit à son approche.

« Je ne veux pas voir, dit Bess en tendant le cou vers Tom qui se pencha par-dessus le dossier de la causeuse.

— Alors, je vais décrire », dit Mémé en caressant la vitre du cadre de la photo avec tendresse. Elle fit signe à Dakota de se joindre à eux.

« Regardez là, commença-t-elle, et voyez comme Georgia est rayonnante. Je sais qu'elle est pâle. Elle est fatiguée. Mais son visage est tout simplement rayonnant.

— C'est difficile de voir maman comme ça, Mémé, risqua Dakota, tiraillée entre sa loyauté indéfectible envers son arrière-grand-mère et cette nouvelle complicité qu'elle avait avec Bess depuis la veille de Noël.

— Oui, dit Mémé. Et tous ces bidules de l'hôpital nous empêchent peut-être de voir sa beauté ici. Elle est pourtant si heureuse. Joyeuse même. »

Bess ne put s'empêcher de tourner la tête pour jeter un coup d'œil furtif sur la photo. Était-ce donc vrai ?

« Je sais que vous aviez vos problèmes, toutes les deux, dit Mémé d'une voix tranquille. Parfois, lorsque la vie passe si vite, les bons moments sont éclipsés.

— C'était l'un des pires moments de ma vie, dit Bess d'un ton guindé.

— Mais aussi l'un des meilleurs, dit Mémé. Je ne veux pas que vous oubliiez cet instant. Nous ne sommes peut-être pas les meilleures amies du monde, Bess Walker, mais nous aimions toutes deux Georgia à la folie, et il est temps que vous vous pardonniez. C'est le cadeau que je vous fais aujourd'hui. Pour vous rappeler ce que vous avez oublié.

— Je me souviens de tout, dit Bess, le visage rouge et strié de larmes. Je ne m'en souviens que trop bien. »

Mémé se pencha et releva le menton de Bess avec son doigt. « Eh bien, alors, regardez avec mes yeux, dit-elle d'un ton neutre. Parce que ce que je vois, moi, c'est une mère et une fille qui se battent enfin ensemble. Et vous voyez ce qu'il y a là ? Vous vous tenez la main toutes les deux, dit-elle. Vous vous tenez la main, Bess !

— Vraiment ? » Bess prit la photo encadrée des deux mains. « Oh ! Glenda, mais oui, dit-elle en levant les yeux vers les membres de sa famille qui occupaient la pièce pour le leur dire. Georgia me tient la main.

— Vous n'avez plus besoin de vous sentir coupable », murmura Mémé pour que seule sa belle-fille puisse l'entendre. Bess hocha la tête, s'essuya les yeux avec le mouchoir propre et plié que sa belle-mère avait sorti de sa manche. « Ceci, ma chère Bess, est la preuve que votre Georgia a fini par comprendre à quel point vous l'aimiez. »

La cuisine était remplie de poêles et de plats empilés près de l'évier tandis que les Walker et leurs cousins attaquaient le meilleur repas de Noël que Mémé ait jamais préparé.

La petite table en bois de la cuisine était recouverte de desserts : les tartelettes de Noël de Dakota, le gâteau de Noël de Mémé aux raisins et aux cerises, un diplomate avec une couche de génoise, une couche de fruits et une couche de crème, et des plateaux en porcelaine pour les sablés, le pain d'épice, les tartelettes au beurre et les boules de chocolat au rhum.

Toute la famille attaqua avec appétit le repas, se resservant une ou plusieurs fois de sauce au jus de viande, de dinde, de navets, de pommes de terre, de farce à la sauge et de petits pains au lait faits maison, tartinés d'une épaisse couche de beurre.

Chacun gardait cependant à l'esprit tous les bons desserts qui l'attendaient.

« Il n'y a rien qui fasse plus Noël que les choux de Bruxelles, annonça Tom en posant une portion généreuse de choux dans son assiette.

— Garde de la place, dit Bess en gloussant. Tu ne veux quand même pas passer à côté des tartelettes de Dakota. »

Mémé mangea une dernière bouchée, tapota ses lèvres avec sa serviette en tissu et posa soigneusement son couteau et sa fourchette sur son assiette.

Elle s'éclaircit la voix, demandant ainsi immédiatement l'attention de chacun, même si sa couronne en papier violet se mit à pencher sur ses cheveux blancs permanentés.

« J'aimerais dire quelque chose, annonça-t-elle en regardant avec tendresse toutes les personnes présentes dans la pièce, ses arrière-petits-neveux et nièces, et tous les cousins, ainsi que Dakota et les autres.

« Andrew, j'aimerais te donner ma machine à laver, dit Mémé au petit-fils de sa nièce Susan. Tu t'installes tout juste et tu pourrais en avoir l'utilité.

— Je crois qu'elle date des années soixante-dix », murmura Dakota, tandis que son père lui donnait un coup de coude sous la table.

Quelques rires gênés retentirent dans la pièce. Que Mémé ait gardé toute sa tête, voilà qui était sans doute trop beau pour être vrai, semblaient dire leurs regards perplexes. Elle est devenue toquée.

« Et cette machine à laver fonctionne encore aujourd'hui, mon cher, dit Mémé avec une pointe de fierté dans la voix. J'entends très bien, vous l'aurez remarqué, non ? Bon, où est ma liste à présent ? » Elle chercha dans la manche gauche de son gilet vert avec les flocons blancs, en sortit un mouchoir en papier, puis essaya l'autre côté.

« La voilà, dit-elle en brandissant une feuille de

papier pliée en deux. Susan, j'ai pensé que tu aimerais peut-être mon minifour. Et Felix, ma brouette.

— Je travaille sur un bateau de croisière, tatie, dit un monsieur aux cheveux gris et à la silhouette fine. Je n'ai pas de jardin.

— C'est vrai, dit Mémé. Je me souviens juste comment Tom et toi jouiez dans l'arrière-cour lorsque vous alliez à l'école primaire. Qu'à cela ne tienne, nous la laisserons là où elle est.

— Tu n'as pas besoin de ces affaires, Mémé ? » demanda Dakota en regardant autour de la table les membres de la famille qu'elle connaissait bien et ceux qu'elle venait de rencontrer. Tous avaient fini par poser leur fourchette et se penchaient pour mieux entendre.

« Pas là où je vais, déclara Mémé, provoquant un murmure de surprise collectif autour de la table.

— Tu es malade ?

— Tout va bien ?

— Pourquoi n'avoir rien dit ? »

Les questions pleuvaient autour de la table, et tout le monde se mit à parler en même temps.

« Allons donc ! dit Mémé en tapant sur la table pour faire du bruit et reconquérir l'attention de son auditoire. Excepté le déjeuner d'aujourd'hui, j'ai décidé, il y a quelques mois, que j'en avais assez des dîners.

— Quoi ?

— De les préparer, je veux dire, précisa-t-elle, les yeux pétillants. J'ai toujours l'intention de manger autant que je le peux. Vous pouvez donc faire disparaître vos expressions horrifiées de vos visages. Je ne suis pas près de mourir.

— Tu as engagé un cuisinier, Mémé ? hasarda Dakota.

— Mieux que ça, répondit son arrière-grand-mère. Je vais m'installer dans un petit studio meublé dans une résidence de luxe pour des séniors actifs. Où ils vous servent le dîner et vous apportent le thé dans la salle commune le soir. Très chic.

— Tu déménages ? Dans une maison pour les vieux ? » Dakota ouvrit de grands yeux.

« Pas pour les vieux, dit son arrière-grand-mère. Seuls les séniors actifs peuvent s'installer là-bas. On peut suivre des cours d'aérobic, tu vois.

— Il n'y aura que le jeu de palets et le bridge, Mémé, dit Dakota d'un ton implorant. Ça ne va pas te plaire. Tu n'y seras pas heureuse.

— Allons, allons. Figure-toi que j'aimerais bien faire partie d'une ligue de jeu de palets. Peut-être même qu'ils me nommeraient capitaine. »

Dakota regarda son oncle, ses yeux l'implorant de faire quelque chose. Donny leva la main. Attends, articula-t-il en silence. Tout va bien.

« C'est toujours un choc quand les choses changent », poursuivit Mémé en se calant dans son fauteuil. Elle était ravie d'être entourée de sa petite cour autour de la table de Noël. « Mais je ne pars pas bien loin ; à Dumfries seulement. Et je pars de mon plein gré, en toute connaissance de cause. Personne ne m'a mise sur la touche. Je vais enfin pouvoir satisfaire mon penchant naturel à la paresse. C'est à mon tour de me faire bichonner, vous ne croyez pas ?

— Pourquoi n'as-tu rien dit ? demanda Dakota.

— Pour que tout le monde se mette à geindre et à ronchonner sur notre dernier Noël dans la vieille maison ? Non, merci ! J'avais envie de passer le plus beau Noël de ma vie et c'est ce que j'ai fait.

— Qu'en est-il de la ferme ? demanda James, qui pensa immédiatement au côté pratique des choses. Vous allez vendre ?

— Pas tout à fait, reconnut Mémé. Je me suis arrangée avec le nouveau propriétaire. Je vais garder ma chambre telle qu'elle est et je pourrai ainsi venir passer le week-end de temps en temps quand j'en aurai envie. »

Personne ne dit mot. Tout le monde s'approcha pour mieux entendre.

« C'est moi, déclara Donny qui se leva légèrement de son siège. J'ai accepté de venir m'installer en Écosse pour reprendre la ferme de Mémé. J'ai envie de tester de nouvelles choses avec les cultures biologiques, et l'exploitation a exactement la bonne taille.

— Et qu'en est-il de tous les terrains en Pennsylvanie ? » demanda Dakota qui se sentait déphasée. Même si elle était rassurée par le fait que la ferme serait toujours là, qu'elle pourrait s'accrocher à cet endroit si particulier encore un peu, elle savait qu'il lui faudrait un temps d'adaptation. Qu'il lui faudrait intégrer que les circonstances changeaient, que la vie n'était qu'un mouvement perpétuel. Dès qu'elle s'habituait à quelque chose, voilà qu'un autre bouleversement se présentait. Exactement comme Mémé le disait toujours.

« Il y a de plus en plus de sociétés qui se lancent dans la culture biologique, expliqua Donny. Je loue mes terres aux États-Unis.

— Et à vrai dire, nous avons fait la même chose, dit Tom. Nous gardons la maison, mais les champs vont être gérés par une société. » Il croisa le regard d'un de ses cousins qui hochait la tête. « Il est temps que nous prenions notre retraite. Bess m'a suivi pendant toutes ces années et c'est à mon tour de vivre un peu comme elle l'entend, elle.

— Vous déménagez en Floride, c'est ça ? » dit Dakota, incrédule. Elle se demanda pourquoi tout le monde semblait vouloir aller vers le sud. « Vous n'allez tout de même pas dans une maison de retraite ? Papa, c'est toi le prochain ?

— Nous ne sommes pas vieux, dit Bess. Nous passons tout simplement à autre chose. Nous allons peut-être nous acheter un appartement en copropriété ou faire un safari-photo.

— Un safari-photo, ça, c'est une bonne idée, ma chère, dit Mémé. J'ai toujours aimé les éléphants au cirque.

— Un safari ? Tu plaisantes ? dit Dakota.

— C'est juste une idée, dit Bess. Il n'est jamais

trop tard. Tu as encore de la place pour les tartelettes, Tom ?

— Oui », répondit le grand-père de Dakota tandis que l'on débarrassait les assiettes sales et qu'on apportait les desserts à profusion à table. Dakota resta scotchée sur sa chaise et regarda la procession des tourtes, des tartes et des gâteaux. Elle se demanda comment les membres de sa famille pouvaient encore penser à manger après les nouvelles qu'ils venaient d'entendre. C'était tout simplement sidérant.

« Une part de chaque, je suppose ? demanda Mémé en mettant un peu de diplomate dans un bol et en faisant passer les desserts. Après tout, c'est Noël, n'est-ce pas ? »

James se reposait sur la causeuse, prêt à s'endormir après le repas gargantuesque tandis que Mémé écoutait avec attention la reine sur la BBC. Les cousins étaient tous rentrés à la maison, et Bess tricotait son écharpe pendant que Tom massait les pieds fatigués de sa femme. Donny et Dakota, un torchon posé sur l'épaule, entrèrent dans le salon pour récupérer les dernières tasses de thé.

« C'était vraiment un repas délicieux, maman, dit Tom en tapotant son ventre. Tu t'es surpassée aujourd'hui.

— J'ai eu de l'aide, reconnut sa mère.

— À Dakota, dit James en levant sa tasse en porcelaine.

— Et à Bess, ajouta Mémé. Portons aussi un toast à la maman de Georgia.

— Écoutez-moi, dit Tom en se levant. À toute notre famille, à chacun de nous ce soir. Que l'esprit des fêtes nous maintienne en bonne santé et nous donne le bonheur pour l'année à venir. Et pour mon père, Tom, et ma superbe fille Georgia. En espérant que la dinde était tout aussi délicieuse au ciel. »

15

Il y avait plus de monde qu'elle ne l'avait escompté, disait Mémé en comptant les têtes avec un plaisir manifeste. Ils s'étaient décidés à la dernière minute, ils en avaient discuté tandis qu'ils se prélassaient sur les fauteuils et la causeuse, repus et heureux, parlant de tout et de rien, du sermon du matin à la tenue de la reine à la télévision.

Puis Mémé avait claqué de la langue, avait enlevé ses chaussons tricotés multicolores pour faire apparaître des socquettes de coton blanc douillettes, tricotées main, naturellement, et avait annoncé qu'ils devraient tous enfiler leurs bottes. Il serait mal venu de manquer le concert de Noël sur la pelouse de Trigony House juste à la sortie de Thornhill, déclara-t-elle. Des étudiants de tous les âges et quelques parents talentueux avaient répété de longues heures pour ce spectacle.

Ils avaient pris les deux voitures de location, mais, en raison de l'arrivée plus ponctuelle d'habitants de la ville qui avaient eu la même idée qu'eux, ils durent se garer au bout de la longue allée. Ils se joignirent à la procession des spectateurs se dirigeant vers les sièges, et tous échangèrent généreusement des baisers, des étreintes et des « Joyeux Noël ».

Mémé était arrêtée toutes les deux ou trois secondes par quelqu'un – des enfants grisonnants de vieux amis à la jeune fille qui venait laver les vitres deux fois par an chez elle –, et tous lui souhaitaient le meilleur.

« C'est un peu la reine de Thornhill, murmura Dakota à son oncle. Ça va lui manquer quand elle va aller dans cette maison de retraite.

— Ce n'est pas parce qu'on est triste de partir qu'il faut forcément rester, répondit Donny. Parfois, quand on va dans une nouvelle direction – même si ce n'est pas forcément le plan initial –, on fait le meilleur des choix possibles.

— Peut-être », dit Dakota en réfléchissant. Elle ralentit le pas pour se distancer de sa famille et les regarda marcher – Bess avec ses petits pas, James avec sa démarche vive, Donny qui levait et descendait le bras, Tom les mains dans les poches, et la petite Mémé qui se tenait encore si droite. Nous voici, tous ensemble, en train de construire un souvenir, se dit-elle. Elle savait que viendrait un jour où elle voudrait rappeler cette image à son esprit, cette rangée d'êtres aimés coiffés de chapeaux et emmitouflés dans leurs écharpes se promenant en ce Noël si particulier. Ils n'avaient jamais été réunis de cette manière auparavant, et Dakota savait qu'il était fort peu probable qu'ils le soient de nouveau. Sa vieille Mémé, encore si forte, souhaitait pourtant ralentir. Son père, oui, son propre père, voulait certainement commencer une autre vie, lui aussi.

« Qui sait où nous serons dans un an ? » murmura-t-elle pour elle-même, consciente qu'elle n'avait pas été capable d'anticiper les changements de l'année précédente, de son inscription à l'école de cuisine à la proposition de travail à Paris qu'une grande maison de couture avait faite à Peri.

« Que va-t-il arriver à la boutique ? À ma famille ? À moi ? » se demanda Dakota avec angoisse. Ça ne lui plaisait vraiment pas de n'en avoir aucune idée, de n'avoir aucun moyen de prédire l'avenir.

D'ailleurs, personne n'en était capable. Elle savait que souvent le changement se transformait tout simplement en perte. Et c'est quelque chose qu'elle ne connaissait que trop.

Elle vit son père tendre le bras, tandis que Mémé, qui continua à avancer de son pas bien décidé, acceptait son aide, dodelinant légèrement de la tête pendant qu'elle regardait le sol pour voir où elle mettait les pieds.

Elle se méfiait de la neige et du verglas.

Dakota vit Bess et Tom, plus affectueux que jamais, échanger un sourire complice. Bess tira sur la manche du manteau de son mari, et leurs doigts gantés s'entrelacèrent. Ils allaient repartir à zéro, supposa Dakota, libérés des contraintes de la ferme.

Et Donny, excité par sa nouvelle aventure, regardait autour de lui les habitants de Thornhill, qui bientôt seraient ses voisins, et peut-être, du moins l'espérait-il, ses amis.

Les musiciens étaient occupés à accorder leurs instruments, et de jeunes filles en robes écossaises distribuaient les programmes sur lesquels figuraient les titres des chansons et les paroles.

Des sièges avaient été installés sur la pelouse, et, comme dans tous les cinémas, des groupes de deux ou de quatre s'étaient placés de manière à laisser une chaise çà et là entre eux et les autres petits groupes. Il y avait plusieurs sièges vides, mais pas assez pour toute la famille. La petite troupe dut par conséquent se séparer.

« Je vais avec Dakota, dit Bess, qui ne manqua pas de surprendre sa petite-fille. J'ai fourré mon tricot dans mon sac à main. Vous pouvez aller devant, vous autres.

— Non, c'est moi qui vais m'asseoir avec Dakota, dit James. J'aimerais bavarder un peu avec elle. Je l'ai à peine vue depuis notre arrivée.

— Non, non, dit Bess. Vous pouvez la voir pratiquement quand vous voulez. Laissez-moi encore un tour. » Elle montra quelques sièges tout près. « Nous ne serons pas loin. »

« Alors, tu cherches quelque chose à Harrisburg, mamie ? demanda Dakota à Bess lorsqu'elles s'installèrent à leur place.

— Qui a parlé d'Harrisburg ? dit Bess. Non, j'ai vraiment envie de changement. Philadelphie, peut-être. Ou carrément Los Angeles, pourquoi pas ?

— Excuse-moi, mamie, mais tu n'as pas vraiment le profil pour vivre à Los Angeles, dit Dakota en regardant sa grand-mère aux cheveux gris dans son chemisier en dentelle colorée et son gros manteau noir.

— Je ne sais pas quel profil je veux avoir, dit Bess. Tout va dépendre des prix, bien sûr. Nous n'aurons certainement pas l'appartement de grand standing au Ritz, mais nous nous en sortirons. Je pourrais peut-être même me trouver un petit job.

— À ton âge ?

— Ton amie Anita a presque dix ans de plus que moi, jeune fille, dit Bess. Et tu ne trouves pas du tout bizarre qu'elle travaille encore quelques heures par-ci par-là.

— Oui, mais elle… » Dakota cherchait désespérément une expression non blessante.

« Peu importe ce qu'elle est, je peux être pareille, dit Bess, un peu vexée. Tu ne veux pas que ton arrière-grand-mère quitte sa maison pour aller dans un foyer pour vieux, mais tu es prête à me mettre à la retraite.

— Non, dit Dakota en ouvrant son programme. J'aime bien traîner avec toi en fait, mamie. C'est bizarre, mais parfois tu me rappelles maman. Il lui arrivait d'être impatiente, elle aussi.

— Je suis très patiente quand il le faut, dit Bess tandis que les premiers accords de *Douce Nuit* retentissaient. J'ai passé ma vie comme un petit rat des champs alors que je voulais être un rat des villes. Et maintenant, je peux faire tout ce que je veux.

— Mais qu'est-ce que tu veux exactement ? » demanda Dakota.

Bess se pencha vers elle d'un air conspirateur : « Malheureusement, je n'ai pas encore trouvé la réponse. »

Dakota comprit à la façon dont son père la regardait qu'il voulait qu'elle monte avec lui pour le trajet retour.

« Eh ! papa, dit-elle. Ça te dit que je vienne avec toi ?

— Super ! dit-il en affichant un sourire soulagé. J'ai pensé que nous pourrions parler.

— De moi ? » Dakota s'installa sur le siège passager.

« Bien sûr, dit son père. Qu'est-ce que tu as à me dire ?

— Non, dit Dakota d'un ton espiègle. Toi d'abord. Comment va ta nouvelle amie ? Madame Stonehouse ?

— Sandra, oui. Elle est bien, vraiment bien. Je parie que c'est ce que tu as pensé quand tu l'as rencontrée à l'hôtel.

— Elle m'a un peu impressionnée, dit Dakota. Mais cette illusion a vite disparu quand je vous ai vus vous embrasser.

— Je vais l'appeler ce soir, lui souhaiter un bon Noël, poursuivit James. Elle est partie chez ses parents.

— C'est très attentionné de ta part, papa, dit Dakota d'un ton un peu moqueur. Tu as peut-être enfin compris ce qu'était une relation. Ce n'est pas la peine de prendre la fuite et de réapparaître douze ans plus tard. »

James ne sembla pas particulièrement goûter son humour.

« Je ne peux pas réécrire le passé, dit-il. C'est la vie, Dakota. Ta mère est une partie de mon histoire. C'en est une autre. Ces relations sont différentes. Elles ne peuvent pas être comparées. Mais c'est sincère. J'ai des sentiments pour Sandra et j'aimerais que tu le reconnaisses.

— Certaines choses sont difficiles à reconnaître, papa. » Dakota regarda par la vitre tandis que la voiture descendait la route. Comme elle aurait aimé être au milieu des champs avec les moutons ; ou faire la vaisselle avec Mémé ; ou tricoter avec Bess ; ou jouer au Scrabble avec Tom et Donny. Elle aurait aimé être partout, sauf ici.

« Nous avons pris une décision, risqua James. Une décision importante.

— Oh non, pas vous deux ! » s'écria Dakota alors que James passait sans s'arrêter devant l'allée qui menait au cottage de Mémé. Le trajet allait être long, à l'évidence. « Laisse-moi deviner : nous allons avoir un triple mariage et je vais être la fille d'honneur pour cette noce aussi.

— Nooon, dit James en faisant traîner la syllabe. Je pensais que tu étais contente pour Anita. Pour Catherine.

— Je le suis, dit Dakota. Je suis contente, contente, contente. Mais tout arrive à la fois. Tous ces mariages. Et Roberto est revenu, et c'était vraiment gênant. Les anciennes amours doivent rester à leur place… Dans le passé, papa. »

James haussa les sourcils tandis que sa fille poursuivait sa diatribe. Il avait choisi de penser qu'il était l'exception qui confirmait la règle.

« Ensuite, on a eu droit à "Mangez ma bonne dinde, joyeux dernier Noël", parce que Mémé se débarrasse de la ferme. » Elle bougea sur son siège pour mieux voir son père. « Mémé pense qu'aller dans une maison de retraite revient à devenir capitaine d'une équipe pour le jeu de palets et n'a aucune idée à quel point la vie va être horrible pour elle là-bas. Donny est un… un… comment on dit déjà ? Un fils d'immigré qui revient au pays ? C'est fou ! Qui peut bien faire ça ?

— Ta mère voulait le faire, dit James. Elle avait ce rêve d'élever ses moutons pour les Pulls Walker.

— Mais au lieu de ça, elle est morte ! cria Dakota. Elle est morte et elle m'a laissée me débrouiller toute seule. Alors, ça reste complètement fou. Pourquoi est-ce que les choses ne peuvent pas demeurer là où elles sont le mieux ? » Elle prit une profonde inspiration.

« Le mieux pour qui ? demanda James d'une voix très calme.

— Pour moi ! Moi ! Moi ! hurla Dakota. Il y a déjà suffisamment de changements dans ma vie. C'est comme si tous mes filets de sécurité étaient en train de se déchirer. J'ai l'impression de courir les bras tendus pour attraper tout ce qui veut s'échapper, mais je n'y arrive pas. »

James dirigea la voiture vers le bord de la route et s'arrêta.

« Exprime-toi, dit-il. Crie ta colère.

— La ferme, papa », gémit Dakota. Elle avait envie de pleurer, mais aucune larme ne venait. Elle se sentait juste complètement vidée. « Je suis horrible, égoïste. Moi ! Moi ! Moi ! Qui agit de cette façon ?

— Pratiquement tout le monde, dit James. Mais tu es sans doute l'une des rares à le dire.

— Je suis même furieuse que papy et mamie laissent leur ferme, dit Dakota. Je ne vais pratiquement plus les voir. Et tu veux que je te dise quelque chose : je les aime, ces deux-là. Je sais que maman avait ses problèmes avec eux, mais il se trouve qu'elle était exactement comme mamie Bess. Elle avait des accès de colère presque aussi souvent qu'elle était de bonne humeur.

— C'est un trait de caractère qui s'est transmis de génération en génération, dit James calmement. Un trop-plein d'émotion. Mais en général, l'orage passe rapidement.

— Ah ! ah ! Papa, dit Dakota en posant la tête sur son épaule. J'ai l'impression de n'avoir aucune prise sur la situation, c'est mon problème.

— Tu vas t'habituer, dit James. C'est un peu ce qui caractérise l'âge adulte.

— Et maintenant ? » demanda-t-elle.

James posa un baiser sur sa tête. « Nous allons encaisser tout ça, dit-il. Mais Sandra et moi allons emménager ensemble au printemps.

— Tu es sûr ?

— Qu'est-ce que tu veux savoir ? Si je suis sûr que nous allons vivre ensemble ou si je suis sûr de mes sentiments pour Sandra ?

— Les deux », dit Dakota. Elle aimait être assise ici, la joue posée contre l'épaule de son père qui embrassait sa tête.

— Eh bien, c'est ma réponse pour les deux, dit James. Je suis sûr. »

Il lui dit que Sandra était drôle et intelligente, et qu'elle faisait d'excellents pains perdus.

Qu'ils s'étaient connus à Paris, mais qu'ils n'étaient jamais sortis ensemble jusqu'à ce qu'elle soit mutée, un an auparavant, et qu'elle n'avait pas cru – jusqu'à ce qu'elle le revoie – aux rumeurs selon lesquelles James Foster avait abandonné sa nonchalance pour devenir un père dévoué.

« Tu es en train de me dire que c'est grâce à moi que tu as une amie sérieuse ? demanda Dakota. Beurk.

— Je suis plus attentif et dévoué qu'autrefois, dit James.

— Écoute, papa, ne le prends pas mal : j'ai compris que tu étais un vrai séducteur autrefois. Mais d'abord, tu as pratiquement cinquante ans. Et deuxièmement, je n'ai pas envie de savoir. Tu ne peux pas imaginer à quel point je n'ai pas envie de savoir. » Elle fit mine de se couvrir les oreilles.

« Je comprends, dit James. Mais ce n'est pas parce que je vais m'installer avec Sandra que je ne suis plus ton père.

— Oui, je sais, dit Dakota. Grande question. Que va devenir ton appartement ? »

James laissa échapper un petit rire.

« Je suis content de voir que tu vas mieux. Je ne vais pas le mettre sur le marché tout de suite, si c'est ce qui t'inquiète, dit-il. Tu peux y rester au moins jusqu'en septembre, plus longtemps probablement.

— Papa, dit Dakota qui avait retrouvé son sérieux. Si tu veux que ta nouvelle histoire d'amour marche, tu ne peux pas t'accrocher à ton appartement indéfiniment, car tu risquerais d'envoyer le mauvais message à ta compagne, genre : j'attends de voir ce qui se passe. Même moi, je sais ce que ça sous-entend. Et si tu le louais ? À quelqu'un comme moi, par exemple.

— Eh bien, je sais que tu ne peux pas payer le loyer, dit James. C'est moi qui paie tes factures, tu te souviens ? Et je me demandais quelle serait ta réaction.

— Je pourrais payer le loyer si j'avais des colocataires, dit Dakota. Et je passe la semaine en résidence universitaire de toute façon.

— La plupart des jeunes de vingt ans ne gardent pas de pied-à-terre, tu sais, fit remarquer James.

— C'est vrai, dit Dakota. Bon, remettons cette partie de la conversation à plus tard. Ne dis pas non tout de suite.

— Si tu veux, concéda James surtout pour ne pas perdre son sens de l'équilibre. Je sais que ce déménagement est un changement important. Comment te sens-tu ? »

Dakota regarda son père. D'un côté, elle venait d'exprimer sa frustration et ses sentiments. Elle pouvait peut-être lui dire à présent qu'elle souhaitait son bonheur.

C'était vrai. Théoriquement. Mais de l'autre, il était sans doute préférable qu'elle soit tout simplement honnête.

« Je suis un peu mal à l'aise, reconnut-elle. Je ne veux pas. Je n'ai rien contre l'idée d'une relation sérieuse, en théorie. Mais en réalité…

— Tu vas apprendre à connaître Sandra, petit à petit, dit James. Personne n'a dit que vous deviez forcément être les meilleures amies du monde.

— Je suis impatiente de l'annoncer à Catherine. Je me demande ce qu'elle va dire de tout ça.

— Oh ! je ne sais pas. Elle comprendra certainement à quel point c'est compliqué. Après tout, Catherine va épouser un homme qui a un passé, des souvenirs. Elle va devenir la belle-mère de ses enfants. »

Dakota plissa les yeux d'un air suspicieux. « Tu n'es quand même pas en train d'établir un parallèle ? Parce que je n'ai aucunement besoin d'une belle-mère, au cas où il y aurait la moindre confusion à ce propos, s'empressa-t-elle de dire. Dans tous les cas, je ne veux pas que Sandra Stonehouse s'imagine qu'elle va devenir ma nouvelle meilleure amie.

Qu'elle ne croie pas qu'elle va pouvoir traîner avec moi, aller faire du shopping…

— Non, dit James, parce que c'est moi son meilleur ami. Certes, nous n'allons pas faire du shopping ensemble. Mais je suis quasi certain que je remplis néanmoins les conditions pour être son meilleur ami.

— Cette histoire d'emménagement ne cache pas autre chose ? hasarda Dakota. Du genre, tu m'invites à un barbecue et comme par hasard il y a un pasteur et hop ! vous vous mariez ?

— Attends, Dakota, dit son père. J'essaie juste de comprendre.

— Je ne veux pas que Sandra – ou toute autre de tes amies, ce n'est pas elle en particulier que je vise – se méprenne sur la nature de la relation que nous aurons, expliqua Dakota. Je veux qu'elle comprenne que j'ai une mère. Qui était mon amie. Qui est encore mon amie, tu sais ? Alors, je n'ai pas besoin de quelqu'un qui endosse un rôle de mère de substitution juste pour être dans tes petits papiers.

— Sandra est déjà dans mes petits papiers, dit James. Et d'après ce que j'ai compris, tu t'estimes trop vieille pour avoir besoin de parents. Je me demande bien ce qu'il va advenir de ton vieux père, dans ce cas.

— Je le garde, dit Dakota en lui donnant un petit coup sur l'épaule. Dans l'attente de ta réponse concernant la location de ton appartement.

— Alors, tout va bien entre nous, dit James qui

ne voulait pas remettre le sujet de l'appartement sur le tapis.

— Mais oui, tout va toujours très bien entre nous, papa. Même s'il y a quelque chose en moi qui aimerait que nous puissions être une vraie famille. Toi, maman et moi.

— Je ne crois pas que ce sentiment parte un jour, reconnut James. Mais nous ne saurons jamais vraiment ce que cela aurait été, nous n'avons aucun moyen non plus d'influer sur le passé. Et finalement, je pense avoir trouvé une nouvelle façon d'être heureux alors que je n'y croyais plus.

— Eh bien, vas-y, dit Dakota en soupirant. Et nous trouverons bien un moyen de nous en sortir. C'est ce que maman disait toujours quand j'avais un problème. »

L'odeur du sapin était apaisante, elle emplissait son nez et ses poumons. Dakota était allongée sur le dos sous le sapin de Noël ; la guirlande lumineuse clignotait encore, même si tout le monde était allé se coucher.

Elle avait passé un bon Noël. Beaucoup de tartelettes et un iPod de la part de son oncle Donny, une couverture d'album photo tricotée que Mémé avait envoyée d'Écosse, et une veste chère sortie d'un magasin branché offerte par James. Monsieur le Père Mystérieux.

Un bon butin.

Dakota sentit que quelqu'un lui pinçait le gros orteil.

« Eh ! ma petite reine des muffins, tu vas passer la nuit là-dessous ? demanda Georgia avant de se glisser sous les branches du sapin pour rejoindre sa fille. C'est vrai que ce n'est pas du tout pareil vu d'ici. Pas mal du tout.

— Ouais, dit Dakota en tendant le bras pour toucher les aiguilles. Je n'ai pas envie d'aller au lit.

— Quel dommage tout de même que Noël soit déjà passé, que cette journée ait une fin ! » dit Georgia. Elle voulait prendre la main de Dakota, mais connaissait trop bien sa fille – bientôt adolescente – pour s'aventurer à tendre le bras vers elle.

— J'ai attendu Noël toute l'année, maugréa Dakota. Et ensuite, ça ne dure qu'une journée, une bonne journée, mais juste une.

— La déception après l'effervescence, c'est ça.

— Ça me rend un peu triste, oui, reconnut Dakota.

— Eh bien, il y aura un autre Noël l'année prochaine », dit Georgia, cédant soudain à son envie de se blottir contre sa fille. Miraculeusement, Dakota ne bougea pas. Georgia eut même le sentiment qu'elle se pencha vers elle, juste un tout petit peu.

— Mais ça ne sera pas la même chose, dit Dakota. Je serai plus vieille. Je serai une adolescente.

— Ça ne fait rien, insista Georgia. Tu seras toujours ma reine des muffins. Tu le seras encore à cinquante-deux ans. Et même à quatre-vingt-deux.

— Ne te moque pas, maman, dit Dakota.

— D'accord, dit Georgia couchée à côté de sa fille, s'imprégnant de l'odeur enivrante du sapin et des couleurs de la guirlande lumineuse. Je ne me moque pas. Nous trouverons un moyen de nous en sortir. Nous allons rester ici, tout simplement. Toute la nuit. Comme ça, notre Noël parfait n'aura pas à se terminer. »

Le Nouvel An

C'est le plus prometteur des lendemains : un instant synonyme de renouveau et de résolutions. L'ivresse de pouvoir recommencer à zéro, d'écrire une nouvelle page de sa vie où il n'y a pas encore d'erreurs. Il en va de même avec chaque nouvel ouvrage que l'on entreprend : le fil à tricoter est encore vierge, et tout est possible. Prenez vos aiguilles. C'est le seul moyen de savoir quel sera le résultat.

16

Même si les météorologues avaient parlé d'une tempête de neige, les rues de la ville étaient parfaitement sèches – pas la moindre trace de neige ni de boue – lorsque Dakota et James rentrèrent d'Écosse. Une bonne chose vraiment, car Dakota ne pouvait pas se permettre de traîner : elle devrait se rendre dans les cuisines de l'école dans quelques heures pour mélanger toutes sortes de pâtes avec ses camarades de promotion qui l'aidaient dans son projet de mignardises pour le mariage.

Le mieux, c'est qu'elle devait reprendre le train pour Manhattan le lendemain soir pour un enterrement de vie de jeune fille le 31 décembre.

Une petite fête financée par Marty, mais organisée par Peri et KC. Les hommes devaient de leur côté participer à une dégustation de whisky régional dans l'appartement de James.

C'était beaucoup, songea Dakota, pour une fille qui n'avait jamais été invitée à un seul mariage auparavant.

« Et en plus, tu vas être deux fois demoiselle d'honneur ! » cria Catherine, en jarretelles et bustier dans la grande cabine d'essayage, tandis que Dakota attendait sur un banc près du miroir à trois faces. Catherine avait acheté une robe « prête à porter » dans une maison de haute couture de la Madison Avenue et avait déboursé une somme exorbitante pour faire effectuer les quelques retouches nécessaires à temps. Aidée de la vendeuse, elle enfila la robe avec précaution. « Quelle merveilleuse façon de fêter le Nouvel An ! Je vais me marier ! »

Dakota s'était habituée aux exclamations de Catherine qui sortaient de sa bouche à une fréquence alarmante, et cela ne faisait qu'une demi-journée qu'elle était avec elle.

Elles avaient revu la répartition des places avec Anita et avaient eu une longue discussion à propos des centres de table pour savoir si le fleuriste devait les faire encore plus grands ou non.

Dakota avait décidé qu'il valait mieux se contenter de dire « mmm, mmm » aussi souvent que possible plutôt que de donner son avis. Sa stratégie eut l'air de fonctionner : après tous les bavardages, tout resta exactement comme elles l'avaient décidé au départ.

« Ça te stresse ? demanda Catherine en passant la tête par l'embrasure de la porte de la cabine avant de disparaître à nouveau. Je sors dans une seconde.

— Tu sais, dit Dakota, pour une fois dans ma vie, je me sens étonnamment calme. Pourtant, je n'ai jamais eu autant de choses à faire, et mon stage au V commence le 2 janvier. Mais ça fait bien longtemps que je n'avais plus eu le sentiment de contrôler aussi bien la situation.

— On dirait que ta visite chez Mémé t'a fait du bien, dit Catherine. Ça m'a aidée à inverser le cours de ma vie, à l'époque.

— Et regarde-toi maintenant, dit Dakota lorsque Catherine sortit de la cabine d'essayage et se dirigea vers le miroir. Tu es superbe.

— Ne dis à personne à quoi je ressemble, supplia-t-elle. Je veux que ça soit une surprise. Parce que je me marie !

— C'est ce que j'ai cru entendre, dit Dakota en haussant les sourcils. Est-ce que l'effet des fiançailles et du mariage est le même que celui des drogues ? Tu as toujours l'air heureuse maintenant. Ça ne peut pas être normal !

— Je sais, dit Catherine. C'est incroyable. »

Son premier mariage avait été lui aussi un véritable tourbillon : un compte à rebours misérable jusqu'au grand jour, qu'elle n'avait pas vraiment eu la possibilité de préparer, ballottée qu'elle était entre les lubies d'Adam et l'insistance de sa future belle-mère pour organiser une fête digne de son rang.

Même si elle détestait Catherine. Oh ! Catherine était follement heureuse, bien sûr.

Surtout parce qu'elle n'avait aucune idée de ce qui l'attendait. Elle rêvait d'un avenir imaginaire et d'un bonheur à venir.

À présent, elle savait que le véritable amour se trouvait quelque part entre l'attention portée à une enfant fiévreuse et les balades dans les vignes chaussée de bottes en caoutchouc et munie d'une lampe torche pendant que son amoureux vérifiait l'état des raisins. Quelque part dans le monde réel. Et si elle se laissait aller à se faire plaisir, si elle cédait au syndrome de la bridezilla, ce n'était que pour une courte période.

Catherine avait envie d'étreindre toutes les personnes qu'elle rencontrait et de les encourager à tomber amoureuses. Elle n'avait jamais passé d'aussi bonnes fêtes de Noël, pensa-t-elle tout en tournant sur elle-même sur l'estrade devant le miroir.

Elle avait reçu les Toscano – euh, sa future famille, il fallait qu'elle arrête de penser à eux comme à une entité séparée – ainsi qu'Anita, Marty, Sarah et Enzo. Huit personnes en tout, et Catherine, qui voulait qu'elles se sentent chez elles, avait tenté de faire un panettone elle-même... C'était un début. Elle ferait mieux l'année prochaine.

Comme il restait fort peu de temps avant la date fatidique, Catherine et Anita se voyaient tous les jours pour préparer le mariage. (Euh, oui, c'était certes un peu étrange de s'occuper de l'organisation du mariage de quelqu'un d'autre et de devenir ensuite une future mariée soi-même.)

Catherine avait passé aussi beaucoup de temps dans les boutiques, avait acheté du gloss et de jolis pulls pour Allegra, et un blouson d'aviateur en cuir pour son futur beau-fils, Roberto, pilote en herbe. Elle avait tellement acheté de choses pour les enfants, sans oublier quelques babioles pour Sarah et Enzo, que ce n'est que lorsque Marco lui offrit une bague avec un diamant taillé en coussin que Catherine réalisa qu'elle n'avait même pas pensé à lui prendre un cadeau.

« C'est bon signe », lui avait-il dit plus tard, alors qu'elle s'excusait une fois encore. Et il était sincère. Marco fut en effet rassuré de constater que, tout comme lui, sa future femme pensait d'abord à ses enfants.

Encore deux jours, pensa Catherine, et elle le verrait l'attendre tandis qu'elle avancerait, seule, vers l'autel.

Dakota consulta l'heure sur son portable tout en montant les marches de la station de métro. Elle marcha jusqu'à la boutique Walker & Fille.

Elle voulait revoir avec Peri les comptes des fêtes de Noël, mais aussi tout simplement lui rendre visite. Bien sûr, elle avait des centaines de minuscules gâteaux à préparer et elle ne pourrait pas rester longtemps. Peri était en train de préparer des sachets contenant de petits cadeaux, tels que des bougies, des chocolats, des loups et des pantoufles tricotées quand elle arriva.

« De petits présents pour notre soirée entre filles, expliqua-t-elle.

— Voilà qui me plaît, dit Dakota en regardant dans le sachet. Mais quelque chose me dit que je devrais m'inquiéter. Connaissant KC, je parie qu'elle a invité un tas d'hommes nus qui viendront exhiber leurs attributs devant nous. »

Peri se mit à rire. « Bien sûr, parce que c'est exactement ce qu'Anita et Sarah veulent voir, dit-elle. Non, même Silverman sait qu'il y a des limites à ne pas franchir. Bien sûr, si Catherine était la seule à se marier, nous serions toutes dans un club de strip-tease à Las Vegas en ce moment. »

Dakota fit signe à quelques fidèles clientes qui tricotaient autour de la table tandis qu'elle rôdait derrière la caisse.

Le comptoir était le poste d'observation idéal pour apprécier la boutique dans sa totalité, les rangées de fils à tricoter représentant toutes les couleurs de l'arc-en-ciel, la lumière qui entrait à flots par les grandes fenêtres, les étagères de rouge et vert et de bleu et blanc un peu vides après les nombreuses ventes pendant la période des fêtes.

Elle sourit en voyant la photo en noir et blanc où elle posait aux côtés de sa mère.

Elle avait été prise des années auparavant et était accrochée bien en évidence sur le mur.

« Alors, Peri ? demanda-t-elle. Tu penses que la boutique va te manquer ?

— Euh, balbutia Peri. Comment sais-tu que j'ai décidé d'accepter le poste ?

— Parce que c'est la décision la plus sage, répondit Dakota. Et parce que c'est Paris. Et bientôt, ça sera Peri Pocketbook dans le monde entier. Il faut que tu tentes ta chance. Tu le regretteras si tu ne le fais pas.

— J'ai peur, dit Peri. Je vais céder mon bébé, ma société. Bien sûr, je serai présidente de Peri

Pocketbook, mais ce ne sera qu'une filiale de la maison de couture. En plus, on m'a demandé de superviser toutes les collections "tricots".

— C'est beaucoup, dit Dakota. Mais tu as l'habitude d'encadrer une équipe. Nous avons des employées à temps partiel dans la boutique. Ton nouveau job sera juste à une échelle plus importante. Tu es donc la personne idéale pour ce poste.

— Je n'ai pas parlé un mot de français depuis l'université, poursuivit Peri.

— Procure-toi ces petites cassettes, dit Dakota. Il te suffit d'apprendre comment avoir l'air mystérieuse et glamour, et personne ne devinera que tu n'es pas française.

— Tu es en train de sous-entendre que je ne suis pas glamour, en ce moment ?

— Bon, d'accord, encore plus glamour, alors ! » Dakota leva les bras. « Qu'en est-il de ton petit ami ? C'est toujours l'homme de ta vie ?

— Je l'ai plaqué dès que je suis rentrée de chez mes parents à Noël, dit Peri. Le comportement qu'il avait eu pour le repas de Thanksgiving m'avait déjà prodigieusement agacée. Et ensuite, une de mes amies m'a appris qu'il avait mis à jour son profil sur le site de rencontres en ligne par lequel nous nous sommes rencontrés… Il avait inscrit qu'il était célibataire.

— Oups, dit Dakota.

— Pas oups, dit Peri. Parce qu'il m'a appelée le même jour pour me dire qu'il m'aimait. Et non, contrairement à Christina Aguilera, il ne m'a pas dit viens… parce que tout ce que je veux, c'est toi. C'est là que j'ai compris.

— Pardon ?

— Qu'il ne pouvait pas résoudre le conflit entre ce qu'il voulait vraiment et ce que sa mère exigeait, dit Peri. J'ai donc appelé Lydia Jackson et j'ai accepté le poste. J'avais au bout du compte plus envie de Paris que de Roger… Voilà qui résume en gros la situation.

— Une sage décision, commenta Dakota. Alors, avoue : tu n'es pas un peu excitée à l'idée d'aller vivre à Paris ?

— Je suis aux anges, dit Peri. Mais je m'inquiète pour la boutique. Pour Georgia. Que penserait-elle ?

— Elle ferait tes bagages à ta place, dit Dakota. Et si je le sais, c'est parce que j'allais monter chez toi et faire la même chose, si tu t'étais dégonflée.

— Et toi ? demanda Peri en fronçant les sourcils. C'est encore ce qui m'inquiète le plus.

— Je vais bien, vraiment bien, en fait, dit Dakota. Je vais racheter ta part de la boutique.

— Tu vas la racheter ? Mais comment ? demanda Peri.

— Je n'en suis pas encore sûre, reconnut Dakota. Mais j'ai un plan.

— Tu sais, je pourrais très bien refuser de vendre.

— Bien sûr, dit Dakota. Tout ça pour m'épargner des dépenses, je n'en doute pas. Mais je vais te faire une offre intéressante dans un avenir proche. En attendant, nous nous débrouillerons, n'est-ce pas ?

— Tu sais quoi ? dit Peri en serrant Dakota dans ses bras. Tu vas me manquer. Tu es ma petite sœur, mon associée, ma meilleure copine…

— Eh ! je ne m'en vais nulle part, dit Dakota en l'étreignant à son tour. C'est ici ma maison. Avec la boutique. Le café et mes recettes. Le catalogue de modèles de ma mère et ses dessins. C'est ce que je dois faire. C'est pourquoi je serai toujours là. »

Le code vestimentaire sur les invitations à l'enterrement de vie de jeune fille était très clair : pyjamas uniquement. Pantoufles en option. Le Club des tricoteuses du vendredi soir s'offrait une soirée pyjamas.

« Eh bien, je n'avais jamais entendu parler de ça », dit Sarah tandis qu'Anita emmitouflait sa sœur, vêtue d'un pyjama bleu marine à rayures, dans son gros manteau d'hiver. Elles se trouvaient toutes deux dans une voiture avec chauffeur.

« On ne sait jamais à quoi s'attendre avec ce club », dit Anita qui portait un vieux bas de survêtement de Marty et un t-shirt. Personne n'avait besoin de savoir… dans quoi elle dormait en réalité. « J'espère que quelqu'un a pensé à prendre des coussins pour le sol de la boutique. »

Pourtant, la voiture ne les emmena pas chez Walker & Fille. Toutes les voitures qui étaient allées chercher les invités arrivèrent presque en même temps au lieu où devait se tenir la soirée. Un endroit tenu secret jusqu'au bout. Un hôtel adorable surplombant le cœur même de la ville. Que rêver de mieux pour le dernier jour de l'année ?

« Nous sommes à Times Square ! » cria KC dans le hall tout en distribuant les sachets de cadeaux que Peri avait confectionnés. Elle était ravie, car tout fonctionnait comme prévu grâce au généreux parrainage de Marty qui avait rendu cette soirée possible. KC fit un clin d'œil à Anita et à sa sœur. « Les strip-teaseurs arrivent après minuit. De gros hommes nus !

— Vraiment ? » demanda Sarah qui en avait le souffle coupé. Elle serra instinctivement l'encolure de son manteau.

« Non, dit Anita en secouant la tête. Pas vraiment. »

Elle franchit le seuil de la suite de l'hôtel qui avait été réservée, une chambre remplie de ses amies les plus chères, vêtues de vêtements de nuit, et grignotant de minuscules toasts au saumon fumé et des fraises trempées dans du chocolat.

« Punch au champagne », dit Dakota qui portait une chemise de nuit rouge recouverte de bonshommes de neige multicolores. Elle tendit un verre de liquide pétillant à Anita et Sarah :

« Ce sont les premières gouttes d'alcool que je bois depuis que j'ai arrêté d'allaiter Cady et Stanton. J'en suis déjà à mon troisième verre.

— Vas-y doucement, jeune maman, dit Anita. Je veux que toute la famille soit présente au mariage demain.

— Mais nous y serons tous, dit Darwin qui se mit à bégayer dans son enthousiasme. C'est le premier mariage des jumeaux, et j'ai choisi des tenues parfaites. Ils seront trop mignons sur les photos.

— Qu'est-ce que je t'ai dit quand tu as appelé ? la réprimanda Anita.

— Qu'il faut que je profite de ces instants de bonheur, dit Darwin. Et non que j'essaie de les capturer pour les mettre sous clé. » C'était un conseil difficile à suivre. Une fois de retour du New Jersey, où elle avait fêté Noël avec ses parents (et la mère de Dan, toujours aussi difficile), elle avait passé des heures et des heures à télécharger les photos du deuxième Noël des jumeaux. Même Dan ne parvint pas à la faire décoller de l'ordinateur.

« Il faut que j'enregistre tout, pour que nous ne perdions rien ! » dit-elle d'un air implorant, secrètement soulagée lorsque Dan finit par laisser tomber. Elle n'alla même pas le rejoindre lorsqu'il donna le bain aux enfants ce soir-là, tout occupée qu'elle était à déplacer la souris, à cliquer, à écrire des légendes sous les photos de Cady en train de déchirer le papier-cadeau et de Stanton grimpant dans une grosse boîte en carton. Darwin imaginait justement un Noël, dans un avenir lointain, où Dan et elle s'amuseraient en regardant les photos des jumeaux, devenus adultes depuis, et pourquoi pas parents, lorsqu'elle entendit Dan crier.

Elle sut immédiatement que les jumeaux étaient en train de se noyer.

Arrachant dans sa panique la souris de l'ordinateur, elle la garda machinalement à la main lorsqu'elle se précipita vers la salle de bains.

Elle franchit le seuil à toute vitesse et se mit à glisser dans tous les sens sur le sol mouillé, à la grande joie de ses jumeaux de vingt mois qui gloussaient et s'éclaboussaient.

« Personne ne se noie ? cria-t-elle en laissant tomber la souris et en montant pratiquement dans la baignoire pour rejoindre les enfants.

— Non, dit Dan, toujours agenouillé près de la baignoire à l'endroit où il s'était installé pour laver les enfants. Mais tu viens de passer à côté de leur première phrase complète parce que tu étais trop occupée à classer les photos de la semaine dernière. Qu'est-ce que vous venez de dire ?

— Lave-moi, papa ! cria Stanton en tentant de se lever, mais encouragé doucement par Dan à se rasseoir sur son postérieur.

— Lave-moi pied, dit Cady en approchant son peton de Darwin. Lave-moi pied. »

Et Darwin s'assit sur le sol mouillé à côté de son mari.

« Je crois bien que j'ai cassé l'ordinateur, dit-elle à Dan.

— Tant mieux, dit-il. Parce que sinon j'allais m'en charger. »

Darwin leva le doigt vers Anita. « Désormais, je vais prendre les choses comme elles viennent, dit-elle. Je m'améliore. J'essaie. »

Catherine vint les rejoindre, son visage recouvert d'une épaisse couche de crème blanche, Lucie à ses côtés.

« Essayez ça, les filles ! Je suis en train de rajeunir de plusieurs années, insista-t-elle. C'est de la crème à base de coquilles d'huîtres broyées de la Côte d'Azur. » Elle avança pour parler à Peri qui, avec la bénédiction de Dakota, venait d'annoncer son nouveau poste.

Catherine insistait déjà pour que le club entreprenne un nouveau « voyage d'études ».

« En fait, ce n'est pas de la coquille d'huître, expliqua Lucie à Darwin et Anita. Je lui ai juste dit ça parce que je savais qu'elle adorerait. C'est de la crème de beauté Pond avec une goutte d'extrait de vanille. »

Elle but une gorgée de son punch et montra une femme grassouillette qui était en train de se faire vernir les ongles des orteils en rouge vif.

« J'ai appliqué le même masque à ma mère Rosie, là-bas, dit-elle à Anita. Elle va bien. Le docteur dit que les médicaments permettent de la maintenir dans un état mental stationnaire.

— Elle ne retrouvera pas la mémoire qu'elle a perdue, poursuivit Darwin, mais la démence progresse moins vite.

— Et sinon, elle est dans un état physique tout à fait satisfaisant, ajouta Lucie. Alors, je vais essayer de moins m'inquiéter.

— Pas ce soir, en tout cas, dit Anita. Nous fêtons la vie et l'amour ce soir. »

Dispersées dans la suite de l'hôtel, les femmes du Club des tricoteuses du vendredi soir et leurs amies discutaient et gloussaient, se mettaient du vernis à ongles, appliquaient des masques sur leur visage et sirotaient des boissons aux fruits avec de minuscules ombrelles en papier en haut des verres.

« Eh ! dit Dakota en ouvrant et refermant la sienne. Je suppliais ma mère de m'en acheter pour ma jolie Barbie Anita. » Elle prit une cuillère propre, posée à côté du plateau de fromages et de fruits, et la tapa contre son verre jusqu'à ce que le silence se fît… plus ou moins.

« En tant que fille d'honneur des deux futures mariées, j'aimerais porter un toast à mes chères amies, Anita et Catherine. Ça n'arrive pas tous les jours qu'une fille de vingt ans comme moi ait pour meilleures amies deux… nanas de vingt-neuf ans.

— Mon Dieu, elle a lu mon certificat de naissance, dit Anita en feignant d'être horrifiée.

— … mais vous avez été toutes deux de véritables piliers dans ma vie pendant des années et encore aujourd'hui, et je suis vraiment heureuse que vous ayez enfin trouvé quelqu'un d'autre à harceler ! » Dakota se mit à rire avec les autres, puis leur fit signe de se taire à nouveau.

« Plus sérieusement, il est bon de se souvenir que ma défunte mère a joué un rôle certain dans vos histoires d'amour à toutes les deux, dit Dakota. Anita, tu es le genre de femmes à t'arrêter lorsque tu vois une jeune fille pleurer sur un banc dans un parc. Gentiment. Avec sincérité. Et le destin, Dieu, ou je ne sais qui, a dû remarquer. Parce que la jeune fille finit par vivre dans un appartement deux étages au-dessus du *deli* de Marty où tu t'arrêtes tous les matins pour prendre ton café avant de monter jusqu'à la plus belle boutique de fils à tricoter à l'angle de Broadway et de la 77e Rue. Au terme d'une longue réflexion, Marty et toi finissez par sortir ensemble après dix ans de propos échangés sur le nombre de sucres dans ton café, puis vous décidez d'officialiser votre union après sept ans de vie commune…, soit dit en passant. C'est plus qu'une coïncidence. C'est magique. C'était écrit.

— Exactement ! s'écria Catherine.

— Quant à toi, Catherine, dit Dakota. Tu es une aventurière, une rêveuse et, malgré un ou deux écarts, une amie loyale. Si tu as rencontré Marco, c'est parce que tu voulais ouvrir un bar à vins à côté de ta boutique d'antiquités. Et si tu as ouvert cette boutique, c'est parce que ma mère t'a donné le bon gros coup de pied aux fesses dont tu avais tant besoin.

— C'est vrai aussi, approuva Anita en agitant le doigt.

— Par conséquent, c'est aussi au nom de ma mère que je porte ce toast. Je lève mon verre à ces deux femmes et à leurs futurs époux. Je vous souhaite tout le bonheur du monde. Vous le méritez et il est vraiment temps, mesdames, si je puis me permettre. »

Dakota leva son verre, et toutes les personnes présentes l'imitèrent pour féliciter les futures mariées.

Le groupe savourait la dernière nuit d'une année capitale tout en regardant la foule se rassembler à Times Square juste au-dessous.

« Venez, les filles ! cria KC en leur faisant signe de s'approcher toutes de la grande fenêtre panoramique. Le grand moment est arrivé. » Même si l'étage auquel elles se trouvaient était bien au-dessus de la rue, elles entendaient les gens (combien étaient-ils dans les rues ? Un million ou plus) chanter, participer au compte à rebours pendant que la boule descendait et que la nouvelle année commençait officiellement.

« Neuf, huit, sept, six… »

Les femmes en pyjama se mirent à décompter elles aussi – certaines avaient passé le bras autour de la taille des autres – et elles se mirent à danser en scandant : « Cinq, quatre, trois, deux, un… Bonne année ! »

Dakota regarda les femmes s'embrasser sur les deux joues, s'étreindre et trinquer au champagne. Elle leva son verre, elle aussi, mais resta un peu en arrière pour observer.

Elle avait prévu de faire tellement de choses lors de l'année écoulée, mais, après trois cent soixante-cinq jours, force était de constater qu'elle n'était pas parvenue à réaliser tous ses projets.

Le catalogue de modèles était toujours en suspens, par exemple. Quant à la rénovation de la boutique…, elle ne l'avait pas commencée. Elle soupira.

« Il te suffit de faire passer sur la liste de cette année ce qui est encore d'actualité, murmura Anita en s'approchant de sa chère Dakota et en glissant un bras autour de sa taille. Tu saurais vraiment faire des miracles si tu avais accompli tout ce que tu avais prévu de faire.

— Je vois que tu sais toujours aussi bien lire dans mes pensées, constata Dakota.

— À moins que toutes les femmes n'aient le même sentiment en cet instant, dit Anita en regardant les flocons blancs devant la fenêtre. Regarde : la neige a fini par tomber. Juste à temps pour faire disparaître l'année écoulée et nous emmener dans la nouvelle. »

17

La neige avait continué à tomber toute la nuit, recouvrant la ville et les fêtards du Nouvel An d'un manteau blanc. Anita et Sarah étaient allées dormir dans la chambre de la suite pendant que la soirée pyjamas se poursuivait.

Elles voulaient être suffisamment reposées pour la cérémonie religieuse et la réception qui allait suivre.

Catherine, qui avait insisté pour que chaque femme essaie le masque à la coquille d'huître de Lucie, avait fini par s'endormir sur le canapé.

« Je n'en reviens pas, dit Dakota. Le jour du mariage est enfin arrivé. » Elle était assise avec Lucie, KC et Peri. Darwin était tombée comme une masse et dormait depuis longtemps. Elle parvenait tout juste à rester éveillée après minuit. (« C'est les enfants, expliqua Lucie. Tant qu'ils n'ont pas six ans, les nuits de sommeil sans interruption ne sont pas garanties. ») Dakota savait que ses camarades de classe – comme des traiteurs professionnels – avaient loué un véhicule pour apporter les mignardises qu'ils avaient passé une grande partie de la journée de la veille à décorer avec de la crème au beurre et du glaçage au chocolat. Tout ce qu'il lui restait à faire à présent, c'était de s'assurer que les futures mariées ne perdent pas leur sang-froid et se tiennent comme il faut. Et surtout ne pas oublier de prendre une trousse à pharmacie contenant du vernis à ongles pour les bas filés, des bonbons à la menthe, des peignes, de la laque pour les cheveux, des pansements adhésifs et des mouchoirs en papier.

« N'oublie pas les tampons pour Catherine, dit KC. On ne sait jamais…

— Tu as raison, dit Dakota en les ajoutant à la liste qu'elle avait en tête. Est-ce que tes mariages se sont passés comme ça, KC ?

— Je dirais plutôt comme le mariage d'Anita d'octobre qui n'a pas eu lieu, dit KC. Beaucoup de bruit pour pas grand-chose.

— Alors, qu'est-ce qui se passe avec Nathan ? demanda Lucie lorsque Darwin se mit à ronfler bruyamment sur sa gauche. Je veux que vous sachiez que, quand j'entendais ce bruit à travers la cloison, je pensais que c'était Dan. Mais, apparemment, c'est notre professeur qui a un septum dévié.

— Nathan va nous causer des problèmes, dit Dakota. C'est ce qu'il a fait à chaque tentative.

— Je croyais que ses fils allaient la conduire à l'autel, dit Peri.

— C'est Benjamin et David, expliqua Dakota. Nathan ne parle plus à personne. D'après Anita.

— Elle va encore faire marche arrière, dit KC. Reconnaissons-le : nous avons toutes peur.

— Marty a posé une seule condition pour cette soirée pyjamas, dit Peri. Aucun homme ne devait y être admis et surtout pas un dénommé Nathan. Et l'endroit de la soirée devait être gardé secret. Lors du dernier mariage, il l'a harcelée la veille au soir pour qu'elle renonce à son projet.

— Ce n'est plus un mariage, fit remarquer Dakota. C'est une mission top-secret.

— Alors, qu'est-ce qu'on fait ? demanda Lucie. Anita a toujours été là pour nous. Il faut que nous soyons là pour elle aussi.

— Nous pourrions nous introduire dans sa chambre et changer l'heure de son réveil et de sa montre pour qu'il rate la cérémonie, suggéra Peri.

— Tu sais où il loge ? demanda KC avec impatience. Parce que je pourrais crocheter une serrure.

— Non, dit Peri. C'était juste une idée.

— Nous devrions changer le lieu du mariage sans le prévenir, proposa Dakota.

— Mais bien sûr, dit Lucie. Comme ça, nous perdrons la moitié des convives à cause du changement d'adresse, et l'autre à cause de la neige.

— Attendez, dit KC. Ne changeons pas le lieu de la cérémonie. Changeons plutôt l'adresse à laquelle le chauffeur du service de location de voitures devra le déposer.

— Tous les membres de la famille bénéficient de ce service, confirma Dakota. En tant que fille d'honneur, je suis au courant de ces choses, mais bien sûr je ne connais pas le nom de la société.

— Moi, si, dit KC. Parce que Marty m'a demandé de réserver les voitures et les chauffeurs pour vous ce soir. Je parie qu'ils se sont adressés à la même société pour aujourd'hui.

— Je ne pense pas que ça soit une bonne idée, les filles, intervint Peri. Vous savez quoi ? Anita veut qu'il soit présent.

— Oh ! nous finirons par le conduire à bon port, assura KC. Nous veillerons juste à ce qu'il arrive en retard. Nathan Lowenstein peut faire toutes sortes de manigances quand il est seul avec maman, mais je ne suis pas certaine qu'il ait envie de se ridiculiser devant toute sa famille.

— Il en a déjà fait des tonnes, dit Lucie. Vous vous souvenez de cet infarctus simulé ? » Elle fit mine de tomber dans les pommes.

« Vous croyez vraiment que Nathan va se lever pendant la cérémonie – devant le rabbin, rien de moins – et se mettre à gémir parce que sa mère se marie ? Dans une pièce remplie de personnes prêtes à l'affronter ? Moi, je n'y crois pas une seconde, les filles. Cette fois, le Club des tricoteuses du vendredi soir va avoir son mariage. Je vais porter cette fichue robe que Peri m'a fait acheter et ensuite je vais manger plus que ma part de mignardises.

— J'ai fait du chocolat noir en plus, rien que pour toi, dit Dakota.

— C'est bien, ma petite, dit KC. Et maintenant,

prends mon sac, il faut que je retrouve le nom de cette société de location de voitures. »

Les convives s'installèrent à leur place au son des morceaux interprétés par un quatuor à cordes dans la merveilleuse salle de la bibliothèque du musée Morgan louée pour l'occasion.

Les sièges avaient été disposés en demi-cercle avec une allée au milieu.

Au bout de la pièce, il y avait une estrade couverte dans laquelle on avait tendu des toiles en coton bio blanc pour former la houppa, le dais traditionnel sous lequel les couples juifs, tels qu'Anita et Marty, célébraient leur union.

Catherine et Marco seraient mariés par un juge de paix sur la même estrade.

« Quelle cérémonie ! murmura KC qui rôdait à l'entrée. Deux mariages, deux religions, deux épouses, deux époux, deux tout.

— Mais une seule fille d'honneur », dit Dakota en surgissant derrière KC dans sa robe bustier argentée. Elle portait un châle en crochet très fin sur les épaules. « Anita demande où est Nathan. Qu'est-ce que je dois le lui dire ?

— Il est en route, dit KC. Eh bien, dis-lui qu'il s'est déjà installé.

— C'est un mensonge, dit Dakota entre ses dents. Ce n'est pas bien.

— Je parlerais plutôt de manipulation, dit KC. Ce qui n'est pas du tout pareil.

— Elle veut le voir avant la cérémonie ! » Dakota se sentait très mal à l'aise.

« Ma fille, tu n'es pas très douée à ce jeu, dit KC. Dis-lui qu'il était en grande conversation avec le rabbin et que tu ne voulais pas l'interrompre. Ensuite, va voir Catherine et reste occupée. »

Dakota souleva la jupe de sa robe pour faire ce que KC lui avait conseillé, lorsqu'elle aperçut son père dans son champ de vision périphérique.

À son bras, comme on l'avait prévenue, il y avait son amie. Sandra Stonehouse.

Elle se tourna, juste à temps pour voir son père en smoking, et son amie dans une robe rouge à petites manches avec un châle noir satiné. Ils lui souriaient. Dakota s'approcha d'eux.

« Bonjour, Sandra, dit-elle en tendant la main. Je suis ravie de faire votre connaissance. Officiellement, cette fois. »

Sandra parut immédiatement soulagée. « Votre père est très fier de vous, dit-elle. Il n'arrête pas de vanter vos qualités.

— Il m'a dit le plus grand bien de vous aussi, dit Dakota qui sentit son cœur se serrer à l'idée que son père était avec quelqu'un d'autre que sa mère. Excusez-moi. »

Elle se fraya un chemin à travers la foule d'admirateurs enthousiastes, dont certains s'étonnèrent de la vitesse à laquelle elle avait changé tandis qu'un certain nombre de soi-disant gentlemen (même les vieux croulants) regardaient sa silhouette d'un œil expert.

« C'est comme ça qu'on sait qu'on est adulte », dit Peri en la rattrapant. Elle portait une grande boîte blanche sous le bras. « Lorsque les hommes te regardent comme une femme avec qui ils pourraient sortir plutôt que comme si tu étais leur fille.

— Ça donne la chair de poule, dit Dakota.

— Tu es super mignonne dans cette robe, dit Peri. Et j'ai aidé Anita à faire ton étole.

— Un original de créateur ! Je vais le vendre sur eBay quand tu seras célèbre.

— Naturellement », dit Peri, laissant Dakota entrer la première dans la pièce où Catherine était entourée par une équipe d'artistes coiffeurs et maquilleurs.

« Oh ! Dieu merci, vous êtes là, dit Catherine. J'ai l'estomac noué. » Elle se tenait debout dans sa robe dos nu ivoire avec une touche d'argent cendré.

Des paillettes miroitantes soulignaient son décolleté généreux en V et l'ourlet de sa jupe trompette. Ses cheveux blonds étaient relevés en chignon. Des douzaines de petites fleurs blanches minuscules et des cristaux complétaient sa coiffure.

« Tu ressembles à une star de cinéma, dit Peri. Très chic.

— C'est peut-être un peu tapageur. Dakota où avais-tu donc la tête ? Pourquoi n'as-tu rien dit lorsque je leur ai demandé d'agrandir le décolleté ? J'aime la peau, les filles, mais vous ne trouvez pas que j'en montre un peu trop ?

— Tu veux mon châle ? proposa Dakota en l'ôtant de ses épaules.

— Doux Jésus ! s'exclama Catherine en regardant Dakota dans sa robe bustier. On dirait que tu es… plus vieille que je ne l'aimerais. Maintenant, écoute-moi bien. Rentre à la maison avec ton père à la fin de la soirée. Tout le monde va te regarder ce soir, et mets une broche pour fermer ton étole. Si quelqu'un doit montrer ses avantages, il vaut mieux que ça soit moi.

— Tu sais que tu es vraiment jolie dans ta robe, Catherine, dit Dakota en remettant son châle tricoté. Je dirais même que tu es sexy.

— Tu es un peu trop nerveuse, dit Peri en tendant une boîte d'assez grande taille à Catherine. Je t'ai apporté un cadeau d'Anita et de Sarah. Je pense que grâce à lui tu te sentiras mieux. »

Elle enleva le couvercle pour montrer un châle en satin avec un bord en soie tricotée, similaire à la bordure du col châle du manteau de mariée d'Anita.

Catherine souleva la cape avec précaution et la posa autour de ses épaules.

« Là, dit Peri. Il y a une boutonnière de ce côté et tu peux ainsi attacher le châle avec cette minuscule chaîne. Ça ne cache pas le devant de ta robe, mais tu sembles plus… couverte.

— Je le prends, dit Catherine. Et après la cérémonie, je pourrai l'envoyer valser… »

Dakota fouilla dans sa pochette de la collection Peri Pocketbook, pochette dans laquelle elle avait rangé son kit pour les urgences imprévues, et en sortit son cadeau pour Catherine.

« Et voilà, dit-elle en laissant tomber quelque chose dans sa main. Mets-la sur le ruban de ton bouquet.

— Qu'est-ce que c'est ? demanda Peri qui regarda dans la paume de Catherine.

— C'est un échange, répondit Catherine. La broche papillon de Georgia.

— Fais-la polir chez un bijoutier, dit Dakota. Comme ça, ça fera très chic.

— Elle aurait aimé être là, dit Catherine. Mais elle aurait piqué une crise en te voyant dans cette robe. Tu es sûre que c'est Anita qui l'a choisie ?

— Non, reconnut Dakota, c'est moi. »

Catherine regarda son poignet pour s'enquérir de l'heure, puis elle réalisa qu'elle n'aurait pas de montre pendant toute la journée.

« Rappel de l'heure, dit-elle. Cela fait-il partie de tes devoirs ? Le grand moment approche, n'est-ce pas ?

— Ouais, répondit Dakota.

— Comment va Anita ?

— Bien, dit Dakota d'un ton hésitant.

— Ne me dis pas qu'elle va encore faire marche arrière. J'arrive à peine à respirer dans cette robe.

— Euh, elle attend Nathan. Seulement, il n'est pas là.

— Il est où, ce malotru ?

— Il est dans une voiture qui s'est perdue, dit Dakota. C'est un coup de KC. Mais je n'ai rien fait pour l'en empêcher. »

Catherine se mit à sourire. « C'est une journée

magnifique, dit-elle. Écoute-moi : fais ce que dit KC. Aidons Anita à se défendre.

— Comment ?

— Commençons le mariage tout de suite, dit Catherine. Nathan est rusé – ne me demandez pas comment je le sais –, et il vaut mieux que nous ne prenions aucun risque.

— En plus, tu n'as pas assez d'air, ajouta Peri.

— Et mes pieds me font mal, reconnut Catherine. Il y a ça aussi. »

Marty attendait, tout comme Marco, sous l'estrade couverte, l'arrivée de sa future épouse, impatient de la voir enfin dans sa tenue de mariée.

Il souriait et faisait signe aux convives qu'il reconnaissait. Et les minutes passaient.

« Je devrais envoyer un texto à Nathan, dit Anita à Dakota tandis que Sarah déposait un baiser sur sa joue avant de la laisser. Juste pour lui dire que je l'aime.

— Il y a une tempête de neige, dit Dakota. Le réseau est perturbé. Ton message ne passera pas.

— Vraiment ?

— Non, Anita. Écoute, je vais être honnête avec toi. Nathan est en retard. Il y a eu un malentendu. Mais il va bientôt arriver. Et devant cette porte, il y a tes fils, Benjamin et David, et ils sont prêts, ils t'attendent. Et il y a Catherine, qui a les pieds enflés dans ses chaussures à talons trop hauts. Elle attend de pouvoir rejoindre Marco pour connaître enfin le bonheur. Ou Marty qui a servi des cafés pendant des années tout en rêvant de toi. Il faut que tu décides maintenant si tu as vraiment besoin de la bénédiction de Nathan ou si tu es prête à accepter que, parfois, les gens ne comprennent pas tes décisions.

— Depuis quand est-ce que tu me donnes des conseils ?

— Depuis que j'ai été formée par les meilleures : toi, Mémé et maman. »

Dakota gloussa, attendant la musique qui serait pour elle le signal de départ.

Elle s'entraînait à faire de petits pas pour descendre l'allée entre les sièges.

« Tu es magnifique, murmura Roberto, et Dakota fut surprise de constater à quel point le compliment lui faisait plaisir. N'oublie pas que nous sommes censés danser.

— N'oublie pas que tu es censé être là-bas aux côtés de ton père », lui rappela Catherine tandis que Roberto envoyait des baisers à sa future belle-mère et faisait un clin d'œil à sa petite amie d'un été. Dakota se dit que finalement tout n'avait peut-être pas changé.

Le cœur des deux femmes s'arrêta de battre lorsqu'elles entendirent la musique. Dakota attendit une seconde, puis avança.

Elle ne pouvait pas s'empêcher de sourire un peu niaisement en s'approchant du dais. Catherine, qui était pratiquement née avec des chaussures à talons aiguilles aux pieds, pria pour ne pas trébucher. Elle fit discrètement signe à ses amies et à leur famille avant de rejoindre Marco sous le dais.

Elle était soudain timide et embarrassée à l'idée d'être au centre de l'attention, à l'idée d'être l'objet de tant d'amour. Puis, comme tous les autres, ils se turent et attendirent la prochaine mariée.

Ils entendirent un son avant même de la voir : un murmure collectif de toute la salle – un murmure de soulagement, de joie pure à l'idée d'être aussi près d'un être aussi rayonnant – tandis qu'Anita Lowenstein avançait aux bras de ses deux fils, et qu'elle suivait son cœur pour rejoindre son futur mari.

Elle portait une robe fourreau simple à l'encolure carrée couverte de minuscules cristaux étincelants avec un manteau de mariée à col châle des plus élégants, qu'elle avait tricoté, transformé et retricoté avec sa sœur Sarah. Tombant plus bas que le jupon de sa robe, le large bord du manteau glissait sur le sol de la bibliothèque, et l'on avait l'impression qu'Anita flottait littéralement en avançant vers la houppa. Dans ses cheveux argentés brillants, elle portait une fleur de lys épinglée derrière son oreille, laissant voir ses boucles d'oreilles en saphir que Marty lui avait offertes la veille.

Ses yeux bleus, aussi brillants que les saphirs, pétillaient tandis qu'elle s'approchait de son futur époux.

« Oui, murmura-t-elle dans l'oreille de Marty avant même que le rabbin n'ait prononcé un mot. Je veux t'épouser encore et toujours. »

Elle regarda avec tendresse Marco et Catherine échanger leurs consentements devant le juge de paix, puis, lorsque ce fut son tour, elle se retourna pour regarder l'assemblée de convives.

Au bout de l'allée, elle vit Nathan, Rhea et leurs trois enfants qui venaient d'arriver. Il ressemblait tellement à son père que c'était un peu comme si Stan était dans la pièce avec eux tous.

Elle caressa doucement la main de Marty tout en se demandant si Nathan allait tenter une épreuve de force, puis elle décida que cette comédie avait assez duré.

Avant de se retourner, elle fit signe à son fils. Nathan hocha doucement la tête, arrêta de marcher et leva la main. Puis, finalement, il lui fit signe à son tour.

Dakota se tenait debout, incapable de bouger, tandis qu'elle regardait les convives goûter ses mignardises. Souriaient-ils ? Se resservaient-ils ? Elle avait déjà regardé Roberto en manger trois de chaque sorte et l'avait largement incité à faire des commentaires.

Dakota repensa à l'époque où elle consignait dans un cahier les réactions du club à ses muffins, cuisinant sa mère pour savoir ce que pensaient ses amies de ses pâtisseries. Certaines choses changent, pensa-t-elle, d'autres au contraire sont immuables.

Elle regarda Ginger passer à toute vitesse, un petit gâteau dans chaque main, le menton barbouillé de glaçage.

« Danse avec moi », dit James en tapant sur l'épaule de sa fille. Dakota se retourna, secrètement contente de voir Sandra dans un coin avec Catherine et Anita qui avaient très envie de tout savoir sur la nouvelle amie de James Foster. « Viens, Dakota ! Je te montre le Robot.

— Euh, non, s'il te plaît, dit Dakota en prenant la main de son père. Dansons plutôt comme des gens normaux. »

Bien sûr, aucun des convives ne semblait avoir le rythme dans la peau. Ils rejoignirent Darwin et Dan, qui ne se tortillaient pas du tout en rythme. Quant à Marty et Sarah, ils dansaient joue contre joue, à l'ancienne, sur la piste. Ginger, qui avait mangé son gâteau aussi vite que possible, prit les jumeaux par la main, et tous trois se mirent à faire la ronde à une allure vertigineuse. Marco, abandonné par sa femme, qui tentait de percer les secrets de la nouvelle amie de James, invita KC à danser le twist avec lui, tandis que Peri et Roberto tentaient d'organiser la foule pour faire une chenille.

« J'adore les mariages ! cria Dakota pour se faire entendre.

— Ah oui ? demanda son père en bougeant lentement les bras.

— Ne va surtout pas te mettre des idées dans la tête, dit-elle. Mademoiselle Walker a eu suffisamment de nouvelles à digérer pendant les fêtes. Alors, allons-y un peu doucement. »

Les premières notes du tube des années 1980 *Walking on Sunshine* retentirent, et Catherine arriva en courant pour prendre la main d'Allegra et rejoindre sa nouvelle famille avec qui elle entama une danse en groupe.

« Ta mère adorait cette chanson, dit James en sautillant.

— Je parie qu'elle ne savait pas danser non plus. »

Dakota se mit à tourner sur elle-même tout en chantant les paroles du refrain, *I feel alive, I feel alive*, avec les autres tout en absorbant l'énergie joyeuse de son père et de ses meilleurs amis.

18

La réunion du club en février était la première de l'année à accueillir tous ses membres. C'était aussi le dernier jour de Peri à la tête de la boutique.

Elle était enfin prête à partir. Après avoir passé une semaine à Paris pour chercher un appartement, elle était revenue préparer ses affaires. Elle était en train de regarder dans les différents placards et tiroirs de son appartement en attendant Dakota.

« J'ai failli rater mon soufflé dans ma hâte de venir te retrouver », dit Dakota en frappant à la porte ouverte avant d'entrer. Elle savait que Peri devait partir à 20 h 30 pour prendre son vol, et la boutique avait fermé tôt pour que le club puisse se réunir. « Je voulais être la première à te dire au revoir.

— Très bien. Maintenant, c'est officiel. Je ne suis plus cogérante de la boutique. Je suis juste une amie avec un nouveau job.

— Et une propriétaire jusqu'à ce que je rachète ta part, tu te souviens ? »

Peri fouilla dans son immense sac hobo rouge vif et en sortit un porte-cartes en cuir.

Elle tendit une carte à Dakota.

« Bonjour, madame la présidente, dit Dakota en mimant un salut.

— Bonjour, madame Walker », dit Peri. Elle prit une enveloppe en papier kraft, avec une liasse de papiers à l'intérieur, et la tendit à Dakota. « J'aimerais te faire une offre que tu ne peux pas refuser. »

Dakota se mit à rire nerveusement. « Tu ne veux pas racheter la boutique, quand même ?

— Non, dit Peri. Mais en tant que directrice de la collection "tricots" de Lydia Jackson, j'aimerais signer un contrat de licence avec toi pour les modèles conçus par ta mère. La couverture du *Vogue* italien n'est pas passée inaperçue. Et quand j'ai dit que le modèle de la robe "Floraison" n'était pas le seul à avoir été imaginé par ta mère..., eh bien, disons que mes interlocuteurs se sont montrés plutôt enthousiastes à l'idée qu'il y en ait d'autres. »

Dakota saisit l'enveloppe et regarda à l'intérieur. Oui, il y avait vraiment beaucoup de pages imprimées en petits caractères. « Tu es sérieuse ?

— On ne peut plus sérieuse, dit Peri. Fais-moi confiance. Je travaille sur mes sacs depuis des années. Tu as vu, la fabrication est difficile. Si tu signes ce contrat de licence, tu ne les vends pas tout à fait, tu nous autorises juste à les utiliser. J'espère pouvoir lancer une collection de vêtements conçue par des stylistes inconnues que j'appellerai "Tricoter".

— Waouh ! dit Dakota en prenant une profonde inspiration avant d'expirer très, très lentement. Mais qu'en est-il du catalogue de modèles ?

— Tu peux encore le faire, dit Peri. Nous travaillerons ensemble pour sélectionner les modèles sous licence exclusive et ceux que tu veux mettre dans le catalogue.

— Et qu'est-ce que je dois faire maintenant ?

— Tu t'adresses à un juriste, dit Peri. Tu prends connaissance des documents que je viens de te donner et nous conclurons un accord pleinement satisfaisant pour toutes les deux. » Elle donna une petite tape sur le nez de Dakota. « Ça va être très lucratif, madame Walker. Je parle plans de travail en marbre pour la cuisine de ton café si tu veux.

— Je n'ai jamais considéré les modèles de ma mère comme autre chose qu'un moyen d'honorer son talent, dit Dakota.

— C'est exactement ce que nous allons faire. Et en attendant, tu vas recevoir un gros chèque pour financer le réaménagement et la rénovation de la boutique. Pour toi. Pour ta fille, peut-être. Et ça ne sera certainement pas dans un avenir trop lointain, tu m'entends ? »

Dakota poussa un soupir quelque peu théâtral. « Je n'ai même pas de petit ami. Y aura-t-il enfin un jour où personne ne se mêlera des détails de ma vie ? demanda-t-elle.

— Je ne crois pas, dit Peri. Et maintenant, qui

est cette mystérieuse nouvelle gérante que tu as engagée ? Je suppose qu'il faudra que j'attende un prochain voyage à New York pour la rencontrer ?

— Non, dit Dakota. Je l'ai invitée à venir ce soir à la boutique.

— À une réunion du club ? Waouh ! KC va vraiment avoir une journée difficile, dit Peri. Plus de changements, c'est sa devise. Elle a déjà piqué plusieurs crises à cause de mon déménagement. Un jour, elle me dit que je dois partir, le lendemain, qu'elle ne me rendra jamais visite parce que je serai probablement passée à autre chose et que je l'aurai oubliée.

— Alors, quand va-t-elle venir te voir ?

— En avril, dit Peri. Lorsqu'il commence à faire meilleur. Comme ça, nous pourrons faire du vélo à la campagne, boire du vin et charmer de beaux Français.

— Alors que tu ne parles pas français ? commenta Dakota d'un ton pince-sans-rire.

— Oh ! je n'avais pas l'intention de leur parler pour les charmer. »

Anita était rentrée bronzée et reposée de son voyage de noces en Australie.

Quant à Catherine, elle était heureuse, mais claquée après son séjour au ski (dont une semaine avec les enfants, comme prévu).

« Quand je m'occupais de Dakota, je ne faisais rien de spécial, dit Catherine. Mais Allegra est beaucoup plus exigeante. Je ne peux pas me contenter de lui lire des magazines pour ados et de lui faire des soins du visage.

— Euh, tu ne l'as pas réexpédiée au pensionnat ? demanda KC.

— Si, dit Catherine d'un ton penaud. Mais l'année scolaire est déjà bien entamée. Personne ne veut changer ses habitudes maintenant. Le mariage a suffi.

—Tu restes à New York ? »

Catherine haussa les épaules. « Oui, non, peut-être ? Nous sommes ici pour l'instant, pendant que Marco s'occupe du nouveau vignoble. Mais il y a aussi le domaine en Italie et, même s'il y a un gérant, Marco doit être présent souvent. Je pense donc que nous serons binationaux pour un temps. Nous verrons ce qui marche le mieux pour nous.

— Et la boutique d'antiquités ? demanda Dakota.

— Mon gérant est habitué à mes allées et venues, reconnut-elle. Nous continuerons donc comme ça. Mais je vais écrire davantage.

—Tu as fini le roman ?

— Pas vraiment, dit Catherine. Marco m'a engagée pour écrire une newsletter en ligne sur Cara Mia. Qui sait où cela me mènera ? »

KC fit la grimace. « Ça en fait deux, dit-elle d'un ton sans réplique. Peri et Catherine. Elles déménagent.

— Quel drame ! dit Anita. KC, tu t'y feras. Nous nous y ferons toutes. Rares sont les amis qui ont la chance de vivre si près les uns des autres. Nous devrions fêter la chance que nous avons au lieu de déplorer les changements.

— En parlant de vivre près les uns des autres… intervint Dakota. Mon père a accepté de me sous-louer son appartement avec quelques colocataires.

— Vraiment ? dit Darwin, qui était arrivée quelques minutes plus tôt avec Lucie et Ginger. Je croyais qu'il avait peur que tu organises des bringues à tout casser avec tous les autres gamins futurs chefs pâtissiers.

— En effet. Mais nous avons pris le temps de nous asseoir autour d'une table, de bien définir les règles du jeu, et je pense que tout va bien se passer. J'ai même invité l'une de mes colocataires à rejoindre le club.

— Tu remplaces Peri ? demanda KC, horrifiée.

— Je ne la remplace pas, insista Dakota. J'élargis simplement le groupe.

— Nous n'avons jamais établi de chartes, fit remarquer Darwin. Nous n'avons jamais réfléchi à l'impact que pourraient avoir des personnes étrangères sur notre club.

— Nous étions pour la plupart un groupe d'étrangères, il n'y a pas si longtemps que ça, dit Lucie. On a tendance à l'oublier un peu trop vite.

— Je suis impatiente de découvrir la nouvelle fille du club, dit Anita. S'agit-il de ton amie de l'Université de New York, Olivia ?

— Non, dit Dakota en se dirigeant au trot vers la porte fermée de la boutique. C'est une dame que je connais depuis toujours, mais que j'ai appris à connaître il n'y a pas très longtemps. Je l'ai même embauchée pour travailler à mi-temps à la boutique. »

Elle recula pour faire entrer une femme aux cheveux gris qui ressemblait beaucoup à une de leurs vieilles amies.

« Mon Dieu ! » s'exclama Anita en lissant instinctivement ses cheveux. Elle voulait faire bonne impression.

« Mes amies, je vous présente Bess Walker, dit Dakota. La mère de ma mère.

— Bonjour », dit Bess, qui pensa à sourire même si elle était intimidée par les amies de sa fille disparue.

Elles répondirent aussitôt en chœur « Bonjour », puis « Comment allez-vous ? » tandis qu'Anita s'approchait de Bess.

Elle la serra longuement dans ses bras, les larmes aux yeux.

« Merci, merci, merci, dit Anita. J'ai toujours voulu vous exprimer ma gratitude. Pour avoir élevé votre merveilleuse fille. C'était une amie si chère. Elle m'a littéralement sauvée en me permettant de venir dans cette boutique, après la mort de mon premier mari.

— Vous n'avez pas à me remercier, dit Bess si doucement qu'Anita dut tendre l'oreille pour l'entendre. Je suis la mauvaise mère, vous savez. Georgia n'avait qu'une envie : s'éloigner de moi le plus possible.

— Certains enfants réagissent ainsi, n'est-ce pas ? dit Anita, qui parla elle aussi à voix basse pour que la conversation reste entre les deux femmes. Ils font toute une histoire alors qu'ils ne font que tester leur capacité à être indépendants. Nous savons très bien toutes les deux que Georgia ne s'est pas élevée toute seule. Il y a beaucoup de vous en elle. Je le vois.

— Il y a une ressemblance physique, c'est tout », dit Bess. Elle était un peu anxieuse, car elle sentait le regard de toutes les femmes du club posé sur elle. Elle se demanda l'espace d'une seconde si elle n'avait pas fait une erreur.

« C'est beaucoup plus que cela, dit Anita en hochant la tête. Bess, l'un de mes fils s'est mis à exprimer son désaccord avec moi à cinquante ans… Il pourrait obtenir des réductions pour le troisième âge à certains endroits. Alors, c'est difficile, même lorsqu'ils semblent avoir atteint l'âge adulte. Au fond d'eux, ce sont toujours nos bébés, n'est-ce pas ? »

Bess hocha énergiquement la tête. Elle n'allait certainement pas se mettre à pleurer devant tout le monde. Elle avait souvent pensé à cet instant, non sans une certaine inquiétude d'ailleurs.

Elle avait répété dans sa tête tout ce qu'elle allait dire à cette Anita Lowenstein, car elle pensait que cette matrone new-yorkaise usurpait son rôle de mère, de grand-mère et d'amie. Elle avait besoin de croire que, si Anita n'avait pas été là – le genre de femme exubérante à distribuer sans compter les étreintes, que Georgia semblait vouloir comme mère –, Georgia aurait peut-être mieux accepté Bess, avec son caractère réservé et sa façon de vouloir que les choses restent telles qu'elles avaient toujours été.

Bien sûr, les regrets et la frustration de Bess ne disparurent pas en une seconde. Il y avait tant de choses à digérer, à analyser.

Mais elle ressentit une nouvelle émotion qu'elle n'avait pas du tout prévue : la gratitude. En effet, si elle avait toujours souhaité que Georgia se tourne vers Tom et elle en cas de problème, elle était soulagée de savoir que sa fille avait pu compter sur cette femme élégante aux cheveux argentés et aux yeux bleus pétillants quand elle avait eu besoin d'aide.

Malgré les relations tendues qu'elles avaient pu avoir, Bess n'avait jamais souhaité que sa fille se sente seule. Et Anita avait toujours veillé à être présente.

« Merci, disait Bess à présent. Pour tout ce que vous avez fait pour ma fille. Vous avez été une véritable amie, et son père et moi apprécions ce que vous avez fait. »

Elle n'aurait jamais été capable de prononcer ces mots – ni même d'imaginer les dire – lorsqu'elle avait échangé quelques propos avec Anita alors que Georgia était malade.

« C'est très gentil, dit Anita, qui se mit à parler plus fort. Tu n'aurais pas pu faire un meilleur choix, Dakota. Tu as pris une vraie décision d'adulte. »

Elle décida en son for intérieur que le moment était idéal de prévoir un autre voyage avec son nouveau mari. Faire profil bas pendant quelques semaines le temps que la grand-mère et la petite-fille trouvent leur rythme.

Ensuite, elle reviendrait dans sa boutique Walker & Fille adorée, comme d'habitude.

« Nous aurons aussi une employée à temps partiel, bien sûr, expliqua Dakota en apportant une chaise pour que sa grand-mère Bess puisse s'asseoir avec les autres autour de la table au centre de la boutique. Mais nous allons y arriver. Et ensuite, nous commencerons la rénovation.

— Cela risque de prendre un peu de temps », s'empressa de dire Bess, qui rougit en parlant. Elle n'était pas habituée à ce genre de camaraderie, à discuter tout en tricotant et en mangeant entre deux mailles. « James vient d'obtenir un nouveau contrat aujourd'hui. Il a appris la nouvelle alors que nous étions en train de défaire nos valises.

— Et tu vas vivre avec tes grands-parents, ma fille ? demanda KC.

— Seulement les week-ends, répondit Dakota. J'ai encore l'école, tu sais.

— C'est autre chose, dit KC. Eh bien, je continue à venir tous les vendredis soir. J'espère que tu es au courant, Dakota. J'exige des muffins.

— Elle ne prend pas très bien les choses, dit Darwin d'une voix assez forte pour que tout le monde puisse l'entendre. Nous ferions peut-être mieux de ne pas lui parler de notre petite touche, Lucie, à propos de « Poulette ».

— C'est notre chaîne de télévision positive pour jeunes filles, dit Lucie à Bess. Nous sommes à la fois un club de tricoteuses, un club de soutien et un club de coachs en développement de carrière.

— Et nous avons été invitées à faire une présentation à de nouveaux investisseurs-producteurs, dit Darwin.

— Où ? À Los Angeles, je parie, ou quelque part ailleurs ? dit KC en croisant le regard de Catherine. Tu te rappelles cette fois au cinéma ? Je te l'avais dit : tout le monde va s'éloigner. Le Club des tricoteuses du vendredi soir va voler en éclats.

— Oh non, KC, dit Anita.

— Non, pas s'éloigner, je ne crois pas », dit Dakota, l'air songeur. Elle avait fini par sortir une boîte de muffins aux pépites de chocolat de son sac à dos et offrit le plus gros à KC. « Il y a une énorme différence entre déménager, partir vivre ailleurs et s'éloigner. Ce n'est pas parce que nous ne sommes pas ensemble, physiquement présentes les unes à côté des autres, que nous nous éloignons les unes des autres. Nous pouvons être ensemble à un autre niveau. C'est quelque chose que j'ai appris à cause de ma maman. Et j'y crois.

— Alors, comme ça, nous aurons des réunions de club par Internet ? demanda KC en goûtant son muffin, puis en prenant immédiatement une deuxième bouchée plus grosse.

— S'il le faut, dit Dakota.

— Nous continuerons à nous voir, dit Peri. Tu sais que tu dois me rendre visite dans quelques mois. Et bien sûr, nous aurons l'occasion de parler au téléphone.

— Et une rencontre ne veut pas forcément dire un déménagement à LA, ajouta Lucie.

— Ou tout plaquer pour aller dans le pays du vin en Italie, dit Catherine. Est-ce que j'ai parlé de ça ?

— Comment fais-tu pour être aussi nonchalante ? demanda KC à Dakota d'un ton suspicieux. Tu changes, ma fille.

— Je change, reconnut Dakota. J'ai changé. C'est peut-être en écoutant les souvenirs de ma mère. J'ai finalement compris que cet endroit a une histoire et que nous faisons toutes partie de cette histoire. Peu importent les changements. Ils ne viennent que s'ajouter à notre histoire. »

Elle appuya sur la porte un peu rigide pour l'ouvrir et tenta d'entrer doucement sans bousculer le bébé dans son sommeil.

Il restait une pile de vieilles boîtes à l'intérieur, dans un coin de l'arrière-boutique, ainsi qu'un canapé jaune un peu passé. Marty avait balayé la pièce. Georgia se dit cependant qu'un bon nettoyage et cirage du sol en bois apporteraient certainement un peu de vie dans ce lieu. Elle traversa la salle à grandes enjambées pour profiter d'une vue ensoleillée sur Broadway. Elle ouvrit la fenêtre, un tout petit peu, pour entendre les klaxons de la ville frémissante au-dessous.

Elle était bien là, sa boutique à Manhattan.

Georgia observa la pièce, comme elle le faisait depuis des semaines, visualisant l'endroit où elle installerait les étagères, la caisse, la table. Elle imagina un avenir dans lequel la boutique de fils à tricoter serait bondée de clientes et sa fille serait assise sur une chaise pendant qu'elle enregistrerait les ventes.

Dakota, avec ses joues douces et ses genoux à fossettes, bâilla et s'étira, bien en sécurité dans les bras de sa mère. Elle ouvrit de grands yeux et regarda autour d'elle tandis que Georgia tournait lentement sur elle-même pour tout lui montrer.

« Ça sera notre boutique, mon bébé, murmura-t-elle. Cet endroit sera toujours Walker & Fille. »

Remerciements

Je dois vous avouer quelque chose : j'ai failli passer à côté d'une réunion de famille alors que j'écrivais cette histoire.
Mon mari, mon chien et moi sommes partis de notre maison douillette en Californie pour nous imprégner de la beauté naturelle de Hope (Colombie-Britannique), au Canada, où une grande réunion de famille devait avoir lieu. Dès mon arrivée, je suis allée me cacher en lieu sûr pour écrire. Pourtant, en entendant les voix heureuses des adultes et les cris aigus de jeunes cousins qui se voyaient pour la première fois, j'ai réalisé comme Dakota qu'il fallait peut-être que je redéfinisse mes priorités. C'est pourquoi j'ai laissé mon ordinateur, et je suis vraiment heureuse de l'avoir fait. Quel plaisir de prendre des nouvelles de tout le monde ! Ce week-end a ouvert de nouvelles perspectives et m'a permis d'y voir plus clair au milieu du chaos. Finalement, j'ai réécrit de grandes parties de ce livre, et l'histoire qui en résulte est plutôt différente du projet initial. Avant d'écrire sur les grands thèmes et les moments importants de la vie, il faut justement les vivre.

Il y a toute une équipe qui travaille à l'élaboration d'un livre, et j'apprécie tout particulièrement les conseils avisés et enthousiasmants de mon agent Dorian Karchmar, de William Morris Endeavor Entertainment, et le soutien inestimable de son assistant, Adam. J'aimerais remercier du fond du cœur toute l'équipe de Putnam et Berkley, en particulier Ivan Held, Leslie Gelbman, Shannon Jamieson Vasquez, Kate Stark, Stephanie Sorensen, Melissa Broder et mon éditrice perspicace et talentueuse, Rachel Kahan. Je tiens également à adresser mes remerciements, pour tous leurs efforts, à toutes les personnes travaillant dans le département des ventes, du marketing, de la publicité, de la production, de la conception.

J'ai la chance d'avoir un groupe d'amies toujours prêtes à lire (et relire) les premiers chapitres. La liste de noms changeant peu d'un livre à l'autre, c'est dire l'engagement de ces femmes qui m'ont toujours soutenue, et la chance que j'ai de les avoir pour amies : Rhonda Hilario-Caguiat, Kim Jacobs, Shawneen Jacobs, Tina Kaiser, Rachel King, Sara-Lynne Levine, Alissa MacMillan, Robin Moore et Christine Tyson. Et merci à Dani McVeigh pour le travail accompli sur mes sites web.

Cette histoire est particulière à mes yeux pour plusieurs raisons, notamment parce que je l'ai écrite en partie à quelques pas seulement de la pièce où ma famille se réunit en général pour les repas de fête. Même si mon chien Baxter, qui en général se couche à mes pieds pour me tenir chaud pendant que je tape, a osé m'abandonner pour courir après des balles de tennis avec ses cousins chiens et pour nager quotidiennement dans la rivière Coquihalla, j'étais rarement seule. Ma mère, Mary Lou Jacobs, mon mari,

Jonathan Bieley, et ma belle-sœur, Shawneen Jacobs, ont débattu avec enthousiasme pour savoir s'il fallait mettre ou non de la farine de riz dans les sablés, mais aussi sur la quantité d'airelles à ne pas dépasser dans les muffins. J'ai retrouvé du fil à tricoter, qui ne devait pas être loin d'avoir mon âge, tout en haut de l'étagère dans la pièce à couture de ma mère, et je l'ai utilisé pour tricoter quelques modèles faciles à réaliser. Même mes neveux, Kevin et Craig Jacobs, ont bien voulu faire de la place pour mon ordinateur portable et mes notes au milieu des Legos et ils sont allés jusqu'à créer des écriteaux, BUREAU DE TATIE KATE : NE PAS DÉRANGER, et VEUILLEZ FRAPPER AVANT D'ENTRER, pour décourager les intrus (merci, les gars). Comme d'habitude, j'ai travaillé sur ce livre à des heures insolites, dans toutes sortes d'endroits, de la table de ma cuisine en Californie au bureau de ma mère à Hope, en passant par le train Whistler Mountaineer où, il faut l'avouer, j'ai eu le plus grand mal à garder les yeux sur mes pages tant les paysages traversés étaient magnifiques.

Avant de conclure, j'aimerais vous dire à quel point j'apprécie votre soutien. Continuez à m'envoyer des mails à Katejacobs.com, venez me voir lorsque je dédicace mes livres et invitez-moi à téléphoner à vos groupes de lecture. Je suis toujours heureuse de lire les messages ou de voir les personnes qui lisent mes livres, car, ensemble, nous sommes toutes des membres du club.

Annexes

Le marque-page facile à réaliser de Ginger

L'idée est de puiser dans vos restes de laine et dans votre expérience.
Les marque-pages peuvent vous donner l'occasion de tester de nouveaux points et de confectionner d'adorables petits cadeaux pour Hanoukka ou pour remplir les chaussures au pied du sapin.
Vous trouverez ci-dessous un modèle facile à réaliser avec des bordures en point de riz et le reste en jersey envers.

Aiguilles : optez de préférence pour des aiguilles fines. Le marque-page ne doit pas être trop épais pour bien se glisser entre les pages. Choisissez des aiguilles de 3,25 ou 3,5 millimètres.

Fil à tricoter : optez pour un fil léger et fin. Si vous voulez plus de fantaisie, utilisez des fils brillants ou à plusieurs couleurs.

Modèle : des bordures en point de riz et un milieu en jersey envers.
Il suffit d'utiliser les techniques des mailles à l'endroit et des mailles à l'envers dans différentes combinaisons.

Montez 12 mailles

Pour la bordure :

Rangs 1 et 3 : 1 m. end., 1 m. env., 1 m. end., 1 m. env., 1 m. end., 1 m. env., 1 m. end., 1 m. env., 1 m. end., 1 m. env., 1 m. end., 1 m. env.

Rangs 2 et 4 : 1 m. env., 1 m. end., 1 m. env., 1 m. end., 1 m. env., 1 m. end., 1 m. env., 1 m. end., 1 m. env., 1 m. end., 1 m. env., 1 m. end.

Rang 5 (et tous les rangs impairs) : 1 m. end., 1 m. env., 1 m. end., 6 m.env., 1 m. env., 1 m. end., 1 m. env.

Rang 6 (et tous les rangs pairs) : 1 m. env., 1 m. end., 1 m. env., 6 m. end., 1 m. end., 1 m. env., 1 m. end.

Une fois que vous avez atteint la longueur souhaitée, finissez avec quatre rangs de bordure (en suivant les instructions pour les rangs 1-4, puis arrêtez les mailles.

Maintenant, vous pouvez marquer votre page, arrêter momentanément la lecture de cette histoire pour essayer des recettes !

La guirlande de Noël de Georgia

Ce qui fait le charme de cet ouvrage, c'est que tout le monde – même les enfants – peut jouer un rôle. Vous vous souvenez à quel point il est amusant de confectionner des guirlandes avec du papier à dessin coloré ?
Ce modèle permet d'appliquer la même méthode au tricot. Il vous suffit de tricoter des rectangles de même taille et de les imbriquer en les passant les uns dans les autres avant de coudre les extrémités. Vous obtiendrez ainsi une guirlande tricotée que vous pourrez mettre sur le sapin ou utiliser pour décorer les murs. Choisissez les couleurs que vous souhaitez, l'essentiel étant qu'elles soient assorties au reste du décor de Noël.

Aiguilles : choisissez des aiguilles de 10 millimètres pour un anneau plus épais et plus volumineux ou des aiguilles de 3,5 millimètres pour un cercle plus délicat.

Fil à tricoter : mélangez et assortissez les couleurs et les textures pour un ensemble coloré ou alternez simplement deux couleurs pour un look plus sobre. Les possibilités sont infinies.

Le modèle : les anneaux doivent être de taille similaire. Vous pouvez opter pour une longueur de 20 centimètres et une largeur de 5 centimètres (ça fonctionne bien). Vous pouvez utiliser les mêmes points pour tous les anneaux ou au contraire varier d'un anneau à l'autre.

Montez un nombre pair de mailles (10 par exemple).

Anneaux au point mousse :

Tous les rangs : tricotez les mailles à l'endroit.

Arrêtez les mailles, mais laissez une longueur suffisante de fil à tricoter pour coudre les extrémités.

Anneaux en point de côtes

1er rang (et tous les rangs impairs) : 2 m. end., 2 m. env. ; répétez jusqu'au bout du rang.
2e rang (et tous les rangs pairs) : 2 m. env., 2 m. end. ; répétez jusqu'au bout du rang (tricotez les mailles telles qu'elles se présentent, tricotez la maille à l'endroit à l'endroit et la maille à l'envers à l'envers).

Laissez une longueur de fil suffisante une fois que vous avez arrêté les mailles.

Prenez le premier rectangle, formez une boucle de manière à ce que les deux extrémités se touchent et, à l'aide d'un crochet, utilisez la longueur de fil que vous avez laissée pour coudre les deux bouts. Puis prenez un deuxième rectangle, faites-le passer dans le premier anneau et rapprochez les deux extrémités pour les coudre. Continuez jusqu'à ce que votre guirlande atteigne la longueur souhaitée, et voilà ! Vous avez créé une décoration vraiment unique qui fera la joie de votre famille pendant des années.

Les muffins à la citrouille et aux airelles de Dakota pour Thanksgiving

Amuse-gueule facile à réaliser et délicieux en attendant la dégustation de la dinde !

Pour 18 à 24 muffins

280 g de farine
125 g de sucre roux
1 c. c. de levure chimique
1 c. c. de bicarbonate de soude
1 pincée de sel
20 g de beurre à température ambiante
4 œufs battus
5 c. s. de mélasse
1 c. c. de vanille liquide
350 g de purée de citrouille
110 g d'airelles coupées (dégelées au préalable)

Vous pouvez aussi ajouter une pincée de cannelle moulue, de noix muscade, de gingembre moulu, de piment de la Jamaïque, de macis et un peu de clous de girofle.

Sortez le beurre du réfrigérateur et laissez-le refroidir à température ambiante.

Préchauffez le four à 180 °C (et assurez-vous que la grille est bien au milieu).

Beurrez les moules à muffins.

Hachez les airelles et réservez.

Dans un grand saladier, mélangez la farine, la levure chimique, le bicarbonate de soude, les épices et le sel. Battez les œufs et réservez.

Dans un autre saladier, battez le beurre et le sucre jusqu'à ce que le mélange soit mousseux. Puis incorporez la purée de citrouille, la mélasse et la vanille. Ajoutez les œufs battus.

Formez une fontaine avec les ingrédients secs et ajoutez au milieu le mélange liquide en remuant jusqu'à ce que la pâte soit bien homogène.

Ajoutez les airelles hachées.

Remplissez les moules aux deux tiers. Saupoudrez de crumble si vous le souhaitez.

Faites cuire de 25 à 30 minutes. Les muffins sont cuits lorsque la lame d'un couteau plongée au centre ressort propre.

Pâte à crumble à saupoudrer sur les muffins

15 g de farine
100 g de sucre
1 pincée de cannelle
60 g de beurre

Mélangez les ingrédients secs.

Coupez le beurre en morceaux et pétrissez la pâte jusqu'à obtenir un mélange grumeleux.

Saupoudrez sur les muffins avant de les mettre au four.

Muffins à la citrouille sans gluten

Tout aussi savoureux mais sans farine !

Pour 6 muffins

1 œuf
1 c. c. d'extrait de vanille
60 g de sucre roux
1/2 tasse de purée de citrouille
150 g de Mix Pâtisserie
(mélange de farine sans gluten)
1 pincée de cannelle et de noix muscade
1 pincée de piment de la Jamaïque et de macis moulu
60 ml d'eau
40 g d'airelles coupées ou de pépites de chocolat

Préchauffez le four à 180 °C.

Dans un saladier, battez les œufs avec l'extrait de vanille.

Incorporez le sucre et la purée de citrouille, mélangez.

Dans un autre saladier, mélangez les autres ingrédients, puis ajoutez à la préparation liquide.

Versez l'eau et incorporez les airelles.

Répartissez la pâte dans les moules à muffins beurrés.

Laissez cuire 18 à 20 minutes.

Les latkes d'Hanoukka préparés par Anita

1 kg de pommes de terre râpées (Plus elles sont riches en amidon, mieux c'est. Essayez les Russets.)
1 gros oignon blanc
2 œufs
1 c. c. de sel kasher
1/2 c. c. de poivre
15 g de farine
10 g de levure chimique
60 ml d'huile végétale

Facultatif : ajoutez 150 grammes de pommes coupées en très petits morceaux pour ajouter une touche sucrée.

À l'aide d'une râpe à main ou d'un robot, râpez l'oignon dans un saladier.

Séparez les blancs des jaunes d'œufs. Dans un saladier, fouettez les jaunes. Dans un autre, battez les blancs en neige.

Mélangez les oignons, les jaunes d'œufs, le sel, le poivre, la farine et la levure de boulanger.

Faites chauffer 60 millilitres d'huile dans une poêle sans queue de 30 centimètres (ce qui donne une couche d'huile de 6 à 12 millimètres environ).

Il faut que l'huile soit très chaude.

Râpez rapidement les pommes de terre : râpez une pomme de terre, puis mettez les râpures dans une étamine et extrayez le plus d'humidité possible.

Incorporez ensuite dans le mélange avec les oignons et les jaunes d'œufs, puis remuez. Procédez ainsi avec toutes les pommes de terre.

Déposez ensuite 2 cuillérées à soupe (environ) du mélange dans l'huile bien chaude en appuyant légèrement dessus avec une fourchette pour former des galettes épaisses. Faites cuire jusqu'à ce que la face inférieure soit dorée (soit environ 5 minutes). Retournez une fois. Posez-les sur du papier absorbant pour les faire dégorger. Attendez que l'huile refroidisse un peu avant d'ajouter les latkes suivants. Si vous devez rajouter de l'huile, attendez qu'elle soit suffisamment chaude.

Posez les latkes sur une grille au-dessus d'une plaque de cuisson et maintenez-les au chaud dans un four à basse température (100 °C). Servez-les chauds accompagnés de compote de pommes ou de crème aigre, ou proposez du saumon fumé et du caviar avec. Vous pouvez également utiliser des patates douces ou la moitié d'une courgette pour varier les plaisirs.

Vous pouvez préparer les galettes la veille et les garder au frigo (enveloppées dans du film alimentaire). Faites-les alors réchauffer dans le four à 180 °C, sur une grille au-dessus d'une plaque de cuisson, pendant environ 5 minutes.

REMARQUE : en laissant la peau des pommes de terre, vous obtiendrez un goût plus intense. Si vous choisissez d'éplucher les pommes de terre, plongez-les dans l'eau froide pour éviter qu'elles ne noircissent, puis séchez-les avec soin avant de les râper.

Les délicieux sablés de Mémé

Fondants à souhait !

Pour environ 36 petits sablés

240 g de beurre ramolli
50 g de sucre glace
1/2 c. c. de sel
1 pincée de noix muscade
1/4 c. c. de vanille
1 œuf
180 g de farine
40 g de farine de riz

Préchauffez le four à 180 °C.

Mettez le beurre dans un grand saladier.

À l'aide d'une cuillère en bois, mélangez l'œuf, la vanille, le sucre, le sel et la noix muscade.

Mélangez les deux farines, puis ajoutez le tout, un quart de tasse à la fois, au mélange beurre, œuf et sucre, jusqu'à ce que la pâte ne puisse plus être travaillée à la spatule.

Posez la pâte sur le plan de travail fariné et pétrissez légèrement.

Pour obtenir de meilleurs résultats, trempez les mains dans l'eau froide (aussi longtemps que possible).

Ajoutez doucement la pâte restante et continuez à pétrir jusqu'à obtention d'une texture grumeleuse.

Abaissez la pâte au rouleau jusqu'à ce qu'elle ait une épaisseur d'environ 5 millimètres et faites ensuite les formes que vous désirez.

Posez les sablés sur une plaque de cuisson non beurrée et faites cuire au four 10 minutes environ ou jusqu'à ce que les gâteaux soient dorés.

Tartelettes au beurre de Bess

Sucrées et délicieuses – à déguster avec une tasse de thé !

Pour une douzaine de tartelettes

Garniture
90 g de beurre fondu
2 œufs
180 g de sucre roux
1/4 c. c. de sel
2 c. c. de vinaigre
120 ml de sirop d'érable
50 g de noix de pécans hachées
1 c. c. de vanille
75 g de raisins secs
1 paquet de fonds de tartelettes surgelées (sinon, vous pouvez faire la pâte vous-même)

Pâte
200 g de farine
2 pincées de sel
2-3 c. s. de sucre
100 g de beurre
1 œuf
2-3 c. s. d'eau

Pour la confection de la pâte : mélangez la farine, le sel et le sucre.

Incorporez le beurre et travaillez du bout des doigts. Vous devez obtenir une pâte grumeleuse. Formez une fontaine.

Versez l'œuf et l'eau au milieu. Mélangez pour obtenir une texture homogène.

Formez une boule et laissez reposer 30 minutes au réfrigérateur.

Déposez les fonds de tartelette crus sur une plaque de cuisson ou découpez des ronds de pâte que vous pouvez disposer sur un moule à muffins. Remplissez les tartelettes jusqu'à environ un tiers.

Faites cuire au four à 230 °C pendant 10 minutes, puis baissez à 180 °C pendant 20 à 25 minutes, jusqu'à ce que la garniture soit ferme.

Laissez refroidir et servez (vous pouvez aussi les conserver dans un récipient hermétique).

Du même auteur

Le Club des Tricoteuses du vendredi soir

Elles sont sept. Sept femmes de 18 à 78 ans vivant à New York. Le vendredi soir, elles se retrouvent pour tricoter... et parler de leurs vies. Il y a Catherine qui cherche l'amour après un divorce. Lucy, elle, doit élever seule sa fille tout en s'occupant de sa mère âgée. Darwin garde l'espoir de fonder une famille.

Et puis il y a Anita qui, à 78 ans, reçoit une demande en mariage que ses enfants adultes n'acceptent pas... Au fil de ces soirées du vendredi, des liens se tissent, des amitiés se nouent.

Les membres de ce club pas comme les autres forment une sorte de famille dans laquelle on se bat ensemble quand la vie vous met au défi. Au fur et à mesure que ces femmes tricotent, elles dévoilent leurs joies, leurs bonheurs et leurs difficultés d'être tout à la fois femmes, mères, amantes, filles et amies...

Les destins croisés de femmes ordinaires : un roman émouvant comme la vie.

ISBN : 978-2-35288-784-3